배신당한 유언들

밀란 쿤데라　김병욱 옮김

밀란 쿤데라 컬렉션　Milan Kundera　12　Les testaments trahis

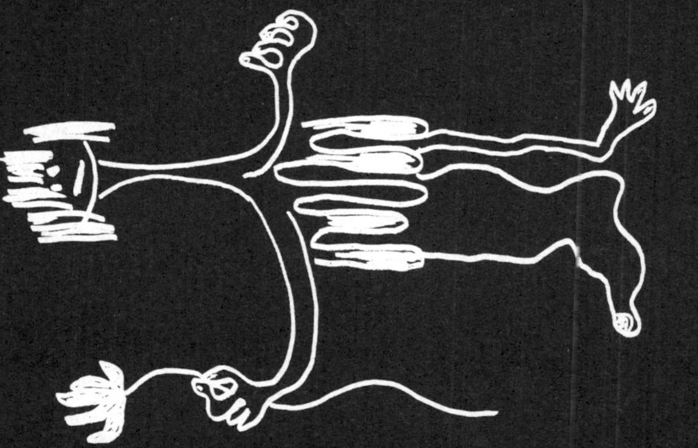

민음사

배신당한 유언들

LES TESTAMENTS TRAHIS
by Milan Kundera

차례

1부　　　파뉘르주가 더는

웃기지 않을 날

1부　　　파뉘르주가 더는

웃기지 않을 날

유머의 발명

마담 그랑구지에는 임신 후 내장 요리를 너무 많이 먹어서 수렴제를 복용해야 했다. 이 약이 너무 독해 태반엽이 풀려 버렸고, 태아 가르강튀아는 정맥 속으로 미끄러져 들어가, 정맥을 타고 올라 어머니의 귀를 통해 밖으로 나왔다. 이렇게 이 책은 첫 문장에서부터 자신의 수법을 내보인다. 즉, 여기서 하는 얘기는 진실하지 않다는 것, 달리 말하면 여기서는 진실(과학적이거나 신화적인)을 주장하지 않으며, 사실들을 현실 그대로 묘사하지 않겠다는 것이다.

행복한 라블레 시대. 소설이라는 나비가 번데기 잔해들을 짊어진 채 날아오른다. 거인 형상을 한 팡타그뤼엘이 여전히 환상적 콩트들의 과거에 속했다면, 파뉘르주는 당시 소설이 아직 모르는 미래에서 온다. 새로운 예술의 탄생이라는 이 특별한 순간은 라블레의 책에 놀랄 만한 풍요로움을 부여한다.

모든 것이 거기 있다. 사실임 직한 것과 사실임 직하지 않은 것, 알레고리, 풍자, 거인과 일반인, 일화, 명상, 실재적이면서도 환상적인 여행, 현학적인 언쟁, 순수한 말재간으로 이루어진 여담 등. 19세기의 후예인 오늘날의 소설가는 초기 소설가들의 이 멋들어지게 혼합된 세계에, 그들이 누리는 유쾌한 자유에 시기심 어린 향수를 느낀다.

라블레가 자신의 책 첫 장에서 가르강튀아를 어머니의 귀를 통해 세상이란 무대에 떨어뜨리는 것과 마찬가지로, 살만 루슈디의 『악마의 시』에서도, 날아가던 비행기가 폭발한 뒤 두 주인공은 수다를 떨면서, 노래를 하면서, 그렇게 희극적이고 말도 안 되게 행동하며 떨어진다. "저 위, 뒤, 아래, 저 허공에서", 등받이를 기울일 수 있는 좌석, 종이컵과 산소마스크와 승객들이 떠다니고, 한 승객, 지브릴 파리슈타는 "허공에서, 버터플라이로, 평영으로 헤엄치고, 준(準)여명의 준(準)무한 속으로 팔다리를 뻗으며 몸을 공처럼 굴리고 있었고", 다른 한 승객, 살라딘 참차는 "마치 하나의 섬세한 그림자처럼 (……) 단추가 모두 꿰인 잿빛 정장을 입고, 두 팔을 몸에 꼭 붙이고 (……) 중산모자를 쓴 채, 머리를 아래로 하여 떨어지고 있었다." 바로 이 장면에 의해 소설이 열리는데, 라블레처럼 루슈디도 소설가와 독자의 계약은 애초부터 설정되어야 함을 아는 까닭이다. 여기서 얘기되는 내용은, 비록 더없이 끔찍한 일들일지라도 진지한 얘기가 아님을 분명히 해 두어야 한다는 것 말이다.

진지하지 않음과 끔찍함의 결합을 보여 주는 『팡타그뤼엘

제4서』의 한 장면을 보자. 팡타그뤼엘의 배가 바다 한가운데서 양을 파는 상인들의 선박과 마주친다. 앞주머니 없는 바지 차림에다 챙 없는 모자를 쓰고 안경을 비끄러맨 파뉘르주를 보고, 한 상인이 허세를 부리며 함부로 그를 오쟁이 진 놈 취급한다. 파뉘르주는 즉각 복수한다. 그에게서 양 한 마리를 사서 바다에 던져 버리는 것이다. 첫째 놈을 쫓는 데 길든 다른 양들이 모두 덩달아 물속으로 뛰어든다. 상인들이 질겁하여 털이나 뿔을 붙잡지만, 그들 역시 양들과 함께 바닷속으로 끌려 들어가 버린다. 파뉘르주는 노를 들지만, 그들을 구하려는 게 아니라 그들이 배에 기어오르지 못하게 하기 위해서다. 그는 그들에게 이 세상의 온갖 불행을 설파하고, 다음 생의 선과 행복을 권하면서, 죽은 자들이 산 자들보다 더 행복하다고 주장한다. 하지만 그들이 인간 틈바구니에서 사는 것을 불쾌하게 여기지 않는 경우를 생각하여, 요나처럼 어떤 고래를 만날 것을 빌어 준다. 이렇게 상인들을 모두 익사시키자, 프레르 장은 파뉘르주를 축하해 주지만 그가 상인에게 양 값을 치러 쓸데없이 돈을 낭비한 점만은 비난한다. 그러자 파뉘르주가 외친다. "맙소사, 내가 5만 프랑짜리 오락을 즐긴 게로군!"

이는 비현실적이고 있을 수 없는 무대다. 그렇다고 여기에 도덕이랄 건 있는가? 여기서 라블레는 상인들의 비루함을 고발하고 그들을 처벌함으로써 우리를 즐겁게 해 주는가? 그렇지 않으면 파뉘르주의 잔혹성으로 우리를 분개시키는가? 그것도 아니면 여기서 라블레는 반교권주의자로서, 파뉘르주가 설교하는 상투적인 교리들의 어리석음을 조소하는 건가? 알아맞혀 보라! 그 대답 하나하나가 모두 가마우지 덫이다.

옥타비오 파스는 말한다. "호메로스도 베르길리우스도 유머를 알지 못했다. 아리스토텔레스는 유머를 느낀 듯하지만, 유머는 다만 세르반테스에 이르러서야 형태를 취한다. (……) 유머는 현대 정신의 가장 위대한 발명이다." 유머는 까마득히 먼 옛날부터 인간이 실천해 온 게 아니라 소설의 탄생과 관계된 하나의 발명이라는 것, 이는 대단히 중요한 발상이다. 유머는 웃음이나 조소, 풍자가 아니라 희극성의 특별한 한 종류라는 것. 이에 대해 파스는(이야말로 유머의 본질을 이해하는 열쇠인데) 그것은 "자신이 건드리는 모든 것을 모호하게 만들어 버린다."라고 말한다. 파뉘르주가 후생에 대한 예찬을 늘어놓으며 양 상인들을 익사시키는 장면을 즐거워할 줄 모르는 사람이라면 그는 소설 예술에 대해 영원히 아무것도 이해하지 못할 것이다.

도덕적 판단이 중지된 땅

만약 누가 내게 독자들과 나 사이에 가장 빈번히 생기는 오해의 원인이 뭐냐고 묻는다면, 나는 망설임 없이 대답할 것이다. 바로 유머라고. 내가 프랑스에 오고 얼마 되지 않아 무엇에나 흥미를 느낄 때의 일이다. 당시 어느 저명한 의학 교수 한 분이 『이별의 왈츠』를 좋아한다며 나를 만나 보길 청했을 때, 나는 무척 기분이 좋았다. 그의 견해에 따르면 나의 소설은 예언적이다. 물의 도시에서, 특별한 주사기로 자신의 정액을 주입하여 불임 여성들을 치료하는 의사 슈크레타라는 등장인물을 통해, 미래의 중대 문제를 다루었다는 것이다. 그가 인공 수정에 관한 한 토론회에 나를 초대한다. 그러고는 주머니에서 종이쪽지를 하나 꺼내더니 자기가 할 발언의 초고를 내게 읽어 준다. 정자 기증은 익명이자 무료여야 하고 (이때 그가 내 눈을 들여다본다.) 다음 세 가지 사랑에 따라 이루어져야 한다. 즉 자신의 사명을 수행하고자 하는 미지의 난자에 대한 사랑, 이 기증 덕분에 연장될 자기 자신의 개체성에 대한 증여자의 사랑, 그리고 욕망을 이루지 못한, 고통 받는 어느 커플에 대한 사랑이 그 셋이다. 그러고 나서 그가 다시금 나의 눈을 들여다본다. 그는 나의 작품을 전적으로 높이 평가하지만, 비판도 삼가지 않는다. 내가 정자 기증의 도덕적 아름다움을 충분히 강력하게 표현해 내지 못했다는 것이다. 나는 나의 입장을 변호한다. 소설은 희극적인 거라고! 당신은 환상을 품고 있다고! 모든 것을 그런 식으로 진지하게만 받아들여서는 안 된다고! 그러자 그가 의심스럽다는 듯이 말한다. 그렇다면 당신 소설들, 그것들을 진지하게 여기지 않아야 한단 말인가? 나는 머리가 혼란스러워지고, 그러다 문득 깨닫는다. 유머를 이해시키는 것보다 더 어려운 일도 없다는 것을.

『팡타그뤼엘 제4서』에는 바다에서 폭풍우를 만나는 장면이 나온다. 모든 사람이 갑판 위로 나와 배를 구하려고 애쓴다. 단지 파뉘르주만 겁에 질려 꼼짝도 하지 않고 끙끙거리기만 한다. 그의 지독한 신세 한탄이 여러 페이지에 걸쳐 펼쳐진다. 그러다 폭풍우가 가라앉자마자 용기를 되찾고는 사람들이 모두 너무 게으르다며 야단을 쳐 댄다. 바로 이 점이 재미있다. 이 비겁자, 이 게으름뱅이, 이 거짓말쟁이, 이 엉터리 배우가 사람들의 공분을 사기는커녕, 우리가 그를 가장 사랑하는 때는 이처럼 그가 허풍을 떨 때라는 것. 바로 이런 대목들에서 라블레의 책은 전적으로, 그리고 근본적으로 소설이 된다. 도덕적 판단이 중지된 땅 말이다.

도덕적 판단을 중지한다는 것, 그것은 소설의 부도덕이 아니라 바로 소설의 도덕이다. 즉각적으로, 끊임없이 판단을 하려 드는, 이해하기에 앞서 대뜸 판단해 버리려고 하는 뿌리 뽑을 수 없는 인간 행위에 대립하는 도덕 말이다. 이 맹렬한 판단 성향은 소설의 지혜라는 관점에서 보면 더없이 고약한 어리석음이요 다른 무엇보다 해로운 악이다. 소설가가 도덕적 판단의 정당성을 절대적으로 반대해서가 아니다. 다만 소설가는 그것을 소설 저 너머로 보내 버린다. 거기에서 여러분이 파뉘르주를 비겁하다고 비난하든, 엠마 보바리를 비난하든, 라스티냐크를 비난하든 그건 여러분의 일이다. 그것까지야 소설가가 어찌할 수 없는 일이다.

도덕적 판단이 중지된 상상적 장(場)의 창조는 엄청난 영향력을 가진 위업이었다. 소설의 등장인물들, 말하자면 선과 악의 예로서나 서로 적대하는 객관적 법칙의 대표로서 어떤 선재(先在)하는 진리에 맞춰진 것이 아니라, 자기 고유의 도덕과 고유 법칙들을 토대로 하는 자율적 존재로 구상된 그런 개인들이 피어날 수 있는 곳은 오직 이곳인 것이다. 서구 사회는 인권 사회라고 자처해 왔다. 하지만 인간에게 권리가 있으려면, 그 전에 먼저 자신을 개인으로 구성하고, 자신을 그런 자로 간주하고 또 그런 자로 간주될 수 있어야 했다. 이는 유구한 유럽 예술이 없었다면, 특히 독자로 하여금 타인에게 호기심을 품고 자기 것과는 다른 진실들을 이해하도록 노력하는 법을 가르쳐 주는 소설 행위가 없었다면 일어날 수 없었을 것이다. 그런 의미에서 시오랑이 유럽 사회를 "소설 사회"라

부른 것, 그리고 유럽인들을 "소설의 아들들"이라 말한 것은
옳다.

세속화

세계의 탈신격화(Entgötterung)는 현대를 특징짓는 현상들 가운데 하나다. 탈신격화는 무신론을 의미하는 게 아니라, 개인이라는 생각하는 자아가 만물의 토대로서 신을 대체하는 상황을 가리킨다. 여전히 인간은 신앙을 가질 수 있고, 성당에서 무릎 꿇을 수 있고, 침상에서 기도를 올릴 수 있으나, 그 이후부터 그의 신앙심은 다만 그의 주관적 세계에 속할 뿐이다. 이 상황을 서술하면서 하이데거는 다음과 같이 결론짓는다. "그리하여 신들은 떠나 버리고 말았다. 이에 기인하는 공백은 신화들에 대한 심리적, 역사적 탐험들로 가득 채워졌다."

신화들, 성서들을 심리적이고 사적으로 탐험한다는 것, 이는 그것들을 세속적이게 하는 것, 그것들을 세속화하는 것을 의미한다. 세속이란 말은 사원 앞, 사원 밖 장소를 뜻하는 라틴어 profanum에서 온다. 따라서 세속화란 성(聖)이 사원 밖으로, 종교 외 영역으로 이동하는 것이다. 웃음이 소설의 공기 속에 보이지 않게 퍼져 있다는 점에서, 소설적 세속화야말로 다른 무엇보다도 해롭다. 그래서 종교와 유머는 사실 양립할 수 없다.

토마스 만의 3부작, 1926년에서 1942년에 걸쳐 쓰인『요셉과 그 형제』는 성경에 대한 "심리적, 역사적 탐험"의 훌륭한 예인데, 이 책에서 성경은 토마스 만의 쾌활하고 숭고하도록 지루한 어조로 서술되면서 대번에 신성함을 잃는다. 성경에서 영겁 이래 존재해 온 신이 만의 책에서는 인간의 창조물이 된다. 먼저 최고신으로, 뒤이어 유일신으로 만들어 다신교의 혼돈 상태에서 빼낸 아브라함의 발명품이 되는 것이다. 그 덕택에 자신이 존재하게 되었음을 알고서 신은 부르짖는다. "저 가엾은 인간이 나를 알아보다니, 참 신통한 일이야. 그 덕택에 내가 이름을 얻기 시작한 게 아닌가? 정말이지 그에게 성유를 발라 주러 가야겠어." 토마스 만은 자신의 소설이 특히 유머의 작품임을 강조한다. 웃기고 싶어 안달하는 성서(聖書)들이랄까! 보디발의 아내와 요셉 이야기가 그렇다. 사랑에 미친 그녀가 혀를 깨물고는 나랑 자자, 나랑 자자며, 유혹의 말들을 어린아이처럼 옹알대지만, 정숙한 사내 요셉은 이 옹알대는 여인에게 삼 년 동안 매일같이, 자신들에겐 사랑이 금지되었노라고 끈기 있게 설명해 준다. 운명의 날, 그들 둘만 집에 있다. 그녀가 다시금, 나랑 자자, 나랑 자자며 고집을 부리고, 다시 한 번 그는 참을성 있게, 강론하듯, 사랑을 나누어서는 안 되는 이유들을 설명한다. 하지만 그런 설명을 늘어놓는 사이 그가 그만 발기를, 그것도 너무나 멋들어지게 발기를 하고, 이를 본 보디발의 아내가 광기에 사로잡혀 그의 셔츠를 잡아당기지만, 요셉이 발기한 상태 그대로 뛰어 달아나자 그녀는 넋을 잃고 절망한 채, 주체할 수 없는 욕망에 사로잡혀 아우성치다가 급기야 요셉을 강간범으로 몰며 살려 달라고 비명을 지른다.

토마스 만의 소설은 만장일치로 존중받았다. 세속화가 이젠 모독으로 이해되지 않고 풍속의 일부가 되었다는 증거다. 현대를 거치면서 무신론은 경계와 불신의 대상이 되길 멈추었으며, 신앙은 과거의 선교사적인 혹은 불관용의 확신을 상실했다. 스탈린주의의 충격이 이러한 변화에 결정적 역할을 했다. 기독교의 기억을 모두 지워 버리려 하다가 오히려 우리 모두가, 신자건 비신자건, 신을 모독하는 자건 열렬한 신자건 모두가 기독교의 과거에 뿌리 내린 동일 문화에 속함을 돌연 밝혀 준 것이다. 그 과거가 없다면 우리는 다만 실체 없는 그림자, 어휘 없는 추론가, 영적 무국적자들일 뿐임을 말이다.

나는 신앙 없이 성장했으며, 공산주의의 해악이 극에 달한 시절까지는 이를 기쁘게 여겼다. 그 시절, 학대당하는 기독교인들을 보고서 청소년기의 그 익살스럽고 도발적이던 나의 무신론은 유치한 치기이듯 한순간에 날아가 버렸다. 나는 나의 신자 친구들을 이해했으며, 연대감과 감동에 이끌려 이따금 그들을 따라 미사에 가곤 했다. 그러면서도 나는 신이 우리 운명을 지배하는 존재로 존재한다는 확신에 이르지는 못했다. 어쨌거나 내가 그것에 대해 뭘 알 수 있었겠는가? 그리고 그들, 그들은 또 뭘 알 수 있었겠는가? 그들은 확신한다고 확신했던가? 나는 나의 무신론과 그들의 신앙이 묘하게도 비슷하다는 그런 이상하고도 행복한 느낌을 맛보며 성당에 앉아 있었다.

과거의 우물

개인이란 무엇인가? 그의 정체성은 어디에 있는가? 모든 소설은 이 물음에 대한 답을 추구한다. 아닌 게 아니라 자아는 대체 무엇으로 정의되는가? 등장인물이 행하는 것, 그의 행위들에 의해서인가? 하지만 행위는 행위자를 벗어나며 거의 언제나 그를 배반한다. 그렇다면 그의 내면 생활, 사상들, 숨은 감정들에 의해 정의되는가? 하지만 사람이 자기 자신을 이해할 수 있는가? 그의 숨은 사상들이 그의 정체성을 풀어 줄 열쇠로 쓰일 수 있는가? 그렇다면 인간이란 그의 세계관, 그의 관념, 그의 **Weltanschauung**(세계관)에 의해 정의되는가? 이는 도스토옙스키의 미학이다. 그의 등장인물들의 뿌리는 매우 독창적인 개인적 이데올로기에 있으며 그들은 그 이데올로기에 따라 부동의 논리로 행동한다. 반면 톨스토이에게서는 개인적 이데올로기란 개인의 정체성이 정립될 수 있는 그런 안정된 것과는 거리가 멀다. "스테판 아르카지치는 자신의 태도나 견해 들을 선택한 게 아니었다. 천만에, 태도와 견해 들이 스스로 그를 찾아왔던 것이며, 그것은 마치 그가 모자나 외투들의 모양을 선택한 게 아니라 사람들이 걸치고 있던 것을 걸친 것과 같았다."(『안나 카레니나』) 이처럼 개인 사상이 개인 정체성의 토대가 아니라면(그것이 모자보다 더 중요할 게 없다면) 그 토대는 대체 어디에 있는가?

토마스 만은 이 끝없는 탐구에 매우 중대한 기여를 했다. 우리는 행동한다고 생각하며, 생각한다고 생각하지만, 우리 안에서 생각하고 행동하는 타자나 타자들이 따로 있다는 얘기다. 신화가 된, 격세 유전하는 원형(原形)들, 무한한 매력을 지니고서 (만이 말하듯) "과거의 우물"에서 우리를 원격 조종하는 까마득히 먼 옛날의 습관들 말이다.

만은 이렇게 말한다. "인간의 '자아'는 옹색하게 한정되어 있고 자신의 일시적인 육체적 한계들 속에 완전히 갇혀 있는가? 하지만 그를 구성하는 많은 요소들이 그에 선행하는 외부 세계에 속하는 것들 아닌가? (……) 예전에는 일반적으로 정신이라고 하는 것과 개인적 정신 사이의 구분이 요즘처럼 강력하게 사람들에게 강요되지는 않았다……." 또 이렇게도 말한다. "어쩌면 지금 우리는 모방 혹은 연장이라 명명하고 싶은 한 가지 현상에 직면했는지도 모른다. 기존의 특정 형태들, 말하자면 선조들이 세워 놓은 특정 신화적 도식들을 되살려 그것들을 환생시키는 것이 개개인의 역할이라고 보는 그런 인생관에 말이다."

야곱과 그 형제 에서 사이의 갈등은 아벨과 그 형제인 카인의 적대 관계, 말하자면 신의 특권을 누리는 자와 타자, 소외된 자, 시기하는 자 간의 오랜 적대 관계의 되풀이일 뿐이다. 이 갈등, 즉 "선조들이 세워 놓은 이 신화적 도식"은 야곱의 아들이자 역시 특권층에 속하는 요셉의 운명에서 그 새로운 모습을 보게 된다. 야곱이 시기하는 형제들과 화해하도록 그를 보내는 것(치명적인 결정이다. 형제들은 그를 우물 속에 던져 버린다.)은 특권층이 지닌 먼 고대의 죄책감 때문이다.

일견 통제가 불가능할 것 같은 반응인 고통조차도 "모방과 연장"일 뿐이다. 소설에서, 요셉의 죽음을 슬퍼하는 야곱의 말과 행동에 대해 토마스 만은 이렇게 설명한다. "그것은 설고 그만의 습관적인 말투가 아니었다. (……) 이미 노아가 대홍수에 대해 그것과 유사한 혹은 그것에 근접하는 언어를 구사했는데, 야곱은 그것을 자기 말인 양 하는 것이다. (……) 그의 절망 역시 상당 부분 관례적인 축성된 문구들로 표현되었지만 (……) 그러나 그렇다고 해서 그의 진정성을 추호도 의심해서는 안 된다." 이는 중요한 지적이다. 개인은 누구나 과거에 일어난 일을 모방하지 않을 수 없는 만큼, 모방이 곧 진정성의 결여를 뜻하는 건 아니라는 얘기다. 그의 언행이 아무리 진심에서 우러났을지라도 그것은 다만 과거의 재생일 뿐이요, 그의 존재가 아무리 진실할지라도 그는 다만 과거의 우물에서 유래하는 권고와 명령의 귀결일 뿐인 것이다.

상이한 역사적 시기들의 소설 속 공존

내가 『농담』을 쓰기 시작한 날들을 생각해 본다. 처음부터 나는 이 소설이 야로슬라프라는 등장인물을 통해 과거(대중 예술의 과거)의 심층으로 시선을 던질 것이요, 또한 이 등장인물의 "자아"가 그 시선 속에서 그 시선에 의해 드러나리란 것을 완전히 본능적으로 알고 있었다. 주요 등장인물 네 명이 바로 그렇게 창조되었다. 유럽의 네 과거에 접목된, 각자 자신의 개인적 공산주의 세계를 구현하는 인물들로 말이다. 볼테르의 신랄한 정신을 바탕으로 자라는 공산주의의 화신인 루드비크, 민속으로 전승되는 가부장적 과거를 재건하려는 욕망으로서의 공산주의를 구현하는 인물 야로슬라프, 그리고 복음서에 접목된 공산주의 유토피아를 구현하는 인물 코스트카와 호모 센티멘탈리스 열정의 원천으로서의 공산주의를 구현하는 헬레나. 소설에서, 이 네 가지 개인적 세계는 모두 해체 순간에 포착되었다. 그러므로 공산주의 해체의 네 형태를 포착한 것이자, 유럽의 해묵은 네 가지 모험의 붕괴를 포착한 것이라 할 수 있을 것이다.

『농담』에서 과거는 단지 등장인물들의 심리 현상의 일면으로 나타나거나 에세이적인 여담을 통해서만 나타난다. 그 후 나는 과거를 직접 무대에 올리고 싶었다. 『삶은 다른 곳에』에서, 우리 시대 한 청년 시인의 일생을 유럽 시(詩)의 역사라는 배경 앞에 놓고 그의 발자취를 랭보, 키츠, 레르몬토프의 발자취와 뒤섞어 보려고 한 것이다. 그리고 『불멸』에서는 거기서 한 걸음 더 나아가, 서로 다른 여러 역사적 시간들을 대면시켜 보았다.

나는 프라하에서의 청년 작가 시절에는 '세대'라는 말을 혐오했다. 이 말이 풍기는 무리 지은 삶의 냄새가 싫어서였다. 그 후 프랑스에서 카를로스 푸엔테스의 『테라 노스트라』를 읽다가 처음으로 나는 내가 다른 사람들과 연관되었다는 느낌을 받았다. 그 여정이나 문화 면에서 나와 동떨어진 다른 대륙의 누군가가, 당시까지 내가 유치하게도 오직 나만의 것으로 여겼던 강박관념, 즉 한 편의 소설 속에 상이한 여러 역사적 시간을 공존시킨다는 미학적 강박관념을 똑같이 소유하는 일이 어찌 가능한 걸까?

과거의 우물 속을 들여다보지 않고는 테라 노스트라, 멕시코의 테라 노스트라를 파악할 수 없다. 역사가처럼 거기에서 연대순으로 전개되는 사건들을 해독하기 위해서가 아니라, 이렇게 자문해 보기 위해 들여다보아야 한다는 말이다. 즉, 한 인간에게 멕시코라는 테라의 농축된 본질은 무엇인가? 푸엔테스는 상이한 여러 역사적 시기가 시적이고 몽환적인 일종의 메타 역사로 포개지는 몽환 소설적 양상을 통해 이 본질을 파악했다. 그렇게 함으로써 그는 묘사하기 어려운 뭔가를, 어떻든 문학에서 한 번도 본 적 없는 뭔가를 창조한 것이다.

과거의 심층을 들여다보는 동일한 시선을 나는 『악마의 시』에서도 발견한다. 서구화된 인도인이라는 복합적 정체성과 테라 논 노스트라, 즉 우리 것이 아닌 땅, 금지된 땅. 이 파열된 정체성을 파악하기 위해 소설은 런던, 뭄바이, 파키스탄의 어느 마을, 7세기 아시아 등, 지구 여러 지역에서 그것을 검토한다.

이 공통된 미학적 의도(여러 역사적 시기를 한 편의 소설 속에서 결합하는 것)가 상호 영향으로 설명될 수 있을까? 아니다. 그렇다면 공통적으로 받은 영향 때문에? 나는 그런 것이 뭔지 모른다. 그것도 아니라면 우리가 역사의 동일한 공기를 호흡했기 때문일까? 소설 역사가 자체의 고유 논리에 따라 우리로 하여금 동일한 과제에 직면하게 한 걸까?

역사에 대한 복수로서의 소설사

역사라는 것. 아직도 우리는 이 낡아 빠진 권위를 내세울 수 있을까? 지금부터 내가 하려는 말은 완전히 개인적인 증언일 뿐이다. 소설가로서 나는 언제나 내가 역사 속에 있다고 느꼈다. 다시 말하면 어떤 길 위에 있다는 느낌, 나를 앞서간 사람들과는 물론이요 어쩌면 (적으나마) 뒤이어 올 사람들과도 대화를 나누고 있다고 느꼈다. 물론 내가 말하는 것은 소설의 역사다. 다른 어떤 역사도 아닌, 내가 보는 대로의 소설사를 말하는 것으로, 이 역사는 헤겔이 말하는 그 초인(超人)적 이성과는 전혀 무관하다. 소설의 역사는 미리 결정되어 있지도 않고 진보라는 관념에 부합하지도 않는다. 인간들에 의해, 몇몇 인간들에 의해 만들어진 전적으로 인간적인 역사로, 한 예술가의 변모 과정에 비유될 수 있다. 때로는 진부하다가 돌연 예측불허의 모습을 보이기도 하고, 때로는 천재적이다가 평범해지기도 하며, 종종 기회를 놓쳐 버리곤 하는 예술가 말이다.

지금 나는 소설의 역사에 대한 지지 선언을 하고 있다. 나의 모든 소설들이 적의에 찬 비인간적인 힘으로서의 역사, 우리가 초대하지도 바라지도 않았으나 외부로부터 침입해 들어와 우리 삶을 망가뜨리는 이 힘에 대한 공포를 발산하는데도 말이다. 하지만 이 이중적 태도가 결코 앞뒤가 맞지 않는 건 아니다. 인류 역사와 소설 역사는 전혀 다른 것이기 때문이다. 인류사는 인간에게 종속된 것이 아니요 인간이 어찌 해 볼 수 없는 낯선 힘으로서 인간에 부과되었지만, 소설사(미술사, 음악사)는 인간의 자유에서, 전적으로 개인적인 그의 창작들에서, 그의 선택들에서 탄생했다. 예술사의 의미는 그냥 역사의 의미에 대립된다. 예술사는 그 개인적 특성으로 인해, 인류사의 몰개성에 대한 인간의 복수인 것이다.

소설사의 개인적 특성이라고? 하지만 수세기를 통해 어떤 하나를 형성할 수 있으려면, 소설의 역사 역시 항구적인, 따라서 필연적으로 초개인적인 어떤 공통된 방향에 따라 하나가 되는 것이 아닐까? 아니다. 나는 이 공통된 방향조차 언제나 개인적이고 인간적인 것으로 남으리라 생각한다. 왜냐하면 역사가 흐르는 동안, 어떤 예술의 개념(소설이란 무엇인가?)은 물론 그 진화의 방향(어디에서 와서 어디로 가는가?) 역시 예술가 각각에 의해, 새로운 작품 각각에 의해 끊임없이 정의되고 다시 정의되는 까닭이다. 소설사의 방향이란 바로 그 방향에 대한 탐구다. 언제나 소설의 전 과거를 소급하여 포괄하는, 그 방향에 대한 끊임없는 창조요 재창조다. 라블레는 자신의

『가르강튀아-팡타그뤼엘』을 소설이라 부른 적이 없었을 게 분명하다. 그것은 소설이 아니었다. 후세의 소설가들(스턴, 디드로, 발자크, 플로베르, 반추라, 곰브로비치, 루슈디, 키시, 샤무아조)이 점차 그 작품에서 영감을 얻고, 그것을 공공연히 원용하고, 소설사에 통합하고, 소설사의 초석으로 인정함으로써 소설이 된 것이다.

한 번도 나는 "역사의 종말"이란 말에 불안이나 불쾌감을 느낀 적이 없다. "그것을 잊는다는 것, 그 무용한 일들을 하게 하려고 짧은 우리 삶의 수액을 다 소진한 그것, 역사를 잊는다는 건 얼마나 근사할 것인가!"(『삶은 다른 곳에』) 역사가 끝날 거라면 (철학자들이 즐겨 말하는 그 종말을 구체적으로 상상하기 어렵지만) 어서 끝장나기를! 하지만 "역사의 종말"이라는 이 똑같은 문구를 예술에 적용한다는 건 가슴 아픈 일이다. 그 종말, 나는 그것을 너무도 잘 상상할 수 있다. 오늘날의 소설 생산 대부분이 소설사의 장 바깥에 있는 소설들로 이루어지는 까닭이다. 소설화된 고백, 소설화된 탐방기, 소설화된 보복, 소설화된 자서전, 소설화된 폭로, 소설화된 규탄, 소설화된 정치 강론, 소설화된 남편의 고뇌, 소설화된 아버지의 고뇌, 소설화된 어머니의 고뇌, 소설화된 능욕, 소설화된 출산 등, 시대의 종말까지 끝없이 이어질 소설들. 아무것도 새로운 것을 말하지 않고, 어떤 미학적 야망도 없는, 인간에 대한 우리의 이해나 소설의 형태에 어떤 변화도 가져다주지 않는, 서로 비슷한, 아침에 완벽하게 소화할 수 있고 저녁에 완벽하게 던져버릴 수 있는 소설들.

내가 보기에 위대한 작품들은 오직 그들 예술의 역사 안에
서만, 그리고 그 역사에 참여함으로써만 탄생할 수 있다. 무엇
이 새로운 것이고 무엇이 되풀이된 것인지, 무엇이 발견이고
무엇이 모방인지는 오직 역사를 통해서만 파악할 수 있다. 달
리 말하면, 어떤 작품이 우리가 알아보고 평가할 수 있는 가치
로서 존재할 수 있는 것은 오직 역사 안에서일 뿐이다. 그러므
로 내가 보기에 예술에게는 역사 바깥으로의 추락보다 더 끔
찍한 일도 없을 것 같다. 그것은 곧 미적 가치들이 더는 지각
되지 않는 혼돈 속으로의 추락인 까닭이다.

즉흥과 구성

세르반테스는 『돈키호테』를 쓰다가 도중에 주인공의 성격을 바꾸는 것을 거북해하지 않았다. 라블레, 세르반테스, 디드로, 스턴 등이 우리를 매료하는 그런 자유로움은 즉흥(卽興)과 연결되어 있었다. 복잡하고 엄격한 구성(構成)의 기법이 절대적 필요성이 된 것은 다만 19세기 초반에 이르러서의 일이다. 그렇게 탄생한 소설 형식, 말하자면 여러 등장인물의 여러 이야기가 서로 교차하는 광장에서, 매우 축소된 시간이라는 공간에 집중되는 사건과 더불어 탄생한 소설 형식은 사건과 장면 들에 대한 세밀하게 계산된 구도를 요구했다. 그래서 소설가는 글을 쓰기 시작하기 전에 먼저 소설 구도를 짜고 또 짜고, 계산하고 또 계산하고, 그리고 또 그렸다. 마치 지금까지 한 번도 그런 일이 일어나지 않았던 것처럼 말이다. 도스토옙스키가 『악령』을 쓰기 위해 적은 주석들을 뒤적거려 보면 알

것이다. 플레이아드 판으로 사백여 쪽에 이르는,(소설 전체는 칠백오십 쪽이다.) 노트로 일곱 권이나 되는 그 주석들에서, 모티프들은 등장인물들을 찾고, 등장인물들은 모티프들을 찾으며, 등장인물들은 주인공의 자리를 차지하기 위해 오랫동안 서로 경쟁한다. 스타브로긴은 결혼한 신분이어야 할 텐데, 그렇다면 "누구랑 하는 게 좋을까?" 하고 자문하다가 도스토옙스키는 그를 세 여인과 차례로 결혼시켜 보기도 한다.(이 얼마나 명백한 역설인가. 구성의 기계 장치가 철저하게 계산될수록 등장인물들이 그만큼 더 자연스럽고 진짜처럼 보인다는 점 말이다. 구성하는 이성은 '비예술적'인 요소여서 등장인물들의 '생동하는' 성격을 훼손하게 된다는 편견은 예술을 전혀 이해하지 못하는 자들의 유치한 감상일 뿐이다.)

옛 거장 소설가들의 예술을 그리워하는 우리 시대 소설가는 끊어진 그 실을 다시 이을 수가 없다. 그는 19세기의 그 거대한 경험을 건너뛸 수가 없다. 라블레나 스턴의 그 거침없는 자유로움과 재결합하고 싶어도 그것을 구성의 제반 요구 사항들과 화해시켜야만 한다.

내가 『운명론자 자크와 그의 주인』을 처음 읽었을 때가 생각난다. 성찰이 일화와 나란히 펼쳐지고 한 이야기 속에 다른 이야기가 삽입되는 등, 규칙에 얽매이지 않는 그 혼합적 양식의 풍요로움과, 사건의 일치라는 규칙을 조롱하는 구성의 자유에 매료된 나는 이렇게 자문해 보았다. 이 멋진 무질서는 정교하게 계산된 기막힌 구성에서 오는 것일까, 아니면 순수한 즉흥의 도취에서 연유하는 것일까? 물론 여기서 우세한 것은 즉흥임이 분명하다. 하지만 본능적으로 떠올린 이 의문을 통해 나는 그런 도취된 즉흥 속에 경이로운 건축적 가능성이 내포되어 있음을 깨달았다. 어떤 성당의 건축적 환상이 아무리 대단해도 미리 고안된 것이듯, 복잡하고 풍요로운 동시에 다른 한편으로 완벽하게 계산되고 계측되고 고안된 어떤 건축의 가능성 말이다. 소설이 어떤 건축적 의도를 갖는다면 자유의 매력을 잃어버리게 될까? 게임 같은 그 특성을? 하지만 게임이란 게 뭔가? 모든 게임에는 규칙이 있으며, 사실 게임은 규칙이 엄격할수록 그만큼 더 게임다워진다. 장기 두는 사람과는 달리 예술가는 스스로 자기 고유의 규칙을 만들어 낸다. 그러므로 자기만의 규칙 체계를 만들거나 규칙 없이 즉흥에 빠져들거나 자유롭기는 매한가지인 것이다.

그러나 라블레나 디드로의 자유를 구성의 제반 요구 사항과 화해시키는 일은 우리 시대 소설가에게, 발자크나 도스토옙스키가 고심한 것과는 다른 문제들을 제기한다. 하나의 예로서, 전적으로 독립적인 다섯 가지 선들, 다섯 '목소리'로 구성된 '폴리포니' 대하소설인 브로흐의 『몽유병자들』 3권을 살펴보자. 이 선들은 공통 사건으로도 동일 등장인물들로도 연결되지 않으며, 제각기 전혀 상이한 형태적 특성(A — 소설, B — 탐방기, C — 단편, D — 시, E — 수필)을 보인다. 이 다섯 선은 이 책의 여든여덟 개 장에 걸쳐 다음과 같은 묘한 순서로 번갈아 나타난다. A-A-A-B-A-B-A-C-A-A-D-E-C-A-B-D-C-D-A-E-A-A-B-E-C-A-D-B-B-A-E-A-A-E-A-B-D-C-B-B-D-A-B-E-A-A-B-A-D-A-C-B-D-A-E-B-

A-D-A-B-D-E-A-C-A-D-D-B-A-A-C-D-E-B-A-B-
D-B-A-B-A-A-D-A-A-D-D-E.

무엇 때문에 브로흐는 다른 순서가 아니라 하필이면 이런 순서를 택했을까? 무엇이 그로 하여금 네 번째 장에서 C나 D가 아니라 B를 택하게 했을까? 사건이나 작중 인물 들의 논리에 따른 것은 아니다. 이 다섯 가지 선에는 어떤 공통 사건도 없는 까닭이다. 그를 이끈 것은 다른 기준이다. 상이한 형태들 (시구, 대화, 잠언, 철학적 명상)의 느닷없는 근접이 낳는 매력, 상이한 장들을 적시는 상이한 감동들의 콘트라스트, 장들 길이의 다양성, 그리고 마치 다섯 거울에 비치듯 다섯 선들에 반영되는 동일한 실존적 물음들의 전개 등에 끌린 것이다. 달리 마땅한 표현이 없으므로 이것을 음악적 기준이라 명명하고 이렇게 결론 내리자. 19세기는 구성의 예술을 만들어 냈지만 이 예술에 음악성을 부여한 것은 우리 세기라고.

『악마의 시』는 어느 정도 독립적인 세 선으로 구성되었다. 뭄바이와 런던을 오가며 사는 이 시대의 두 인도인 살라딘 참차와 지브릴 파리슈타의 삶(A)과, 이슬람의 기원을 다루는 코란의 역사(B), 그리고 맨발로 바다를 건너 메카로 가려다 바다에 빠져 죽는 마을 주민들의 행진(C)이 그 셋이다.

이 세 선은 총 아홉 부(部)에 걸쳐 다음과 같은 순서로 되풀이 된다. A-B-A-C-A-B-A-C-A.(사실 음악에서는 이러한 순서를 론도라고 한다. 주 테마가 몇몇 부수적 테마와 차례로 어울리며 규칙적으로 되풀이된다.)

이 앙상블의 리듬(프랑스어 판 페이지 수를 대략 괄호 속에 적어 보면)은 다음과 같다. A(100) B(40) A(80) C(40) A(120) B(40) A(70) C(40) A(40). 이로써 우리는 B부와 C부의 길이가 모두 동일해, 이 앙상블에 리듬의 규칙성을 새기고 있음을 알 수 있다.

A선이 이 소설 공간의 7분의 5를, 그리고 B선이 7분의 1, C선이 7분의 1을 차지한다. 이 양적 관계에서 A선의 지배적인 위치가 귀결된다. 소설의 무게 중심이 파리슈타와 참차의 시대적 운명 속에 놓이는 것이다.

한데 비록 B와 C가 종속 선들이긴 하지만 이 소설의 미학적 도박은 바로 이 선들에 집중된다. 왜냐하면 루슈디가 모든 소설의 근본적인 문제(어떤 개인, 어떤 등장인물의 정체성이라는 문제)를 심리소설에서 흔히 쓰이는 기법을 넘어 새로운 방식으로 파악해 낸 것은 바로 이 두 부(部) 덕택인 까닭이다. 참차나 파리슈타의 개성은 그들의 마음 상태를 자세히 묘사한다고 해서 파악될 수 있는 것이 아니다. 그들의 신비는 그들의 정신세계 속에 인도 문명과 유럽 문명이라는 두 문명이 공생한다는 사실에 있다. 그것들에서 뽑혀 나온 존재들이지만, 여전히 그들 안에 생동하는 그 뿌리들 속에 있는 것이다. 그 뿌리들, 그것들이 잘린 지점은 어디이며 어디까지 내려가야 그 상처를 만져 볼 수 있는가? "과거의 우물" 속을 들여다보는 이 시선은 주제에서 벗어나지 않는다. 이 시선은 사태의 핵심, 즉 이 두 주인공의 실존적 파열을 겨냥한다.

야곱이 아브라함(토마스 만에 의하면, 야곱보다 수백 년 앞서 산) 없이는 이해될 수 없는 것과 마찬가지로(그는 아브라함의 '모방

과 연장'일 뿐이다) 지브릴 파리슈타는 대천사 지브릴, 마훈드
(무함마드) 없이는 이해될 수 없다. 마을 주민들을 메카로, 아
니, 죽음으로 인도하는 광신적 아가씨의 신정(神政) 이슬람,
호메이니의 신정 이슬람 없이는 이해될 수 없는 것이다. 그들
모두가 그의 내부에서 잠자는 그 자신의 가능태들이며, 그만
의 개성을 갖기 위해서는 그 가능태들과 싸워야 한다. 과거의
우물 속을 들여다보는 시선이 없다면 이 소설에는 검토해 볼
만한 어떤 중요한 물음도 없다. 선한 것은 무엇이고 악한 것은
무엇인가? 누가 누구에게 악마인가? 참차가 파리슈타에게 악
마인가, 파리슈타가 참차에게 악마인가? 마을 주민들의 순례
를 부추긴 자는 악마인가 천사인가? 그들의 익사는 낙원으로
가는 영예로운 여행인가 가엾은 파멸인가? 누가 이를 알아서
대답해 줄 수 있겠는가? 선악에 대한 이 파악 불능은 바로 종
교의 창시자들이 고민한 문제가 아니었는가? 신성을 모독하
는 그리스도의 놀라운 말, 절망에 찬 이 끔직한 말, "주여, 주
여, 어찌하여 나를 버리셨나이까?"는 모든 기독교도의 영혼
속에 울리고 있지 않은가? 성서 구절들을 자신에게 속삭여 준
이가 신인지 악마인지 자문하는 마호운드의 의혹 속에, 바로
인간 실존의 토대인 불확실성이 감춰진 것 아니겠는가?

대원칙들의 그늘 속에서

당대(1980년)에 만장일치로 찬사받은 『한밤의 아이들』 후, 앵글로색슨 문학 세계에서 루슈디가 오늘날 가장 재능 있는 소설가 중 한 사람임을 반대하는 사람은 없다. 1988년 9월에 영어로 출간된 『악마의 시』는 대가의 작품에 걸맞게 많은 사람들의 주의를 끌었다. 이 책은 그런 찬사를 받았지만 몇 개월 후, 이란의 지도자 이맘 호메이니가 루슈디에게 신성 모독죄로 사형선고를 내리고 탄약통을 맨 살인자들을 보내 언제 끝날지 모를 사냥감 쟁탈전을 벌이게 하는 청천벽력이 터지리라곤 누구도 예상하지 못했다.

이는 이 소설이 번역되기 전의 일이다. 따라서 앵글로색슨 세계의 바깥 도처에서는 스캔들이 소설을 앞질렀다. 프랑스에서 언론은 즉각 그런 선고가 나온 동기를 알리기 위해 아직 출간되지도 않은 소설 내용을 간추려 소개했다. 지극히 정상적인 행태라지만 이는 소설 작품에게는 치명적이다. 오로지 범죄시된 부분들만 소개함으로써 한 편의 예술 작품을 애초부터 단순한 범죄 구성 사실로 탈바꿈시켜 버렸기 때문이다.

나는 문학 비평을 비방할 생각은 추호도 없다. 사실 작가로서는 비평의 부재에 직면하는 것보다 더 고약한 일도 없다. 내가 말하는 비평은 명상으로서의 비평, 분석으로서의 문학 비평이다. 논하고 싶은 책을 여러 번 읽을 줄 아는 문학 비평,(좋은 음악을 끝없이 반복해서 듣듯, 훌륭한 소설 역시 반복해서 읽히도록 만들어졌다.) 시사성의 무자비한 괘종시계에 귀 기울이는 일 없이, 일 년 전, 삼십 년 전, 삼백 년 전에 탄생한 작품들을 논할 줄 아는 문학 비평, 어떤 작품의 독창성을 파악하여 이를 역사의 기억 속에 기록하고자 하는 문학 비평 말이다. 그런 명상이 소설의 역사를 수반하지 않았다면, 오늘날의 우리는 도스토옙스키, 조이스, 프루스트 등에 대해 아무것도 아는 게 없을 것이다. 그런 것이 없으면 모든 작품이 자의적인 판단에 내맡겨지고 신속히 잊혀 버린다. 한데 루슈디의 경우는(마치 또 하나의 증거가 필요하다는 듯) 그런 명상이 이제 더는 행해지지 않는다는 사실을 보여 주었다. 어느 결에 문학 비평은 별 생각 없이, 세상사의 흐름에 따라, 사회의 변화, 언론의 변화에 따라, 문학 뉴스에 관한 하나의 단순 정보(대개 지적이지만 언제나 성급한)로 탈바꿈해 버린 것이다.

『악마의 시』의 경우, 문학 뉴스는 한 저자에게 내려진 사형 선고였다. 이처럼 죽느냐 사느냐가 문제된 상황에서는 예술을 들먹이는 것 자체가 하찮아 보인다. 대원칙들이 위협받는 마당에 예술 따위가 뭐란 말인가? 그래서 세계 도처의 논평들은 모두 원칙들에 대한 논의에 집중되었었다. 표현의 자유와 그것을 옹호해야 할 필요성(실제로 사람들은 그것을 옹호하여, 항의하고 탄원서에 서명했다.)에 대해서, 종교에 대해서, 이슬람과 기독교에 대해서 논했으며, 이런 질문도 던졌다. 저자에겐 신을 모독하고 신자들에게 상처를 줄 권리가 있는가? 이런 의혹도 제기했다. 혹시 루슈디는 단지 자신을 홍보하기 위해, 자신의 안 읽히는 책을 팔기 위해 이슬람을 공격한 건 아닐까?

문인, 지식인, 사교계 인사 등, 사람들은 모두 어떤 불가사의한 만장일치에 따라(세계 도처에서 나는 똑같은 반응을 확인했다.) 이 소설을 외면했다. 처음으로 그늘은 어떤 상업적 입력에도 굴하지 않기로 결심했으며, 자신들에게 하나의 단순한 파문(波紋) 거리로만 보이는 이 책을 읽지 않고자 했다. 그들은 루슈디를 위한 모든 탄원서에 서명했지만, 다른 한편으로는 입가에 멋쟁이의 미소를 달고서 "그의 책? 아, 천만에, 천만에! 읽어 보지 않았어."라고 말하는 걸 품위 있는 처신으로 여겼다. 정치가들은 마음에 들지 않는 이 소설가의 그런 이상한 '인기 상실 상태'를 이용했다. 당시 그들이 내건 그 도덕가인 체하는 중립적 태도를 아마도 나는 영원히 잊지 못할 것이다. "우리는 호메이니의 선고를 비난한다. 표현의 자유는 우리에겐 신성하다. 하지만 우리는 신앙에 대한 공격 역시 비난한다. 한 국민의 영혼을 모욕하는 비열하고 치사한 공격을."

그렇다. 루슈디가 정말 이슬람을 공격했는지에 대해서는 누구도 의문을 품지 않았다. 실재하는 것은 그런 비방뿐, 책의

내용 따위 전혀 중요하지 않았으며, 더는 존재하지도 않았기
때문이다.

세 시대의 충격

역사상 유일한 상황이다. 혈통으로 보면 루슈디는 대부분 아직 현대 이전 시대를 사는 아랍 사회에 속한다. 그런 그가 자신의 책을 근대라는 시대, 좀 더 정확히 말하면 근대 말 유럽에서 쓴다.

당시 이란의 이슬람이 종교적 온건주의에서 멀어져 전투적 신정(神政)을 향해 갔던 것처럼, 소설의 역사 역시 루슈디와 더불어 토마스 만의 점잖고 학자인 체하는 미소에서 멀어져 라블레의 유머라는 재발견된 샘에서 길어 낸 고삐 풀린 상상력으로 넘어가고 있었다. 반대 명제들이 서로 마주쳤고, 극단으로 치달았다.

이런 관점에서 보면 루슈디에 대한 선고는 그저 하나의 우연이나 광기가 아니라, 두 시대 간의 뿌리 깊은 갈등처럼 보인다. 신정(神政)이 현대를 공격하고, 현대의 대표적 창작인 소설을 표적으로 삼았다는 얘기다. 사실 루슈디는 신성을 모독하지 않았다. 그는 이슬람을 공격하지 않았다. 그는 한 편의 소설을 썼다. 하지만 신정 정신에게는 이것이 진짜 공격보다도 더 나쁘다. 종교를 공격하면(논쟁이나 신성모독, 이단 등으로) 사원의 수호자들은 자신들의 땅에서 자신들의 언어로 어렵잖게 그 공격을 막아 낼 수 있다. 하지만 소설은 그들에게는 다른 항성이다. 다른 존재 법칙에 토대를 둔 다른 세계다. 유일 진리가 맥을 못 추는 곳, 악마적 모호성이 모든 확실성을 수수께끼로 만들어 버리는 지옥 같은 곳이다.

문제는 공격이 아니라 모호성이라는 점을 강조하자. 『악마의 시』 2부(무함마드와 이슬람의 기원을 회상하는 문제의 그 부분)는 지브릴 파리슈타의 꿈으로 표현되며, 파리슈타는 이 꿈을 바탕으로 싸구려 영화를 한 편 제작하여 자신이 직접 대천사 역할을 맡는다. 이렇듯 이 이야기는 이중으로 상대화되어 있으며(먼저 꿈으로 표현되었다가, 나중에는 실패할 게 뻔한 저질 영화로 표현되었다.) 그러므로 어떤 단언으로서가 아니라 유희적 허구로 표현된 것이다. 하지만 그 허구가 무례하다고? 나는 동의하지 않는다. 이 작품 덕에 나는 난생처음으로 이슬람 세계의, 이슬람 종교의 시를 이해할 수 있었기 때문이다.

이 점을 역설하자. 소설적 상대성의 세계에는 증오를 위한 자리가 없다는 것. 자신의 원한(개인적인 것이건 이데올로기적인 것이건)을 갚기 위해 소설을 쓰는 소설가는 총체적이고 확실한 미학적 파산에 귀착하고 만다는 것. 환각에 사로잡힌 마을 주민들을 죽음으로 인도하는 아가씨 아예샤는 괴물이지만,

또한 매력적이고 경이로우며(사방으로 그녀를 따라다니는 나비 떼에 둘러싸여) 종종 감동적이기까지 하다. 망명 도사(導師)의 초상(호메이니의 가상적 초상)에서도 우리가 발견하는 것은 공손하기까지 한 이해다. 서구의 현대성은 회의적으로 관찰되었으며, 어떻게 보더라도 동양의 의고주의(擬古主義)보다 우월한 것으로 표상되지 않았다. 이 소설은 고대 성서들을 '역사적 심리학적 관점에서 탐사'하며, 게다가 얼마나 그것들이 텔레비전이나 광고, 오락 산업 탓에 타락했는지 보여 준다. 그렇다고 좌파 인물들, 이 현대 세계의 경박함을 비난해 온 그들만은 저자에게서 온전한 공감을 누리는가? 천만에, 그들은 딱할 만큼 우스꽝스럽고 주변의 경박스러움 못지않게 경박스러울 뿐이다. 거대한 상대성의 사육제 같은 이 작품에서는 누구도 옳지 않고 누구도 완전히 틀린 게 아니다.

그러므로 『악마의 시』에서 문제가 된 것은 소설 예술 그 자체라 할 수 있다. 바로 그래서, 이 모든 슬픈 이야기에서 가장 슬픈 것은 호메이니의 선고(잔인하지만 일관된 논리에서 나온)가 아니라, 소설 예술이라는 가장 유럽적인 예술을 옹호하고 설명할 수 없는 유럽의 무능이다. 자기 고유의 문화를 설명하고 옹호하지 못하는 무능 말이다. '소설의 아들들'이 자신을 만든 예술을 버린 것이다. '소설 사회'인 유럽이 자기 자신을 포기한 것이다.

나는 숱한 화형대에 불을 지핀 16세기의 이데올로기 경찰, 소르본 신학자들이 라블레로 하여금 도주하여 숨어 살게 함으로써 그의 일생을 힘들게 한 것에 놀라지 않는다. 내가 보기에 그보다 훨씬 놀랍고 경탄스러운 것, 그것은 당대 권력자들, 이를테면 벨레 추기경이나 오데 추기경, 특히 프랑스 왕 프랑수아 1세 등이 그를 보호해 주었다는 사실이다. 그들은 원칙들을 옹호하고 싶었던 것일까? 표현의 자유를? 인권을? 그들의 그런 행동에는 그런 것들보다 더 나은 동기가 있었다. 그들은 문학과 예술을 사랑했던 것이다.

오늘날 유럽에는 벨레 추기경이나 프랑수아 1세 같은 왕이 전혀 보이지 않는다. 대체 유럽은 지금도 여전히 유럽인가? 아직도 '소설 사회'인가? 달리 말해서, 유럽은 아직도 현대라는 시대에 있는가? 이미 유럽은 아직 이름 없는, 예술이 이제 그다지 중요하지 않게 된 다른 어느 시대 속으로 진입하고 있는 게 아닐까? 그런 경우라면, 역사상 처음으로 소설 예술이라는 특별히 유럽적인 예술이 사형선고를 받았는데도 유럽이 별로 동요하지 않는다고 해서 놀랄 까닭이 없지 않겠는가? 현대를 뒤잇는 이 새로운 시대에, 소설은 이미 얼마 전부터 유죄선고를 받은 생을 살고 있는 게 아닐까?

유럽 소설

내가 논하는 예술을 정확히 한정 짓기 위해, 나는 그것을 유럽 소설이라 부른다. 이 말은 유럽인들이 유럽에서 창조한 소설들을 가리키는 게 아니라, 유럽에서 근대의 새벽에 시작된 소설의 역사에 참여하는 소설들을 가리킨다. 물론 중국 소설, 일본 소설, 고대 소설 등 다른 소설들도 있다. 하지만 이 소설들은 진화의 어떤 연속성에 의해서도 라블레나 세르반테스와 더불어 탄생한 그 역사적 기획에 연결되어 있지 않다.

내가 유럽 소설을 거론하는 것은 그것을 (예를 들면) 중국 소설과 구분 짓기 위함일 뿐 아니라, 그 역사가 초국가적임을 말하기 위해서기도 하다. 프랑스 소설, 영국 소설, 혹은 헝가리 소설은 자신들 고유의 자율적 역사를 만들지 못하며, 모두가 하나의 공통된 초국가적 역사에 참여하고, 그 역사가 소설 진화의 방향이나 개개 작품들의 가치가 드러날 수 있는 유일한 맥락을 만들고 있음을 가리키기 위함인 것이다.

소설의 여러 발달 단계에서 여러 나라가 마치 릴레이 경주를 하듯 돌아가며 주도권을 잡았다. 먼저 위대한 선구자 보카치오의 이탈리아가 주도권을 잡았고, 그다음에는 라블레의 프랑스, 그다음에는 세르반테스와 피카레스크 소설의 에스파냐가 주도권을 잡았다. 18세기에는 대하소설의 영국이, 말경에는 괴테의 독일이 잡았으며, 19세기는 전적으로 프랑스 소설의 시대였으나 마지막 3분기 때 러시아 소설이 등장했고, 그 직후 스칸디나비아 소설이 출현했다. 그리고 20세기에는 카프카, 무질, 브로흐, 곰브로비치 등 중앙 유럽이 소설이라는 모험을 주도했다.

유럽이 단 하나의 국가였다면 유럽 소설의 역사가 그처럼 활기차게, 그처럼 힘차고 다양하게 4세기 동안이나 지속되지는 않았을 것이다. 소설 예술을 앞으로 나아가게 하고, 이 예술에 새로운 영감을 가져다주고 새로운 미학적 해결책을 제의해 온 것은 바로 한 번은 프랑스에서, 또 한 번은 러시아에서, 그리고 다른 곳, 또 다른 곳에서 떠오른 언제나 새로운 역사적 상황들(그 상황들의 새로운 실존적 내용과 더불어)이다. 마치 소설사가 자신의 도정을 거치는 동안 유럽 여러 부분들을 하나씩 차례로 일깨우면서, 각각의 특수성을 추인함과 동시에 하나의 공통된 유럽 의식 안에 통합해 온 것 같다.

유럽 소설사의 일대 주도권이 처음으로 유럽 바깥에서 탄생한 것은 바로 우리 세기의 일이다. 1920~1930년대에 북아메리카가, 그 후 1960년대에 라틴아메리카가 주도권을 잡은 것이 그렇다. 서인도제도의 소설가 파트리크 샤무아조의 예술이나 루슈디의 예술에서 독특한 즐거움을 느꼈기에, 나는 그들의 소설에 대해 35위선 아래의 소설, 혹은 남국 소설이라는 좀 더 총체적인 표현을 쓰고 싶다. 사실임 직함의 모든 규칙을 뛰어넘는, 고삐 풀린 상상력에 연결된 놀라운 현실 감각이 특징인 그들의 새로운 위대한 소설 문화에 대해서 말이다.

나를 매혹하는 이 상상력이 어디에서 유래하는지 나는 잘 알 수 없다. 카프카일까? 분명 그럴 것이다. 우리 세기에, 소설 예술에서 사실임 직하지 않음을 정당화한 이가 바로 그니까. 그러나 카프카의 상상력은 루슈디나 마르케스의 상상력과는 다르다. 이 풍부한 상상력은 매우 특별한 남국 문화에 뿌리내린 것 같다. 예컨대 언제나 생기 넘치는 구전 문학이라든가(샤무아조는 크리오요 콩트 작가들을 표방한다.) 라틴아메리카의 경우는 푸엔테스가 곧잘 상기시키듯, 유럽의 바로크보다 훨씬 더 풍부하고 훨씬 더 '광적'인 고유의 바로크에 말이다.

이 상상력의 또 다른 열쇠는 바로 소설의 열대화다. 이는 루슈디의 다음과 같은 환상을 염두에 두고 하는 말이다. 파리슈타가 런던 상공을 날다가 이 적의에 찬 도시를 '열대화'해 버리고 싶어진다. 그는 열대화의 이점들을 이렇게 요약한다. "전 국민적 낮잠이 관습화되고 (……) 나무 위에 새로운 새들(금강 잉꼬, 공작, 흰 잉꼬)이 앉고, 이 새들 아래에 새로운 나무들(야자나무, 타마린드, 용수)이 자라고 (……) 종교적 열정, 정치적 소요가 있고 (……) 서로 예고 없이 들이닥치는 친구들이 있고, 양로원이 문을 닫고, 대가족이 중시되고, 음식에 향료를 많이 쓰

는 등등. (……) 반면 단점으로는 콜레라, 장티푸스, 재향군인
병, 바퀴벌레, 먼지, 소음, 과잉 문화 등을 들 수 있다.”

("과잉 문화"라는 말, 이는 실로 탁월한 문구다. 모더니즘의 최종 단
계에 이른 지금의 소설은 어떤 성향을 보이는가. 유럽에서는 일상성이
극단으로 치달아, 잿빛 단색화 바탕에 단색화의 고도 분석이 가해지고,
유럽 바깥에서는 극히 예외적인 우연의 일치들이 중첩되어 색 위에 색
이 덧칠해진다. 유럽은 단색화의 따분함에, 유럽 바깥은 생생한 색채의
단조로움에 빠질 위험에 처하지 않았는가.)

35위선 아래에서 창조된 소설들은 유럽 취향에 다소 생소
하긴 하지만 그 형태나 정신 면에서 유럽 소설사의 연장이며,
또한 그 최초의 원천들에 놀라울 만큼 가깝기도 하다. 라블레
의 그 해묵은 수액이 오늘날 다른 어디가 아니라 바로 이 비유
럽 소설가들의 작품 속에서 너무나 유쾌하게 흐르고 있는 것
이다.

파뉘르주가 더는 웃기지 않을 날

그래서 나는 마지막으로 다시 한 번 파뉘르주에게 돌아간다. 『팡타그뤼엘』에서 그는 한 부인을 사랑하게 되어 무슨 수를 써서라도 그녀를 갖고자 한다. 그는 교회에서 미사가 진행되는 동안(이야말로 대단한 신성모독 아닌가?) 그 부인에게 기절초풍할 외설들을 속삭이는데(오늘날 미국에서였다면 성희롱 죄로 징역형 백삼십 년에 처해질 것이다.) 부인이 말을 듣지 않자 보복으로 그녀 옷에 발정 난 암캐의 분비물을 뿌려 놓는다. 얼마 후 그녀가 교회를 나서자 주변 모든 개들(60만 하고도 열네 마리라고 라블레는 말한다.)이 그녀를 뒤쫓으며 그녀에게 오줌을 갈긴다. 스무 살 시절, 나는 어느 노동자 기숙사에서 지낸 적이 있다. 당시 나의 침상 밑에는 체코어 판 라블레 전집이 놓여 있었다. 그 두꺼운 책을 궁금해하는 노동자들에게 나는 누차이 이야기를 읽어 주어야 했고, 머지않아 그들은 내용을 완전히 외우게 되었다. 보수적이라 할 시골 도덕이 밴 사람들이었지만, 그들의 웃음에는 파뉘르주가 말과 오줌으로 행한 성희롱을 비난하는 기색이 전혀 없었다. 그들은 파뉘르주를 몹시 좋아했으며, 한 동료에게 그의 이름을 별명으로 붙여 주기까지 했다. 아, 천만에, 여자들을 뒤쫓아 다니는 녀석에게가 아니라, 샤워를 하면서도 알몸을 보이길 부끄러워한 한 젊은이, 순진하고 정숙하기로 유명했던 한 젊은이에게 말이다. 그들이 외치는 소리가 어제 일처럼 귓전에 울린다. "파누르크(파뉘르주의 체코식 발음이 이랬다.)가 샤워를 하다니! 개 오줌으로 씻겨 주려 했는데 말이야!"

언제나 나의 귀에는 그 친구 녀석의 수줍음을 조롱하던, 그러면서도 그 수줍음에 대해 경탄스럽기까지 한 따뜻함을 보이던 그 멋진 웃음소리가 들린다. 그들은 파뉘르주가 교회에서 그 부인에게 건넨 외설들에 매료되었지만 부인의 정숙함이 그에게 부과한 벌에도 매료되었으며, 또한 부인의 정숙함이 개들의 오줌 세례로 처벌받은 것에도 역시 몹시도 즐거워했다. 나의 옛 동료들, 그들은 무엇에 공감한 것일까? 수줍음에? 파렴치에? 파뉘르주에게? 그 부인에게? 부럽게도 아름다운 것에 오줌을 갈기는 특권을 누린 그 개들에게?

유머란 이 세계의 도덕적 모호성을 드러내는, 그리고 인간이 얼마나 다른 사람을 심판할 수 없는 존재인지를 드러내는 신성한 빛이다. 유머란 인간사의 상대성에 대한 도취요, 확실한 건 없다는 확신에서 오는 기이한 즐거움이다.

하지만 옥타비오 파스의 말을 빌리면 유머는 "현대 정신의 위대한 발명품"이다. 그것은 늘 여기 있었던 게 아니요, 늘 여기 있을 것도 아니다.

나는 파뉘르주가 더는 웃기지 않을 날을 생각하며 가슴 졸인다.

2부   성 가르타의 망령

2부   성 가르타의 망령

1

오늘날 세상 모든 사람들이 적든 많든 어느 정도 공유하고 있는 카프카의 이미지 밑바탕에는 소설 한 권이 있다. 막스 브로트는 카프카가 죽은 직후에 이 소설을 써서 1928년에 출간했다. 제목을 음미해 보라. 『사랑의 마법 왕국』. 문제의 이 소설은 모델 소설이다. 우리는 소설 주인공인 노비라는 프라하의 독일인 작가가 브로트의 미화된 자화상(여성들의 숭배를 받고 문인들의 질투를 사는)임을 알 수 있다. 노비-브로트는 한 남자의 아내와 몰래 만나는데, 그 사내는 심히 꾸며 낸 것 같은 흉악한 간계로 노비-브로트를 사 년간 감옥살이시키는 데 성공한다. 단숨에 우리는 도무지 사실 같지 않은 우연들로 짜맞춰진 이야기 속으로 떨어지고(등장인물들이 바다 한가운데 어느 여객선이나 하이파의 거리, 혹은 빈의 거리에서 그야말로 우연히 맞닥뜨리곤 한다.) 선인(노비와 그의 정부)과 악인(아내에게 배신당하는 게 전혀 놀랍지 않을 만큼 천박한 사내와, 노비의 멋진 책들을 철저하게 혹평하는 문학 비평가) 간의 싸움에 참여하며, 한 편의 멜로드라마 같은 반전들에 감동받고(여주인공은 남편과 노비 사이를 오가는 삶을 더는 견디지 못하고 자살한다.) 무엇에나 깊이 빠져드는 노비-브로트 영혼의 감수성에 감탄한다.

가르타라는 등장인물이 없었다면 이 소설은 다 쓰이기도 전에 잊혔을 것이다. 노비의 절친 가르타는 바로 카프카의 초상이기 때문이다. 이 열쇠가 없었다면 가르타라는 등장인물은 아마도 문학사상 가장 흥미 없는 인물이 되었을 것 같다. 그는 '우리 시대의 성자'처럼 묘사되었으나, 그의 성덕이 어떤 도움이 되는지 특별히 알 수 있는 건 없다. 다만 이따금 노비-브로트가 곤란한 연애 문제로 이 친구에게 조언을 구하러 가지만, 그는 그런 경험이 전혀 없는 성자여서 조언을 해 줄 수 없다는 사실뿐.

얼마나 기막힌 역설인가. 카프카의 이미지는 물론이요 사후 그의 작품의 운명까지도 이 유치한 소설 속에서, 이 졸작 속에서, 미학적으로 정확히 카프카 예술의 반대 극에 위치하는 이 희화적인 소설 속에서 처음으로 구상되고 그려졌다는 사실이 말이다.

2

소설 몇 구절을 인용해 보자. 가르타는 "우리 시대의 성자, 진정한 성자였다." "그의 비범한 점들 가운데 하나는 그가 사실상 신화에 근접해 있었는데도 그 어떤 신화에 대해서도 언제나 독립적이고, 자유롭고, 성스러울 만큼 이성적으로 머물렀다는 점이다." "그는 절대적 순수성을 바랐다. 그는 다른 것은 바라지 못하는 사람이었다……."

성자, 성스럽게, 신화, 순수성 같은 이런 단어들은 단지 수사일 뿐인 것이 아니다. 이 단어들을 문자 그대로 받아들여야 한다. "이 땅을 밟은 모든 선지자와 현인들 중에서 그는 가장 말이 없는 사람이었다. (……) 아마도 그는 자기 자신에 대한 믿음만으로도 인류의 인도자가 되기에 족했을 것이다! 아니, 그는 인도자가 아니었다. 그는 인류의 다른 정신적 지도자들과는 달리 대중은 물론 제자들에게도 말을 하지 않았다. 그는 침묵을 지켰다. 위대한 신비 속으로 누구보다 깊이 빠져 들었기 때문일까? 그가 시도했던 것은 아마도 부처가 바랐던 것보다도 더 어려운 일이었을 게 분명하다. 성공했더라면 영원했을 테니까."

이런 얘기도 있다. "종교 창시자들은 모두 스스로를 확신했다. 하지만 그들 가운데 한 사람(어쩌면 누구보다도 진정성 있는 창시자였을) 노자는 자신이 전개한 운동의 그늘에 묻혔다. 가르타도 바로 그랬다."

가르타는 글을 쓰는 사람으로 소개되어 있다. 노비는 "가르타의 작품들에 관한 유언집행인이 될 것을 수락했다. 이는 가르타가 그에게 요청한 일로서, 작품을 모두 없애 버린다는 괴상한 조건을 달았다." 노비는 "이 최종 의사의 이유를 간파했다. 가르타는 새로운 종교를 포고한 게 아니라, 자신의 신앙을 실천하고자 한 사람이다. 그는 스스로에게 궁극의 노력을 요구했다. 그러다 목적을 이루지 못했기에, 그의 글들(그가 정상으로 오르는 데 도움이 됐을 하찮은 사닥다리들)이 그에게는 가치 없어져 버린 것이다."

하지만 노비-브로트는 친구의 뜻을 따르려 하지 않았다. 그가 보기에 "가르타의 글들은 비록 단순한 습작 상태일지라도, 어둠 속을 방황하는 인간들에게 그들이 지향하는 둘도 없는 최고선의 전조이기 때문이다."

그렇다, 모든 것이 바로 여기에 있다.

3

브로트가 없었다면 오늘날 우리는 카프카의 이름조차도 알지 못했을 것이다. 친구가 죽자 곧바로 브로트는 그의 장편소설 세 편을 출간했다. 하지만 무반응. 그는 카프카의 작품을 인정받으려면 오랫동안 진짜 전쟁을 치러야 함을 깨달았다. 어떤 작품의 가치를 인정받으려 한다는 것은 곧 그 작품을 소개하고 해설하는 것을 의미한다. 브로트에게 그것은 진짜 포격을 감행하는 것과 같았다. 그는 『소송』(1925), 『성』(1926), 『아메리카(실종자)』(1927), 『전투 묘사』(1936), 일기와 편지 모음집(1937), 단편집(1946), 야누흐의 『카프카와의 대화』(1951) 등에 서문을 썼고, 드라마 대본으로 고쳐 쓴 『성』(1953)과 『아메리카』(1957), 그리고 특히 다음과 같은 중요한 해설서 네 권을 펴냈다.(제목들에 주목하라!) 『프란츠 카프카 전기』(1937), 『프란츠 카프카의 신앙과 교시』(1948), 『길을 가리키는 자, 프란츠 카프카』(1951), 『프란츠 카프카 작품에서의 절망과 구원』(1959).

『사랑의 마법 왕국』에서 소묘된 카프카의 이미지는 이 모든 텍스트를 통해 확고해지고 발전된다. 카프카는 무엇보다도 종교 사상가, **der religiöse Denker**다. 물론 그가 "자신의 철학이나 이 세계에 대한 자신의 종교적 관념에 관해 한 번도 체계적인 설명을 제시한 적은 없다. 하지만 우리는 그의 철학을 그의 작품, 특히 그의 잠언들에서 끌어낼 수 있고, 뿐만 아니라 그의 시, 그의 편지들, 그의 일기들은 물론 그의 생활 방식(특히 여기서)에서도 끌어낼 수 있다."

좀 더 뒤에 가서는 이렇게 말한다. "카프카의 작품에서 두 가지 주된 흐름을 구분하지 않고는 그의 진짜 중요성을 이해할 수 없다. 첫째는 잠언들이고, 둘째는 서사 텍스트들(장편과 단편소설)이다."

"잠언들에서 카프카는 das positive Wort, 적극적인 말씀, 즉 그의 신앙, 개개인의 사생활을 바꾸게 하려는 그의 엄격한 호소를 개진한다."

장편과 단편소설에서는, "말씀(das Wort)을 들으려 하지 않고 바른 길을 따르지 않는 자들이 겪게 될 끔찍한 형벌들을 묘사한다."

서열 관계에 유의하자. 맨 위에, 따라야 할 본보기로서의 카프카의 생애가 있고 중간에 잠언들, 즉 그의 일기에 기록된 모든 '철학적'인 격언 같은 문구들이 있으며, 맨 아래에 서사 작품이 있다.

브로트는 남다른 에너지를 지닌 총명한 지식인이었다. 남을 위해 싸움도 마다 않는 고귀한 영혼을 지닌 사람이요, 카프카에 대한 그의 애착은 열정적이고 사심이 없었다. 불행은 다만 그의 예술적 소양에 있었다. 관념을 중시한 그는 형식에 대한 열정이 뭔지 알지 못했다. 그의 소설들(스무여 편이나 된다.)은 슬플 만큼 관례적이다. 특히 그는 현대 예술을 전혀 이해하지 못했다.

그런데도 왜 카프카는 그토록 그를 좋아했을까? 당신이라면 당신의 둘도 없는 친구가 엉터리 시들을 써 댄다고 그를 좋아하지 않게 되는가?

하지만 엉터리 시를 쓰는 자는 시인 친구의 작품을 출간하려 드는 순간부터 위험한 존재가 된다. 가상 영향력 있는 피카소 해설가가 입체파를 전혀 이해하지 못하는 화가라고 상상해 보자. 그가 피카소의 작품에 대해 뭐라고 말하겠는가? 아마도 브로트가 카프카의 작품에 대해 했던 말과 똑같은 말을 할 것이다. 그의 작품들은 "바른 길을 따르지 않는 자들이 겪게 될 끔찍한 형벌들"을 묘사한다고 말이다.

4

막스 브로트는 카프카의 이미지와 그의 작품의 이미지를 만들어 냈다. 동시에 카프카학(學)도 만들어 냈다. 카프카 연구가들은 이 창시자와 거리를 두고 싶더라도 절대 그가 한정한 영토를 벗어나지는 못한다. 카프카학 연구 텍스트들의 양은 천문학적이지만 점점 카프카의 작품에서 독립하여, 오직 자신만을 양식으로 언제나 똑같은 담론, 똑같은 추론의 무한 변주를 펼칠 뿐이다. 수많은 서문, 후기, 주석, 전기와 전문 연구, 대학 강연, 박사 논문 등을 통해 카프카학은 자기만의 카프카 이미지를 만들어 가꿔 나가며, 그래서 대중이 카프카라는 이름으로 아는 작가는 더는 카프카가 아니라 카프카학화된 카프카다.

카프카에 관한 모든 저술이 카프카학에 속하는 것은 아니다. 그렇다면 카프카학을 어떻게 규정해야 할까? 같은 말을

되풀이하는 격이지만, 카프카학은 카프카를 카프카학화하려
는 담론이라고 규정할 수 있을 것이다. 카프카를 카프카학화
된 카프카로 대체하려는 담론 말이다.

  1) 브로트를 본받아, 카프카학은 카프카의 책들을 문학사
(유럽 소설의 역사)라는 대맥락에서가 아니라, 거의 전적으로 전
기적인 미세맥락 안에서만 검토한다. 부아데프르와 알베레스는
자신들이 쓴 전문 연구서에서 예술에 대한 전기적 해설을 거
부하는 프루스트의 주장을 인용하나, 이는 다만 "그라는 인물
과 그의 책들을 분리할 수가 없는" 카프카의 경우는 예외에 해
당함을 주장하기 위해서다. "요제프 K, 라반, 잠자, 측량기사,
벤데만, 여가수 요제피네, 단식자, 곡예사 능, 그의 잭들의 주
인공은 어떤 이름으로 불리든 모두 카프카 그 자신일 뿐이다."
말하자면 전기가 작품의 의미를 이해하는 주된 열쇠다. 더욱
나쁘게 보자면, 작품의 유일한 의미는 전기를 이해하기 위한
열쇠가 되는 것이라고 할 수도 있다.

  2) 브로트를 본받아, 카프카학자들의 붓끝에서 카프카 전기
는 성인전이 된다. 로만 카르스트가 1963년 리블리체 토론회에
서 자신의 발표를 마무리 지을 때 한 그 잊지 못할 과장된 말
을 보자. "프란츠 카프카는 우리를 위해 살았고 고통 받았다!"
종교적이거나 세속적인 온갖 성인전에서 카프카는 고독한 순
교자로 그려진다. 좌파 성인전에서는 무정부주의자들 집회에
"꼭꼭" 참여했고 "1917년 혁명을 예의 주시했던 카프카"로 그
려진다.(늘 인용되지만 한 번도 사실 확인이 된 적 없는 어느 신화편집
광적 증언에 의하면 그렇다.) 교회마다 자기만의 외전이 있는 법.

구스타프 야누흐의 『대화들』이 그런 외전에 해당한다. 성인마다에겐 희생적 몸짓이 있는 법. 자신의 작품을 없애 버리고자 한 카프카의 의지가 그런 몸짓이다.

3) 브로트를 본받아, 카프카학은 카프카를 미학의 영역에서 철저히 몰아낸다. 카프카를 '종교 사상가'로 보거나, 아니면 좌파 측에서, "기술이나 발명 관련 서적과 법률 관련 서적만이 이상적 장서에 포함되는"(들뢰즈와 가타리의 책) 예술 반대자로 간주한다. 카프카학은 그와 키르케고르, 니체, 신학자 등의 관계만 부단히 검토할 뿐, 소설가들이나 시인들과의 관계는 거들떠보지 않는다. 카뮈조차도 자신의 에세이에서 카프카를 소설가가 아니라 철학자로 언급한다. 그의 사적인 글들과 소설들을 똑같이 취급하지만, 전자를 선호하는 경향이 도드라진다. 한 예로, 집필 당시까지는 마르크스주의자였던 가로디의 카프카론을 보자. 카프카의 편지들은 쉰네 번이나 인용되고, 카프카의 일기는 마흔다섯 번, 야누흐의 『대화들』은 서른다섯 번, 단편들은 스무 번 인용되지만, 『소송』은 다섯 번, 『성』은 네 번 인용되고, 『아메리카』는 단 한 번도 인용되지 않는다.

4) 브로트와 마찬가지로, 카프카학은 현대 예술의 존재를 무시한다. 마치 카프카가 스트라빈스키, 베베른, 버르토크, 아폴리네르, 무질, 조이스, 피카소, 브라크 등, 모두 1880년에서 1883년 사이에 태어난 그 위대한 개혁자들 세대에 속하지 않는다는 듯이 말이다. 1950년대에 누군가가 베케트와 그의 유사성을 제시했을 때 브로트는, 성 가르타는 그런 데카당스와는 전혀 무관하다며 즉각 항의하고 나섰다.

5) 카프카학은 문학 비평이 아니다.(카프카학은 작품의 가치를 검토하지 않는다. 작품이 실존의 어떤 새로운 국면들을 비로소 드러냈는지, 작품이 어떤 미학적 혁신으로 예술의 발전 방향을 굴절했는지 하는 문제들을 검토하지 않는다.) 카프카학은 하나의 주해다. 그래서 그것이 카프카의 소설들에서 볼 수 있는 것은 알레고리들뿐이다. 종교적 알레고리들이거나(브로트가 보기에 성(城)은 신의 은총이며, 측량기사는 신성을 추구하는 현대판 파르시팔이다, 등등.) 정신분석학적 실존주의적 마르크스주의적 알레고리들이거나 (측량기사는 토지를 새롭게 분배하려 하므로 혁명을 상징한다.) 정치적 알레고리들이다.(오슨 웰스의 「소송」) 카프카 소설들에서 카프카학은 실세계가 엄청난 상상력에 의해 어떻게 변형되었는지를 탐구하지 않는다. 종교적인 메시지들을 해독하고 철학적 우의들을 판독할 뿐.

5

"가르타는 우리 시대의 성자, 진정한 성자였다." 한데 성자가 사창가에 드나들 수 있는가? 브로트는 카프카의 일기를 약간 검열한 뒤에 출간했다. 그 일기에서 그는 창녀들에 관한 암시뿐 아니라 성과 관련된 모든 것을 삭제했다. 카프카학은 카프카의 남성다움에 대해 언제나 의혹을 표명했고, 이 순교자의 성불구 상태를 즐겨 떠들어 댔다. 그래서 오래전부터 카프카는 신경증 환자들, 우울증 환자들, 식욕부진 환자들, 허약자들의 수호성인이자 얼간이들과 우스꽝스러운 귀부인들과 히스테리 환자들의 수호성인이 되었다.(오슨 웰스의 영화에서 K는 히스테릭하게 악을 써 대지만, 카프카의 소설들은 문학사상 가장 덜 히스테릭하다.)

전기 작가들은 제 여편네의 은밀한 성생활은 알지 못해도 스탕달이나 포크너의 성생활은 안다고 여긴다. 카프카의 성생활에 대하여 이것만은 감히 말하고 싶다. 당시의 성생활(그리 쉽지 않았던)은 우리 시대의 성생활과는 많이 달랐다는 것 말이다. 당시 처녀들은 결혼 전에 성행위를 하지 않았으므로, 독신자에게는 두 가지 가능성이 있었을 뿐이다. 양가의 유부녀를 만나거나 아니면 여점원, 하녀, 창녀 같은 낮은 계층의 쉬운 여자들을 만나거나.

브로트가 쓴 소설들의 상상력은 전자에서 영양을 취한다. 그 소설들에서, 잔뜩 고양되고 낭만적이며(드라마틱한 외도, 자살, 병적 질투) 성관계 없는 에로티시즘이 등장하는 것은 그래서다. "여자들은 마음에 둔 사내가 육체적 소유만 중시한다고 오판한다. 육체적 소유는 하나의 상징일 뿐, 그것을 미화하는 감정에 비해 중요도가 한참 떨어진다. 남자의 사랑은 여자의 호의(진정한 의미에서의)와 선의를 얻는 것을 목표로 한다."(『사랑의 마법 왕국』)

이와는 반대로 카프카의 소설에서는 에로틱한 상상이 전적으로 위의 두 번째 원천에서 영감을 얻는다. "나는 사랑하는 여인의 집 앞을 지나듯 그 사창가를 지나갔다."(1910년의 일기, 브로트의 검열에 걸렸던 문장)

19세기 소설들은 사랑의 온갖 술책들을 훌륭하게 분석할 줄 알았으나, 성과 성행위 자체는 은폐해 두었다. 성이 낭만적 열정의 안개에서 빠져나오는 것은 20세기 초 수십 년을 통해서다. 카프카는 소설에서 이를 드러낸 최초의 작가들(물론 조이스와 함께) 중 한 사람이다. 그는 성애를 소수 방탕아 집단의 전유물인 유희의 장(18세기식의)으로서가 아니라, 개개인의 삶의 기본적이고도 일상적인 현실로 드러낸다. 카프카는 성애의 실존적 양상들을 드러낸다. 성애가 사랑과 대립 관계에 있다는 것, 상대의 낯섦이 성애를 가능하게 하는 조건이라는 것, 혐오스러운 동시에 자극적이요 끔찍할 만큼 무의미하면서도 그 무시무시한 힘이 전혀 줄어들지 않는 성애의 이중성 등을 말이다.

브로트는 낭만적인 사람이었다. 그와는 달리, 카프카 소설의 밑바탕에는 반(反)낭만주의가 깊이 뿌리내렸다는 게 나의 생각이다. 카프카의 반(反)낭만주의는 도처에서 확인된다. 사회를 보는 방식에서도 나타나고 문장을 짜는 방식에서도 나타난다. 하지만 그 기원은 아마도 성애에 대한 카프카의 비전에 있는 것 같다.

청년 카를 로스만(『아메리카』의 주인공)은 "그를 아버지로 만든" 하녀와의 불운한 성관계 탓에 아버지 집에서 쫓겨나 아메리카로 보내진다. 성교 전에 하녀는 "카를, 오, 나의 카를!" 하고 외쳤으나 "그는 아무것도 볼 수가 없었고, 그녀가 특별히 그에게만 덮어 주는 듯한 따뜻한 이불 속에서 괴로워했다……." 이어 그녀는 "그의 몸을 흔들더니 그의 심장에 귀를 기울였고, 그가 자신의 심장 소리를 들을 수 있도록 가슴을 그에게 내밀었다." 그러고 나서 그녀는 "그의 사타구니를 더듬었는데, 그 손길이 너무나 역겨워 카를은 발버둥을 치며 머리와 목을 베개 밖으로 내밀었다." 마침내 "그녀가 몇 번인가 자신의 배를 그에게 밀어붙이자 그는 그녀가 마치 자신의 일부인 것 같은 느낌이 들었으며, 그가 끔찍한 절망감에 휩싸인 것은 아마 그래서일 것이다."

이 보잘것없는 성교가 이 소설에서 뒤이어 전개되는 모든 일의 원인이다. 전혀 무의미한 어떤 것이 우리 운명의 원인이 될 수 있다는 생각은 우리를 맥 빠지게 한다. 한데 어떤 예기치 못한 무의미성의 발견은 희극성의 원천이기도 하다. Post coïtum omne animal triste.(교미 후에는 모든 동물이 슬프다.) 카프카는 그런 비애의 희극성을 묘사한 최초의 작가였다.

성애의 희극성. 이는 청교도들은 물론이요 신(新)자유사상가들도 받아들일 수 없는 생각이다. 나는 D. H. 로렌스를 생각한다. 그가 쓴 에로스의 서사시 『채털리 부인의 연인』에 등장하는 성교 전도사는 성애를 서정화해 복원하고자 한다. 하지만 서정적 성애는 지난 세기의 서정적 감상보다도 훨씬 더 우스꽝스럽다.

『아메리카』의 에로틱한 보석은 브루넬다다. 그녀는 페데리코 펠리니를 매료했다. 펠리니는 오래전부터 『아메리카』를 영화화하길 꿈꾸었으며, 「인터뷰」에서 그는 우리에게 이 꿈의 영화의 캐스팅 장면을 보여 준다. 여기에는 브루넬다 역을 맡으려는 대단한 후보들이 여럿 등장하는데, 모두들 펠리니가 언제나처럼 넘쳐흐르는 즐거움 맛보며 선발한 후보들이다.(한데 여기서 내가 강조하고 싶은 것은, 그의 그 넘쳐흐르는 즐거움이 카프카의 즐거움이기도 했다는 점이다. 사실 카프카는 우리를 위해 고통 받았던 게 아니라, 우리를 위해 즐겼던 것이다!)

왕년에 가수로 활동했던 브루넬다, "다리에 관절염이 있는" "매우 섬세한" 여자. 두 손은 작고 통통하며 턱은 이중으로 접히는 "지나치게 뚱뚱한" 브루넬다. 두 다리를 벌리고 앉아 "몸시 힘이 들어 간간이 휴식을 취하며, 엄청난 노력을 대가로 치르며" "자신이 입고 있는 스타킹 끄트머리를 잡으려고" 앞으로 몸을 기울이는 브루넬다. 드레스를 걷어 올려 그 자락으로 울고 있는 로빈슨의 눈을 훔치는 브루넬다. 계단 두세 개를 오를 수가 없어 남이 들어 올려 주어야만 하는 브루넬다, 그 광경이 로빈슨에게는 너무나 인상적이어서 그는 한평생 이렇게 사랑의 탄식을 토하게 된다. "아, 그 여자, 그녀는 정말 아름다웠어, 세상에, 어찌 그리도 아름다울 수 있단 말인가!" 들라마르슈가 투덜거리고 징징거리며 몸을 씻기는, 욕조 안에 알몸으로 서 있는 브루넬다. 바로 그 욕조 안에 누워 물속에 주먹질을 해 대는 성난 브루넬다. 두 사내가 누 시간이나 설려 세단으로 들어 내려 휠체어에 앉히고, 카를이 그걸 밀고 시내를 통과해 베일 속 장소, 아마도 어느 사창가로 데려가는 브루넬다. 이 휠체어 안에서 숄에 완전히 감싸여 경찰이 보면 감자 자루로나 여길 브루넬다.

이 뚱뚱한 추녀의 묘사에서 새로운 것은 바로 그녀가 매력적이라는 점이다. 병적인 매력이요 우스꽝스러운 매력이지만, 어쨌든 매력은 매력이다. 브루넬다는 혐오와 자극의 경계에 있는 성애의 괴물이요, 사내들이 외치는 찬사의 탄성은 그저 희극적이기만 한 게 아니라(물론 그 탄성들은 희극적이다. 성애는 희극적이지 않은가!) 진짜 탄성이기도 하다. 여성에 대한 낭만적 예찬자 브로트에게 성교란 실재가 아니라 "감정의 상징"일 뿐이므로, 그가 브루넬다라는 인물에게서 참된 어떤 것도 보지 못했다는 것, 실제 경험의 그림자조차 보지 못하고, 다만

"바른 길을 따르지 않는 자들이 겪게 될 끔찍한 형벌들"에 대
한 묘사만 본 것이 우리로서는 놀랍지도 않다.

7

카프카가 쓴 가장 아름다운 성애 장면은 『성』 세 번째 장에 있다. K와 프리다의 사랑 행위다. 그 "키 작은 평범한 금발 아가씨"를 처음 본 지 겨우 한 시간이 지나, K는 계산대 뒤 "맥주 구덩이들과 땅바닥에 널린 온갖 더러운 것들 속에서" 그녀를 포옹한다. 더러움은 본질적으로 성애와 분리될 수 없다.

한데 그 직후 같은 단락에서, 카프카는 우리에게 성애의 시를 들려준다. "거기서 몇 시간이 흘렀다. 서로의 가쁜 숨결로, 서로의 심장의 펄떡임으로 흐른 몇 시간, 그 몇 시간 동안 K는 어느 낯선 세계, 공기조차에도 고향 공기의 어떤 요소도 없는, 낯섦으로 질식할 듯한 곳, 미친 유혹들 속에서 그저 계속 갈 뿐, 그저 계속 방황할 뿐, 달리 아무것도 할 수 없는 그런 낯선 세계 속에서 자신이 방황하고 있다는, 혹은 자신이 이전 다른 누구보다도 멀리 와 있다는 느낌이 끊임없이 들었다."

성교의 길이가 낯섦의 하늘 아래에서의 행진과 같은 은유로 변하고 있다. 그렇지만 이 행진은 추하지 않다. 추하기는커녕 우리를 잡아끌고, 우리로 하여금 더욱 멀리 가도록 유도하고 우리를 도취한다. 그것은 아름답다.

그 몇 행 뒤를 보자. "그는 프리다를 두 손으로 붙들고 있는 것이 너무나 행복했고, 프리다가 자신을 버린다면 자신이 가진 모든 것이 자신을 버릴 것만 같아 심히 걱정이 될 만큼 행복했다." 이 정도면 사랑이라 할 수 있지 않을까? 천만에, 사랑이 아니다. 모든 것에서 추방되고 박탈당한 사람에게는 맥주 구덩이들 속에서 포옹한 갓 알게 된 여인의 손끝 하나도 우주가 된다. 사랑이 전혀 개입하지 않고도 말이다.

8

앙드레 브르통은 『초현실주의 선언』에서 소설 예술에 대해 냉혹한 태도를 보인다. 소설은 어찌해 볼 수 없을 만큼 시시하고 진부한 것들, 시에 반대되는 것들로만 가득하다고 비난한다. 그는 소설의 묘사들은 물론 그 따분한 심리학도 비웃는다. 소설에 대한 이러한 비판은 곧 꿈에 대한 찬사로 이어진다. 뒤이어 그는 이렇게 요약한다. "나는 표면으로는 너무나 모순되어 보이는 두 상태, 즉 꿈과 현실이 훗날 일종의 절대적 현실, 이를테면 초현실로 용해되리란 걸 믿는다."

역설적이다. 초현실주의자들이 주장하긴 했으나 위대한 문학 작품을 통해 실제로 실현하지는 못했던 그 "꿈과 현실의 용해"가 바로 그들이 비난했던 장르에서, 즉 그들의 선언보다 십여 년 앞서 서술된 카프카의 소설들에서 이미 이루어졌으니 말이다.

우리를 매혹하는 카프카의 그런 상상력을 묘사하고 규정하고 명명하기란 실로 어렵다. 꿈과 현실의 용해라는 말, 물론 카프카는 몰랐던 이 문구가 뭔가 빛을 던져 주는 것 같다. 초현실주의자들이 중시했던 또 하나의 문장, 우산과 재봉틀의 우연한 만남의 아름다움에 관한 로트레아몽의 문장, 즉 서로 낯선 것들일수록 상호 접촉에서 솟아나는 빛은 그만큼 더 마술적이라는 문장도 그렇다. 내가 말하고 싶은 것은 어떤 경악의 시학, 혹은 끝없는 놀라움으로서의 미(美)다. 그렇지 않으면, 가치 기준으로서 농도라는 개념을 쓰고 싶다. 상상력의, 예기치 못한 만남들의 짙은 농도 말이다. 앞에서 인용한 K와 프리다의 성교 장면이 바로 그런 현기증 나는 농도의 한 예다. 한 페이지도 채 안 되는 짧은 단락에, 연이어 전개되며 우리를 경악시키는 완전히 상이한 세 가지 실존적 발견(성애의 실존적 트라이앵글)이 내포되어 있다. 불결함, 낯섦의 도취적인 검은 아름다움, 감동적이고 수심 어린 향수가 말이다.

세 번째 장 전체가 의외성의 소용돌이 같다. 비교적 조밀한 공간에서 다음 사건들이 잇달아 펼쳐진다. 여인숙에서 K와 프리다가 처음으로 만나고, 세 번째 인물(올가) 때문에 은폐된 이상할 만큼 노골적인 유혹의 대화가 오가고, K가 문에 난 구멍(이 모티프는 진부하지만 경험적 사실성에서 온다.)을 통해 책상 뒤에서 자고 있는 클람을 보고, 하인 한 무리가 올가와 함께 춤을 추고, 프리다가 놀랍도록 잔인하게 그들을 채찍으로 몰아내자 그들이 놀라울 만큼 겁에 질려 그녀의 뜻에 복종하고, 선술집 주인이 도착하자 K가 계산대 밑에 몸을 뉘어 숨고, 프리다가 와서 바닥에 누워 있는 K를 발견하지만 여인숙 주인에게는 그가 있음을 부인하고(발로 K의 가슴을 사랑스레 애무하면서) 문 뒤에서 잠이 깬 클람이 부르는 소리에 성교 행위가 중단되고, 프리다가 놀랍도록 대담하게 클람에게 "나는 지금 측량기사와 함께 있어요!"라고 소리친다. 이 연이은 의외성의 극치(여기서 우리는 경험적 사실성에서 완전히 벗어난다.)는 바로 그들보다 높은 곳, 계산대 위에 두 조수가 앉아 있다는 것. 그들은 그동안 내내 두 사람을 지켜보고 있었던 것이다.

9

성(城)의 두 조수는 아마도 카프카의 가장 위대한 시적 발견, 그의 환상의 경이일 것이다. 그들의 존재는 한없이 놀라울 뿐 아니라 의미들로 가득 차 있다. 하찮은 공갈범으로 그저 성가신 존재들이지만, 그러면서도 그들은 성(城)의 세계의 위협적인 '현대성'을 대표한다. 그들은 경찰이자 리포터이자 사진사들, 말하자면 사생활의 완전한 파괴를 담당하는 요원들이다. 그들은 드라마의 무대를 가로지르는 천진한 어릿광대들이자 타인의 정사를 훔쳐보는 음탕한 변태성욕자들로서, 그들의 존재는 소설 전체에 카프카 식으로 희화화된 불건전한 잡거 생활의 성적 향기를 불어넣는다.

하지만 이 두 조수를 창조해 낸 것은 다른 무엇보다도 특히 이 점에서 의미심장하다. 두 조수의 존재는 모든 것이 기이하게도 현실적인 동시에 비현실적이요, 가능한 동시에 불가능

한 그런 영역으로 이야기를 끌어올리는 지렛대로 기능한다는
점 말이다. 열두 번째 장을 보자. K와 프리다, 그리고 그들의
두 조수가 초등학교 교실에 캠프를 치고는 교실을 침실로 바
꿔 놓는다. 이 어처구니없는 4인 가족이 아침 단장을 하기 시
작하는 순간 학생들과 여교사가 들어선다. 평행봉 위에 걸쳐
둔 이불 너머에서 그들이 옷을 주워 입는 사이, 아이들이 재미
난 듯, 어이없는 듯, 흥미로운 듯(아이들 역시 일종의 변태성욕자
들이다.) 그들을 지켜본다. 이는 우산과 재봉틀의 만남을 능가
한다. 이는 초등학교 교실과 수상쩍은 침실이라는 두 공간의
신기할 만큼 엉뚱한 만남이다.

한 편의 거대한 희극 시를 보여 주는 이 장면(소설의 현대성
선집에서 첫머리를 장식해야 할)은 카프카 이전 시대에는 생각조
차 할 수 없었던 것이다. 꿈에도 생각할 수 없었던 것이다. 내
가 이렇게까지 강조하는 까닭은 카프카의 미학적 혁신이 얼
마나 근본적이었는지를 말하기 위해서다. 이십 년 전에 가브
리엘 가르시아 마르케스와 나눈 대화가 생각난다. 그는 내게
이렇게 말했다. "다르게 쓰는 법을 깨우쳐 준 이가 바로 카프카
예요." 여기서 '다르게'란 사실임 직함의 경계를 뛰어넘는다는
뜻이다. 실세계로부터 도피하기 위해서가 아니라(낭만주의자
들처럼) 실세계를 더욱 잘 파악하기 위해서 말이다.

사실 실세계를 파악한다는 것은 바로 소설의 정의 자체에
속한다. 한데 실세계를 파악함과 동시에 환상의 마술적 유희
에 빠져드는 일이 어떻게 가능한가? 세계 분석에 엄밀함과 동
시에 유희적 몽상 속에서 무책임하리만큼 자유로운 일이 어

떻게 가능한가? 서로 양립할 수 없는 이 두 목표를 어떻게 결합할 수 있는가? 카프카는 이 거대한 수수께끼를 풀어냈다. 그는 사실임 직함의 벽에 구멍을 뚫었다. 그 구멍을 통해 다른 많은 이들이 각자 제 나름의 방식으로 그를 뒤따랐다. 펠리니, 마르케스, 푸엔테스, 루슈디 같은 이들. 그 밖에 다른 많은 이들이.

성 가르타는 지옥에나 가라! 거세 콤플렉스를 일으키는 그의 망령은 역사 이래 가장 위대한 소설 시인 한 사람을 보이지 않게 만들어 버렸다.

3부 스트라빈스키에게
바치는 즉흥곡

3부 스트라빈스키에게
바치는 즉흥곡

<h1 style="text-align:center">과거의 부름</h1>

1931년 한 라디오 강연회에서 쇤베르크는 자신의 스승들을 이렇게 꼽는다. "in erster Linie Bach und Mozart, in zweiter Beethoven, Wagner, Brahms(첫째는 바흐와 모차르트요, 둘째는 베토벤, 바그너, 브람스 등이다.)" 이어 그는 이 다섯 작곡가 각각에게 배운 것을 격언 같은 압축된 문구들로 밝힌다.

한데 바흐에 대한 언급과 다른 작곡가들에 대한 언급 사이에는 아주 큰 차이가 하나 있다. 예를 들어 모차르트에게서는 "길이가 고르지 않은 악절들의 예술" 혹은 "2차적 관념들을 창출하는 예술", 다시 말해 오직 모차르트만의 전적으로 개인적인 기법을 배운다. 그러나 바흐에게서는 바흐가 등장하기 수세기 전부터 모든 음악의 원칙들이기도 했던 그런 원칙들을 발견한다. 그 첫째는 "자체로 반주될 수 있는 음군(音群)들을 창조하는 예술"이며, 둘째는 "단 하나의 핵에서 출발하여 전체를 창조하는 예술(die Kunst, alles aus einem zu erzeugen)"
이다.

쇤베르크가 바흐(와 바흐의 선구자들)에게서 얻은 교훈을 요약하는 이 두 문장으로 12음 음악의 혁명 전체가 정의될 수 있을 것이다. 한 테마에서 다른 테마로 이어지는 상이한 여러 음악 테마들의 교체를 바탕으로 구성되는 고전 음악이나 낭만파 음악과는 달리, 바흐의 푸가나 12음 음악의 구성은 처음부터 끝까지, 멜로디이자 동시에 반주이기도 한 단 하나의 핵에서 출발하여 전개된다.

그로부터 이십삼 년 후, 롤랑 마뉘엘이 스트라빈스키에게 "요즈음에는 주로 어떤 음악에 관심을 쏟고 계십니까?"라고 물었을 때, 스트라빈스키는 이렇게 대답한다. "기욤 드 마쇼, 하인리히 이자크, 뒤페, 페로탱, 그리고 베베른." 한 작곡가가 이처럼 분명하게 12세기, 14세기, 15세기 음악의 막대한 중요성을 선언하며 그것을 현대 음악(베베른의 음악)에 연결한 것은 이번이 처음이었다.

그 몇 해 뒤, 글렌 굴드가 모스크바에서 음악원 학생들을 위한 콘서트를 연다. 그는 베베른, 쇤베르크, 크레네크를 연주한 뒤, 청중들에게 이렇게 짧게 말한다. "내가 이 음악에 바칠 수 있는 가장 아름다운 찬사는, 우리가 이 음악에서 찾아낼 수 있는 그 원칙들이 새로운 게 아니라 최소한 오백 년은 되었다고 말하는 것입니다." 이어 그는 바흐의 푸가 세 곡을 연주한다. 이는 의도적인 선동이었다. 당시 러시아의 공식 독트린이던 사회주의적 사실주의는 전통 음악의 이름으로 모더니즘을 공격하고 있었다. 글렌 굴드는 현대 음악(공산 러시아에 금지된)의 뿌리가 사회주의적 사실주의의 공식 음악(실상은 음악적 낭만주의의 인위적 보존에 불과하던)의 뿌리보다 훨씬 깊다는 사실을 보여 주고 싶었던 것이다.

전 - 후반

유럽 음악의 역사(원시적 폴리포니가 처음 시도된 때를 그 시작
점으로 볼 때)는 약 천 년이다. 유럽 소설의 역사(라블레나 세르
반테스의 작품을 그 시작점으로 볼 때)는 약 네 세기다. 나는 이 두
역사가 유사한 리듬으로, 다시 말해서 전 - 후반의 리듬으로
전개되었다는 느낌을 떨쳐 버릴 수가 없다. 하지만 음악사와
소설사에서 전 - 후반 사이의 휴식기는 동기(同期)적이지 않
다. 음악사에서는 18세기 전체가 그 휴식기에 해당한다.(바흐
의 『푸가의 기법』이 전반부의 상징적 정점이라면, 후반부의 시작은 초
기 고전주의 작품들이다.) 소설사에서의 휴식기는 약간 더 늦다.
18세기와 19세기 사이, 즉 라클로 - 스턴의 시대와, 스코트 -
발자크의 시대 사이에 휴식기가 있다. 이 비동기성은 예술사
의 리듬을 지배하는 뿌리 깊은 동기들이 사회적이고 정치적
인 게 아니라 미적임을 말해 준다. 말하자면 특정 예술의 내재

적 특성과 관련 있다는 얘기다. 예를 들면 소설 예술이, 동시에 나란히 활용될 수 있는 게 아니라 선후로 하나씩 연이어 활용될 수 있는 상이한 두 가지 가능성(소설이 되는 상이한 두 방식)을 내포하는 것처럼 말이다.

전 – 후반이라는 이 은유적 관념은 예전에 누군가와 다정한 대화를 나누던 중 떠올랐는데, 단지 진부하고 기초적이며 순진할 만큼 자명한 하나의 경험일 뿐, 결코 어떤 과학성을 주장하는 것이 아니다. 사실 음악과 소설에 관한 한, 우리는 모두 후반부 미학을 통해 교육받았다. 오케겜의 미사곡이나 바흐의『푸가의 기법』은 보통 수준의 음악 애호가로서는 베베른의 음악만큼이나 이해하기 힘들다. 18세기 소실은 이야기가 아무리 매력적이어도 그 형식이 독자를 주눅 들게 하며, 그래서 텍스트보다는 영화로의 개작(소설의 정신과 형식을 치명적으로 변질시키는)을 통해 훨씬 더 잘 알려져 있다. 18세기의 가장 유명한 소설가 새뮤얼 리처드슨의 소설은 사실상 완전히 잊혀 서점에서 찾아볼 수조차 없다. 반면 발자크는 구닥다리로 보이기는 하지만 여전히 쉽게 읽힌다. 그의 형식은 독자에게 친숙하고 이해 가능하다. 어디 그뿐인가, 독자에게는 소설 형식의 모델 그 자체이기도 하다.

전반부 미학과 후반부 미학 사이의 구덩이는 많은 오해의 원인이 된다. 블라디미르 나보코프는 세르반테스를 논하는 책에서,『돈키호테』에 대해 도발적일 정도로 부정적 견해를 제시한다. 사실 같잖은 끔찍한 잔혹성으로 가득한, 반복적이고 유치하고 과대평가된 책이요 "흉측한 잔혹성" 때문에 "이

제껏 쓰인 책들 가운데 가장 야만스럽고 딱딱한 책들" 중 하나가 되었으며, 가엾은 산초는 연이은 몽둥이질에 최소한 다섯 번은 이를 모두 으스러뜨린다고 말이다. 그렇다. 나보코프의 말이 옳다. 산초는 이를 너무 많이 잃는다. 하지만 산초가 있는 세계는 잔혹성이 정확하고 상세하게 묘사되어 어떤 사회적 현실의 실제 자료가 되는 그런 졸라의 세계가 아니다. 세르반테스가 그리는 세계는 꾸며 내고 과장하는 이야기꾼, 자신의 환상과 도를 넘은 상상에 실려 가는 이야기꾼의 마법들에 의해 창조된 세계다. 산초의 부러진 이 백세 개, 우리는 그것을 문자 그대로 해석할 수 없다. 이 소설 속의 모든 것이 다 그렇듯이 말이다. "부인, 도로포장 롤러가 당신 딸의 몸 위로 지나갔습니다! ─ 아, 그래요, 난 지금 욕조 속에 있어요. 문 밑으로 그 앨 밀어 넣어 주세요." 내가 소싯적에 들었던 이 케케묵은 체코 농담에 잔혹 소송을 제기해야 할까? 세르반테스의 이 근본적인 대작은 비(非)진지성의 정신에서 생기를 부여받은 작품이다. 그 후 이 정신은 후반부 소설 미학에 의해, 이 미학의 사실임 직함이라는 강제 조항에 의해 이해할 수 없어져 버렸던 것이다.

후반부는 전반부를 그저 가려 버리기만 한 게 아니라 억압해 버렸으며, 전반부는 소설, 특히 음악에 대한 그릇된 신념이 되어 버렸다. 이를 말해 주는 가장 유명한 예가 바흐의 작품이다. 바흐는 생전에 명성을 떨치다가 사후에 까맣게 잊혔으며(반세기에 걸친 오랜 망각) 19세기 전반에 걸쳐 느리게 재발견된다. 베토벤이 생의 만년에(즉 바흐가 죽은 지 칠십 년이 지나) 바흐의 경험을 음악의 새로운 미학에 통합하는 데 거의 성공한 유일한 음악가일 뿐(푸가를 소나타에 끼워 넣기 위한 그의 거듭된 시도들) 베토벤 이후 낭만파 음악가들은 바흐를 흠모하면 할수록 그들의 구조적 사고 때문에 더욱더 그에게서 멀어졌다. 그의 음악을 좀 더 이해하기 쉽게 만들려다 주관적이고 감상적으로 해석했으며(부소니의 유명한 편곡들) 나중에는 이런 낭만화에 대한 반동으로 당대에 연주된 대로의 음악을 되찾고자 했으나, 그런 시도는 대단히 무미건조한 해석들을 탄생시키는 결과를 빚었다. 바흐의 음악은 한 번 망각의 사막을 거친 후로는 본래 얼굴이 언제나 반쯤 베일에 가린 것 같다.

안개에서 솟아나는 풍경으로서의 역사

바흐에 대한 망각을 말하는 대신 생각을 바꿔 이렇게 말할 수도 있을 것이다. 바흐는 작품의 비중이 너무나 커서, 이미 과거에 속하는 데도 대중으로 하여금 자신의 음악을 고찰하지 않을 수 없게 만든 최초의 위대한 작곡가라고 말이다. 사실 이는 전례 없는 일이다. 19세기까지만 해도 사회는 거의 전적으로 동시대 음악하고만 함께 살았다. 음악의 과거와 살아 있는 접촉을 하지 않았다. 비록 음악가들이 (드물게) 전대 음악을 연구하긴 했지만 그것을 공개적으로 실연하는 관습은 없었다. 과거 음악이 당대 음악 곁에 되살아나 점차 더욱 큰 자리를 차지하기 시작하는 것은 19세기를 통해서이며, 20세기에 들어서서는 현재와 과거의 관계가 역전된다. 오늘날 사람들은 거의 완전히 연주회장을 떠나 버린 당대 음악보다는 고전 음악을 훨씬 많이 듣는다.

그러므로 바흐는 후세 사람들이 자신의 음악을 기억하게 한 최초의 작곡가인 셈이다. 19세기 유럽은 그에게서 과거 음악의 중요한 한 부분만 발견한 게 아니라 음악의 역사를 발견했다. 바흐는 음악사의 어떤 한 과거가 아니라 현재와 근본적으로 구분되는 과거인 것이다. 음악의 시간이 작품들의 단순한 연속으로서가 아니라, 여러 상이한 미학과 시대와 변화의 연속으로서 한꺼번에 (또한 처음으로) 모습을 드러낸 것은 그래서다.

종종 나는 그가 죽던 해, 정확히 18세기 중엽, 흐린 시력으로 『푸가의 기법』에 몰두하는 그의 모습을 상상하곤 한다. 미학적 방향이 그의 작품(여러 방향성을 갖는)에서 옛것을 본뜨려는 성향이 가장 강한 음악, 이미 폴리포니에서 단순한 스타일로, 대개 경박하거나 빈곤하기만 한 간략주의 스타일로 완전히 돌아서 버린 그의 시대에 낯설기만 한 음악에 말이다.

그러므로 바흐 작품의 역사적 상황은 후대인들이 망각해 가는 것을 계시해 준다고 할 수 있다. 역사는 반드시 상승하는 길(더욱 풍요롭고 더욱 발전된 쪽으로)만은 아니라는 것, 예술의 요구 사항들은 시대(어떤 현대성)의 요구 사항들과 모순될 수 있다는 것, 또한 새로운 것(유일한 것, 흉내 낼 수 없는 것, 한 번도 말해지지 않은 것)은 세상 사람 모두가 진보라고 느끼는 것이 나아가는 방향과는 다른 방향에 있을 수 있다는 것 등을 말이다. 아닌 게 아니라 바흐가 동시대인들이나 후배들의 예술에서 읽은 미래는 그의 눈에 추락처럼 비쳤을 것이다. 그가 생의 만년에 이르러, 오로지 순수 폴리포니 음악에만 집중하여 후대 작곡가들과 시대의 취미에 등을 돌린 것은 역사에 대한 불신의 몸짓이요 미래에 대한 말없는 거부였다.

바흐는 음악의 여러 경향과 역사적인 문제들이 교차하는 비범한 광장이다. 그보다 백여 년 앞선 몬테베르디의 작품에서도 그런 광장이 발견된다. 몬테베르디의 작품은 두 가지 상반된 미학(그는 이 둘을 제1응용과 제2응용이라 명명하는데, 하나는 정통 폴리포니를 바탕으로 하고, 풍부한 표현력을 의도한 다른 하나는 단성(單聲)음악을 바탕으로 한다.)이 만나는 장으로서, 전반기에서 후반기로의 이행을 예시한다.

여러 역사적 경향성이 교차하는 또 하나의 비범한 광장은 스트라빈스키의 작품이다. 19세기를 통해 서서히 망각의 안개에서 빠져나온 음악의 천 년 과거가 우리 세기 중엽(바흐가 사망한 지 이백 년 뒤)에 빛이 가득한 하나의 풍경처럼 한꺼번에 완전히 등장했다. 음악의 역사 전체가 전적으로 현전하고, 전적으로 접근 가능하고 이용 가능하며(사료 연구들과 여러 기술적 수단, 라디오, 음반 덕택에) 의미를 캐는 갖가지 질문들에 전적으로 열린 사상 초유의 순간. 내가 보기에 그런 거대한 대차대조의 순간을 말해 주는 기념비적인 작품이 바로 스트라빈스키의 음악 같다.

감정 소송

『내 인생의 연대기』(1935)에서 스트라빈스키는 이렇게 말한다. 음악은 "어떤 감정, 어떤 태도, 어떤 심리 상태 등, 무엇이든 그것을 표현하는 데 무력하다." 이 주장(분명 과장된 주장이다. 음악이 여러 감정을 야기할 수 있음을 어찌 부정할 수 있겠는가?)은 몇 줄 뒤에 가서 명확해지고 뉘앙스를 갖는다. 요컨대 스트라빈스키의 말은, 음악의 존재 이유는 감정을 표현하는 게 아니라는 것이다. 무엇에 자극을 받아 이런 태도를 보였는지가 궁금하다.

스트라빈스키와는 달리, 음악의 존재 이유가 감정의 표현에 있다고 보는 확신은 아마 늘 있어 왔겠지만, 그것이 주된 견해로, 공통적으로 받아들여지는 자명한 사실로 부과된 것은 18세기에 들어서다. 장 자크 루소는 이를 거칠 만큼 단순하게 공언한다. 모든 예술이 그렇듯 음악은 실세계를 모방하지만 특별한 방식으로 모방한다는 것. 다시 말하면, 음악은 "사물을 직접적으로 표상하는 게 아니라, 우리가 사물을 볼 때 느끼는 것과 동일한 감동을 우리 마음에 자극하는 것"이라는 얘기다. 이를 위해서는 음악 작품의 특정 구조가 필요하다. 루소는 이렇게 말한다. "모든 음악은 세 가지, 즉 멜로디 혹은 가창, 하모니 혹은 반주, 템포 혹은 박자로만 구성될 수 있다." 내가 밑줄을 치고 싶은 부분은 하모니 혹은 반주라는 표현이다. 이는 곧 모든 것이 멜로디에 종속되었음을 의미한다. 가장 중요한 것은 멜로디며, 하모니는 "인간의 마음에 극히 미미한 영향을 미치는" 단순한 반주일 뿐이다.

그로부터 두 세기 후, 반세기가 넘도록 러시아의 음악을 숨막히게 한 사회주의적 사실주의 독트린 역시 이와 전혀 다르지 않은 주장을 했다. 그들은 소위 형식주의 작곡가들이 멜로디를 소홀히 했다고 비난했으며(우두머리 관념론자인 이다노프는 그들의 음악으로는 연주회장을 나설 때 휘파람을 불 수 없다며 화를 내곤 했다.) "다양한 인간 감정의 폭 전체"를 표현하라고 훈계하곤 했다.(드뷔시 이후 현대 음악은 그렇게 할 능력이 없다고 매질당했다.) 그들은 현실이 인간에게 야기하는 여러 감정을 표현하는 능력에서 음악의 '사실주의'를 보았던(바로 루소처럼) 것이다.(음악에서의 사회주의적 사실주의에서는 후반기 원칙들이 모더니즘을 저지하기 위한 도그마로 탈바꿈한다.)

스트라빈스키에 대한 가장 깊고 준엄한 비판은 테오도어 아도르노가 『새로운 음악 철학』(1949)이라는 명저에서 가한 비판이다. 아도르노는 음악의 상황을 정치 투쟁의 장처럼 묘사한다. 쇤베르크는 진보(여기서 진보란 더는 진보할 수 없는 시대의 진보, 말하자면 비극적 진보다.)를 대변하는 긍정적 주인공이요, 스트라빈스키는 복고를 대변하는 부정적 주인공이다. 음악의 존재 이유가 주관적인 감정 토로에 있지 않다고 보는 스트라빈스키의 입장은 아도르노의 비판 표적이 된다. 그가 보기에 그런 "맹렬한 반(反)심리적" 태도는 "세계에 대한 무관심"의 한 형태다. 음악을 객관화하려는 스트라빈스키의 의지는 인간의 주관성을 압살하는 자본주의 사회에 대한 암묵적 동의와 같다는 얘기다. "스트라빈스키의 음악이 예찬하는 것은 개인의 제거"와 전혀 다를 게 없기에 말이다.

뛰어난 음악가요 오케스트라 단장이었으며 스트라빈스키 작품의 최초 연주자들 가운데 한 명이었던 에르네스트 앙세르메(스트라빈스키는 『내 인생의 연대기』에서 그를 "가장 충실하고 헌신적인 친구들 중 한 명"이라고 말한다.)는 훗날 스트라빈스키에 대한 가장 냉혹한 비판자가 된다. 그의 반대 논거는 근본적인 것으로, "음악의 존재 이유"를 겨냥한다. 앙세르메에 의하면 "음악의 원천은 언제나 (……) 인간 마음에 내재하는 정서적 활동이었다." 이 "정서적 활동"의 표현에 음악의 "윤리적 본질"이 있다. 그러므로 "음악적 표현 행위에 개인성을 참여시키길 거부하는" 스트라빈스키에게서는 음악이 "인간 윤리의 미적 표현이길 중단한다." 예컨대 "그의 「미사곡」은 미사의 표현이 아니라 미사의 초상으로서, (이는) 반종교적인 음악가라도 얼마든지 잘 작곡할 수 있을 것이요" 결국 "조작된 종교심을 줄 뿐이다." 이처럼 음악의 진정한 존재 이유를 회피함으로

써(주관성의 토로를 초상으로 대체함으로써) 스트라빈스키는 다름 아닌 자기 자신의 윤리적 의무를 저버린 것이다.

이런 지독한 비판의 동기는 무엇일까? 지난 세기의 유물인 우리 내면의 낭만주의가 다른 누구보다도 일관되고 완벽하게 자신을 부정하는 음악에 반발하는 것일까? 스트라빈스키는 우리 모두의 내면에 숨은 어떤 실존적 욕구를 모독한 것일까? 메마른 눈보다는 젖어 있는 눈을, 주머니 속 손보다는 심장에 놓인 손을, 의심보다는 믿음을, 차분함보다는 열정을, 인식보다는 감정 토로를 더 나은 것으로 간주하려는 욕구를?

앙세르메는 음악에 대한 비판에서 작곡가에 대한 비판으로 넘어간다. 스트라빈스키가 "음악을 자신을 표현하는 행위로 삼지 않았고 그럴 생각도 없었다면, 그것은 자유로운 선택에 의해서가 아니라 그의 본성에 따른 어떤 제약 때문이요, 그의 정서적 활동에 자율성이 결여되었기 때문(심하게 말하면 뭔가 사랑할 것이 있을 때만 빈곤하길 멈추는 그의 마음의 빈곤 때문)이다."

빌어먹을! 가장 충실한 친구 앙세르메, 그가 스트라빈스키의 심장의 빈곤에 대해 뭘 알았단 말인가? 가장 헌신적인 친구, 그가 스트라빈스키의 사랑하는 능력에 대해 뭘 알았단 말인가? 게다가 그는 대체 어디에서 심장이 두뇌보다 윤리적으로 우월하다는 확신을 얻었단 말인가? 온갖 야비한 소행이 심장의 부재 못지않게 심장의 참여 때문에 저질러지지 않았는가? 손에 피를 칠한 광신자들, 그들도 자신들의 소행을 위대한 "정서적 활동"이라고 떠벌릴 수 있지 않은가? 대체 언제쯤

에야 우리는 이 멍청한 감정 취조를, 이 심장의 압제를 끝장내
게 될까?

무엇이 피상적이고 무엇이 심오한가?

심장의 투사들은 스트라빈스키를 공격하거나, 그의 음악을 구제하기 위해 작곡가의 '그릇된' 개념들과 음악을 분리하려고 애쓴다. 심장을 충분히 소유하지 않았을 수 있는 작곡가들의 음악을 '구제'하려는 이 선의는 바흐를 포함한 전반기 음악가들에게 곧잘 표명된다. 우연히 나는 어느 음악학자의 간략한 촌평 하나와 마주친다. 라블레의 위대한 동시대인 클레망 잔캥에 관한 글로서, 「새들의 노래」라거나 「여인들의 수다」 같은, 잔캥의 소위 '묘사적' 곡들에 관한 촌평이다. 여기서도 '구제' 의사는 동일하다.(키워드들 강조는 필자.) "그러나 이 곡들은 꽤 피상적인 차원에 머무른다. 하지만 잔캥은 사람들이 말하는 것보다 훨씬 더 완전한 예술가다. 왜냐하면 부인할 수 없는 그의 생생한 묘사적 재능 외에도, 그에게서 우리는 감미로운 시를, 감정 표현의 절절한 열정을 만나게 되는 까닭이다……. 그는 자연의 아름다움에 민감한 세련된 시인이다. 또한 그는 여성을 노래하는 탁월한 가객이기도 한데, 여성에게서 그는 말하자면 감미로움과 예찬과 존경의 억양들을 발견한다……."

어휘에 유의하자. 선과 악이라는 양극이 피상적인이란 형용사와, 이에 반대되는 심오한이라는 형용사로 지칭(암암리에)되어 있다. 한데 잔캥의 "묘사적인" 곡들이 정말 피상적인가? 잔캥은 이 몇몇 곡들 속에 비음악적인 음들(새들의 노래, 여인들의 수다, 거리의 재잘거림, 사냥이나 전쟁의 소음 등)을 음악적 수단(합창)으로 전사하며, 그 '묘사'는 폴리포니로 이루어져 있다. '자연주의적' 모방(잔캥에게 경탄스러운 새로운 음향들을 제공하는)과 정통 폴리포니 음악의 결합, 거의 양립 불가능한 두 극단의 이러한 결합은 매혹적이다. 실로 세련되고 유희적이며 유쾌하고 유머 가득한 하나의 예술인 것이다.

그래 봤자 어차피 감상적 담론이 심오한 것의 반대편에 두는 것은 바로 '세련된', '유희적인', '유쾌한', '유머' 같은 말들이다. 대체 무엇이 심오하고 무엇이 피상적인가? 잔캥 비판자에게는 '생생한 묘사 재능', 즉 '묘사'가 피상적이고, '감정 표현의 절절한 열정', 여성에 대한 '감미로움과 예찬과 존경의 억양들'이 심오하다. 결국 감정을 건드리는 것이 심오한 것인 셈이다. 하지만 우리는 심오한 것을 다르게 정의할 수 있다. 본질을 건드리는 것이 심오한 거라고. 그 곡들에서 잔캥이 건드리는 문제는 음악의 근본적인 존재론적 문제다. 음악적인 음과 소음의 관계 문제 말이다.

음악과 소음

인간이 음악적인 음을 창조했을 때(노래를 하거나 악기를 연주함으로써) 음향 세계는 인위적인 음들과 자연적인 음들이라는 엄격히 구분되는 두 부분으로 나뉘었다. 잔캥은 자신의 음악에서 이 두 부분을 접촉시키고자 했다. 16세기 중엽에 그는 20세기에 들어 야나체크(구어에 대한 연습곡들)나 버르토크, 혹은 지극히 체계적인 방식으로 메시앙(새들의 노래에서 영감을 얻은 곡들)이 하게 될 일을 예시했던 것이다.

잔캥의 예술은 인간의 영혼 바깥에 음향의 세계가 존재함을 상기시킨다. 그 세계는 단지 자연의 소음으로만 구성되는 게 아니라 말하고 외치고 노래하는, 그리하여 하루하루의 삶에 마치 축제의 음향의 살과도 같은 것을 제공하는 인간의 목소리로도 구성된다. 그의 예술은 이 '객관적' 세계에 위대한 음악적 형태를 부여할 온갖 가능성이 작곡자에게 주어져 있음을 상기시킨다.

야나체크의 가장 독창적인 작곡 가운데 하나인 「7만」(1909)은 슐레지엔 광부들의 운명을 이야기하는 남성 합창곡이다. 이 작품(현대 음악 선집에 당연히 실려야 할)의 후반부에서는 군중들의 함성, 어떤 매력적인 소란 속에서 뒤얽히는 외침들이 폭발한다. 말하자면 이 곡은 (놀라울 정도의 극적 감동을 주는 작품인데도) 잔캥의 시대에 파리의 함성, 런던의 함성을 음악화한 마드리갈 곡들과 신기할 만큼 가깝다.

나는 스트라빈스키의 「결혼」(1914년과 1923년에 걸쳐 작곡된)을 생각한다. 시골 결혼식의 초상(앙세르메는 경멸적으로 썼으나, 사실 이 용어는 매우 적절하다.)이라 할 수 있는 작품. 어떤 매력적인 야만성(버르토크를 예시하는)을 관현악화(피아노 네 대와 타악기)한 이 작품에서 우리는 노래, 소음, 이야기, 외침, 부르는 소리, 독백, 농담(야나체크가 예시한 목소리들의 소란) 등을 듣게 된다.

또한 나는 버르토크의 피아노를 위한 조곡 「야외에서」(1926)를 생각한다. 4악장에서 자연의 소음들(연못 근처 개구리들의 울음소리인 듯하다.)이 버르토크에게 아주 기이한 여러 가지 선율적 모티프들을 암시한다. 뒤이어 이 동물 음향에 대중 가요가 뒤섞이는데, 이 가요는 인간의 창조물이지만 개구리들의 음과 동일한 구도 위에 있다. 이는 작곡가의 영혼의 '정서적 활동'을 드러낸다는 낭만주의 가곡, 리트가 아니다. 이는 소음들 중의 소음으로, 외부에서 온 멜로디.

그리고 나는 버르토크의 세 번째 「피아노와 오케스트라를

위한 협주곡」(그의 만년, 슬픈 미국 시절의 작품)의 아다지오를 생
각한다. 여기서는 뭐라 형언할 수 없는 멜랑콜리의 극(極)주
관적 테마가 극(極)객관적인 또 다른 테마(바로 조곡「야외에서」
의 4악장에서 악장을 연상시키는)와 번갈아 이어진다. 마치 영혼
의 울음은 자연의 무감(無感)에 의해서만 위로받을 수 있다는
듯이 말이다.

분명 나는 "자연의 무감(無感)에 의한 위로"라고 말했다. 왜
냐하면 무감은 위로가 되기 때문이다. 무감의 세계, 그것은 인
간의 삶을 벗어난 세계다. 그것은 영원이다. "그것은 태양이
함께하는 바닷길이다." 점령 러시아 통치 초기 보헤미아에서
보낸 나의 슬픈 나날이 생각난다. 그때 나는 바레즈와 크세나
키스의 음악에 빠져 있었다. 객관적이나 실존하지 않는 음향
세계의 그 이미지들은 내게 공격적이고 성가신 인간의 주관
성에서 해방된 존재에 대해 얘기해 주었다. 그것들은 내게 인
간의 등장 이전 세계나 인간의 자취가 사라진 세계의 감미로
울 만큼 비인간적인 아름다움에 대해 얘기해 주었다.

멜로디

나는 12세기 노르르담 악파의 두 목소리를 위한 폴리포니 가곡을 듣고 있다. 아래에서는 cantus firmus(정선율, 定旋律)로서, 옛 그레고리오 성가(비유럽 권으로 추정되는 먼 과거에서 연원하는 노래)가 음정들을 점점 넓히며 흐르고, 위에선 폴리포니 반주 멜로디가 훨씬 짧은 박자들 속에 전개된다. 서로 다른 시기에 속하는(수세기나 떨어진) 두 멜로디의 이 포옹은 뭔가 경이로운, 말하자면 실재인 동시에 우화인 뭔가를 내포하며, 바로 여기에서 예술로서의 유럽 음악이 탄생한다. 한 멜로디가 매우 오랜, 거의 기원조차 알려지지 않은 다른 멜로디를 대위법적으로 뒤쫓기 위해 창조되었다. 말하자면 부차적이고 종속된 것으로서, 뭔가에 봉사하기 위해 만들어진 것이다. '부차적'이라지만, 이 중세 작곡가의 모든 작업과 창의력이 집중되는 곳은 바로 여기, 고대 레퍼토리 곡의 평범한 후렴으로 반주되는 바로 이 멜로디다.

이 옛 폴리포니 곡은 나를 기쁘게 한다. 멜로디는 지루하고 끝없으며, 기억할 수 없는 것이다. 돌연한 영감의 결과가 아니다. 어떤 영혼 상태의 즉각적인 표현으로서 솟아나지도 않았다. 그것은 예술가가 자기 영혼을 열기 위해서(앙세르메처럼 말하자면, 자신의 "정서적 활동"을 보여 주기 위해서)가 아니라 어떤 전례(典禮)를 그저 겸허하게 윤색하기 위해서 하는 작업, 말하자면 '장인의' 장식 작업 같은 어떤 가공(加工)의 특성을 보인다.

내가 보기에 멜로디 예술은 바흐 때까지는 초기 폴리포니 주의자들이 각인한 이런 특성을 지니는 것 같다. 바흐의 「바이올린 협주곡 미장조」(BWV 1042)의 아다지오 악장을 들어 본다. 일종의 cantus firmus로서, 오케스트라(첼로들)가 수차례 반복되는 기억하기 쉬운 아주 간단한 테마 하나를 연주하는 동안, 바이올린 멜로디(작곡가의 선율적 도전이 집중되는 곳이 바로 여기다.)가 그 위를 활공한다. 이 멜로디는 오케스트라의 cantus firmus보다 비교할 수 없을 만큼 길고 변화가 많고 풍부하며(하지만 이 멜로디는 오케스트라의 정선율에 종속되어 있다.) 아름답고 매력적이나 파악할 수 없고 기억할 수 없으며, 후반기의 아이들인 우리에게는 숭고하리만치 고풍스럽다.

이 상황은 고전주의가 태동하면서 변한다. 작곡은 폴리포니적 성격을 상실한다. 반주되는 하모니들의 울림 안에서, 서로 다른 여러 개별적 목소리들의 자율성이 사라진다. 이 자율성은 후반기 음악의 위대한 독창성, 즉 심포니 오케스트라와 그 음향의 뒤섞임이 더욱 큰 비중을 차지하면서 자취를 감춘다. '부차적'이고 '종속된' 것이던 멜로디가 작곡의 주된 관념이 되어, 이미 완전히 탈바꿈해 버린 음악 구조를 지배한다.

그래서 멜로디의 성격도 변한다. 멜로디는 이제 더는 작품 전체를 관통하는 긴 선이 아니다. 멜로디는 몇 소절로 이루어진 하나의 양식, 말하자면 매우 표현적이고 집약된, 따라서 쉬 기억할 수 있고 즉각적인 감동을 포착(혹은 야기)할 수 있는 하나의 양식으로 환원될 수 있다.(모든 감동들과 그 뉘앙스들을 음악적으로 포착하고 '정의'한다는 거대한 의미론적 과업이 다른 어느 때보다도 중요하게 음악에 부과된 것은 그래서다.) 대중이 후반기 작곡가들, 모차르트, 쇼팽에게는 "위대한 멜로디스트"라는 수식어를 붙이면서도, 바흐나 비발디에서는 매우 드물게, 조스캥 데 프레나 팔레스트리나에게는 더더욱 드물게 그런 수식어를 다는 이유가 바로 여기에 있다. 멜로디라는 것(아름다운 멜로디라는 것)에 대한 오늘날의 일반적 관념은 고전주의와 더불어 탄생한 미학에 의해 형성되었던 것이다.

하지만 바흐가 모차르트보다 덜 멜로디적이라는 건 사실이 아니다. 다만 그의 멜로디가 다를 뿐이다. 『푸가의 기법』의 이 유명한 테마는 이를 바탕으로 전체가 창조된(쇤베르크가 말했듯이) 핵과 같다.

하지만 『푸가의 기법』의 멜로디의 보고는 여기에 있지 않다. 이 테마에서 생겨나, 이 테마와 대위를 이루는 모든 멜로디들에 있다. 나는 헤르만 셰르헨이 지휘하는 연주와 오케스트라 편성을 무척 좋아한다. 그는 예컨대 「단순 푸가」 4번(BWV 1080)을 관례보다 두 배나 느리게 연주하게 했다.(바흐는 템포들을 명기하지 않았다.) 이 느린 템포 안에서, 곧바로 전혀 예기치 못한 선율의 아름다움이 펼쳐진다. 바흐를 이렇게 멜로디화한 것은 낭만화와는 전혀 무관하다.(여기에는 루바토도, 부가된 화음도 없다.) 내 귀에 들리는 것, 그것은 파악할 수 없고 기억할 수 없으며 하나의 짧은 양식으로 환원될 수도 없는 전반기의 진정한 멜로디, 뭐라 형언할 수 없는 평온함으로 나를 매료하는 멜로디(멜로디들의 뒤얽힘)다. 큰 감동 없이는 들을 수 없다. 쇼팽의 야상곡이 일깨우는 감동과는 본질적으로 다른 감동이다.

멜로디 예술의 배후에 서로 상반되는 두 가지 지향성이 숨어 있는 것 같다. 바흐의 푸가는 우리로 하여금 존재의 초(超)주관적 아름다움을 관조케 함으로써, 우리 영혼 상태, 우리 정열과 슬픔, 우리 자신을 망각하게 하려는 것 같고, 낭만적 멜로디는 우리로 하여금 오히려 우리 자신 속으로 빠져들게 하고, 무시무시한 강도로 우리 자아를 느끼게 하고, 우리 바깥에 있는 모든 것을 망각하게 하려고 하는 것 같다.

전반기의 복권으로서의
모더니즘 대작들

프루스트 이후 가장 위대한 소설가들, 특히 카프카, 무질, 브로흐, 곰브로비치, 그리고 나와 같은 세대의 푸엔테스 등은 모두 지금은 거의 잊힌 19세기 이전 소설 미학에 대단히 민감했다. 그들은 에세이적인 성찰을 소설 예술에 통합했다. 그들은 구성을 훨씬 더 자유롭게 했고, 여담의 권리를 되찾았으며, 소설에 비진지성과 유희 정신을 불어넣었고 (발자크처럼) 호적부와 경쟁하겠다고 우기는 일 없이 등장인물을 창조함으로써 심리적 사실주의의 도그마들을 거부했다. 특히 그들은 독자에게 실재라는 환상을 암시해야 하는 의무, 즉 소설 후반기 전체를 최고도로 지배한 이 의무에 반대했다.

전반기 소설 원칙들의 이러한 복권의 의미는 어떤 복고풍 스타일로 돌아가는 것이 아니다. 19세기 소설에 대한 유치한 거부도 아니다. 이 복권에는 보다 넓은 의미가 있다. 말하자면 소설 개념 자체를 다시 정의하고 확장하는 것, 19세기의 소설 미학이 행한 소설 개념의 축소에 반대하는 것, 소설의 역사적 경험 전체를 소설 개념의 토대로 제공하는 것 말이다.

소설과 음악이라는 두 예술의 구조적 문제들은 맞비교가 불가능하므로, 이 두 예술을 함부로 대조해 볼 뜻은 없다. 하지만 양자의 역사적 상황이 유사하다. 위대한 소설가들과 마찬가지로 현대의 위대한 작곡가들(여기에는 쇤베르크는 물론 스트라빈스키도 포함된다.)은 음악의 모든 세기를 포용하고자 했고, 음악사 전체의 음가표를 재고하고 재구성하고자 했다. 이를 위해서는 음악을 후반기의 상습으로부터 빠져나오게 해야만 했다.(말이 난 김에, 스트라빈스키의 음악에 흔히 들러붙는 신고전주의라는 용어는 틀렸음을 지적해 두자. 그의 역행 여행들 중 가장 결정적인 것들이 고전주의 이전 시기로 향해 간다는 점에서 말이다.) 소나타와 더불어 탄생한 작곡 기법들에 대해, 멜로디의 우위에 대해, 교향악의 음향적 선동에 대해 그들이 주저하는 태도를 보인 것이나, 특히 음악의 존재 이유를 오로지 감정 세계의 토로에서만 찾는 태도를 거부한 이유가 바로 여기에 있다. 같은 시기 소설 예술에서 사실임 직함의 원칙이 그랬듯 19세기 음악에서 절대적인 것이 되어 버린 그 태도를 말이다.

음악사 전체를 재해석하고 재평가하려는 이러한 성향은 모든 위대한 모더니스트들이 공통적으로 보여 주는 것(내가 보기엔 바로 이 점이 위대한 모더니스트 예술과 모더니스트 허세를 구분 짓는 징표다.)이지만, 이를 누구보다도 분명하게(어쩌면 과장되기까지 한 방식으로) 표명하는 이가 바로 스트라빈스키다. 그를 비방하는 이들의 공격이 집중되는 곳도 바로 여기다. 그들은 음악의 역사 전체에 뿌리를 내리고자 하는 그의 노력을 절충주의로 보거나 독창성 결여, 창의성 상실로 본다. 그가 보여 주는 "스타일에 대한 놀랍도록 다양한 방식들은 (……) 스타일의 부재나 마찬가지다."라고 앙세르메는 말했다. 아도르노도 스트라빈스키의 음악은 음악에서만 영감을 얻는다고, 그의 음악은 "음악에 의한 음악"이라고 빈정거렸다.

부당한 판단이다. 왜냐하면 스트라빈스키가 전무후무하게 음악의 전 역사에 관심을 기울여 거기에서 영감을 얻었다 하디리도, 이 점이 그의 예술의 독창성을 앗아 가는 것은 결코 아니기 때문이다. 나는 그저 단순히 그 스타일의 다양한 변화 뒤에 언제나 동일한 개인적 특징들이 있다는 얘기를 하려는 게 아니다. 오히려 나는 음악의 전 역사를 돌아다니는 그의 방랑, 의식적이고 의도적이고 거대하며 사상 유례가 없는 그의 그 '절충주의'가 바로 그의 총체적이고도 비교 불가능한 독창성이라는 점을 말하고 싶은 것이다.

세 번째 시기

한데 음악의 전 시대를 포용하고자 한 스트라빈스키의 이 의지는 무엇을 의미하는가? 무엇이 그 의미인가?

젊었을 때 나는 주저 없이 이렇게 대답했다. 내게 스트라빈스키는, 내가 무한하다고 믿은 저 먼 곳을 향해 난 문들을 열어젖힌 사람들 가운데 하나라고. 나는 그가 현대 예술이라는 끝없는 여행을 위해, 음악의 역사가 소유한 모든 힘, 모든 수단을 소환하고 동원하고자 한 것이라고 생각했다.

현대 예술이라는 끝없는 여행? 그사이 나는 그런 느낌을 잃어버렸다. 그 여행은 짧았다. 음악사가 펼쳐진 전 – 후반이라는 나의 은유에서, 내가 현대 음악을 하나의 단순한 후주로, 음악사의 에필로그, 모험 끝의 축제, 해 저문 하늘의 노을 같은 것으로 상상한 것은 그래서다.

지금 나는 망설인다. 비록 현대 음악의 시간이 그토록 짧았던 게 사실이라 하더라도, 비록 불과 한두 세대에 속했을 뿐이요 실제로 하나의 에필로그에 지나지 않는다 할지라도 그 무한한 아름다움, 그 예술적 중요성, 전적으로 새로운 그 미학과 종합하는 그 지혜 등을 고려할 때 현대 음악은 마땅히 별도의 한 시기, 말하자면 세 번째 시기로 간주되어야 하지 않을까? 어쩌면 나는 음악의 역사와 소설의 역사에 관한 나의 은유를 수정해야 하지 않을까? 그 역사들이 전–후반이 아니라 세 시기에 걸쳐 전개됐던 거라고 말해야 하지 않을까?

그렇다. 나는 나의 은유를 수정할 것이다. "해 저문 하늘의 누을"과 같은 이 세 번째 시기, 나 자신이 동참한다고 믿고 있는 이 시기에 열띤 애착을 느끼기에 더더욱 그렇게 할 것이다. 비록 내가 이제는 이미 존재하지 않는 뭔가에 참여하고 있다고 할지라도 말이다.

그만 나의 질문으로 되돌아가자. 음악의 전 시대를 포용하고자 한 스트라빈스키의 의지는 무엇을 의미하는가? 무엇이 그 의미인가?

이미지 하나가 나를 사로잡는다. 속설에 의하면, 죽음에 임하는 자는 단말마의 순간에 자신의 전 과거가 눈앞에 펼쳐지는 모습을 본다고 한다. 스트라빈스키의 작품을 통해 유럽 음악은 자신의 천 년 과거를 추억했다. 꿈 없는 영원한 잠을 향해 떠나기 전에 꾼 마지막 꿈이었다.

유희적 개작

다음 둘을 구분하자. 한편에, 과거 음악의 잊힌 원칙들을 복권하고자 하는 일반적 경향성이 있다. 이는 스트라빈스키의 작품 전체를 관통하는 경향성이요 그의 동시대 대가들 작품의 경향성이기도 하다. 다른 한편에 스트라빈스키가, 한 번은 차이콥스키와, 또 한 번은 페르골레시, 제수알도 등등과 나누는 직접적인 대화가 있다. 이 '직접적인 대화들', 말하자면 옛날 어떤 작품이나 어떤 구체적 스타일을 개작하는 것은 사실 다른 동시대 작곡가들에게서는 찾아볼 수 없는 스트라빈스키만의 방식이다.(이를 우리는 피카소에게서 보게 된다.)

아도르노는 스트라빈스키의 개작을 이렇게 해석한다.(키워드들을 강조한 사람은 나다.) "이 음들(즉 스트라빈스키가 예를 들면 「풀치넬라」에서 사용하는, 하모니와 무관한 불협화음들)은 관용어에 대해 작곡가가 가하는 폭력의 흔적들이 되며, 그것들에서 우리가 맛보는 것은 바로 그 폭력, 음악을 학대하는, 음악의 삶을 해치는 그 방식이다. 과거에는 불협화음이 주관적 고통의 표현이었지만, 귀에 거슬리는 그 신랄함이 가치가 변해 이제는 사회적 속박의 징표가 되는데, 그 중개인은 유행을 소개하는 작곡가다. 그의 작품들에는 주체와 무관한, 주체 외부에 있는 필요성, 단지 외부로부터 그에게 부과되었을 뿐인 이 속박의 상징들 외에 다른 소재가 없다. 어쩌면 스트라빈스키의 신고전주의 작품들이 누린 폭넓은 공감의 대부분은, 의식 없이 탐미의 미명 아래 이루어진 일이지만 그 작품들이 사람들을, 정치적인 계획에 따라 머지않아 그들에게 체계적으로 부과될 그 무언가에 적합하도록 육성했다는 사실에 기인하는지도 모른다."

요점을 간추려 보자. 불협화음은 '주관적 고통'의 표현이라면 정당화될 수 있지만, 스트라빈스키(자신의 고통을 말하지 않는다는 점에서 도덕적으로 유죄인)에게서는 동일한 불협화음이 가학성의 징표다. 이 가학성은 (아도르노 사유의 번쩍이는 직접교섭에 의해) 정치적 가학성에 비교된다. 말하자면 그가 페르골레시의 음악에 덧붙인 불협화음들은 임박한 정치적 억압(구체적인 역사적 맥락을 고려할 때 오직 한 가지, 파시즘을 의미할 수밖에 없다.)을 예시하는(결국 준비하는) 거라는 얘기다.

나도 옛 작품 하나를 자유롭게 개작해 본 적이 있다. 1970년대 초 아직 프라하에 살 때, 나는 디드로의 『운명론자 자크와 그의 주인』을 극작품으로 개작해 보고자 했다. 내게 디드로는 합리적이고 비판적이고 자유로운 정신의 화신이었으며, 그래서 나는 그에 대한 나의 애정을 서구에 대한 향수처럼 느꼈다.(러시아가 내 조국을 점령한 것이 나의 눈에는 강요된 탈서구화로 보였다.)
하지만 우리가 하는 일의 의미는 늘 변하게 마련이다. 오늘날에
는 차라리 이렇게 말하고 싶다. 내게 디드로는 소설 예술 전반
기를 구현한 소설가요 나의 극작품은 옛 소설가들에게 익숙했
던, 또한 내게도 소중했던 몇 가지 원칙들에 대한 예찬이었다
고 말이다. 그 원칙들이란 1) 행복감을 주는 구성의 자유, 2) 자
유분방한 이야기들과 철학적 성찰들의 부단한 공생, 3) 철학적
성찰들의 충격적이고 희화적이고 반어적인, 비진지성의 특성
등이다. 게임 규칙은 분명했다. 내가 만든 것은 디드로의 번안
이 아니라, 나 자신의 극작품, 디드로에 대한 나의 변주, 디드로
에게 바친 나의 경의였던 것이다. 나는 그의 소설을 통째로 재
구성했다. 사랑 이야기들은 그의 작품에서 가져왔지만 대화 속
성찰들은 내 것으로 보는 게 옳다. 디드로의 필치에서는 생각
할 수 없는 문장들이 거기에 있음을 누구라도 금방 알아챌 수
있다. 18세기는 낙관적이었지만 나의 세기는 이미 그렇지 않았
고 나는 더더욱 그렇지 않아, 나의 개작에서는 자크와 주인 같
은 등장인물들이 빛의 시대에는 상상조차 하기 힘든 막대한 어
둠을 향해 걸어가기 때문이다.

　이 어쭙잖은 개인적 체험으로 미루어 보건대, 나는 스트라
빈스키의 폭력이니 가학성이니 하는 말들을 멍청한 객설로
여길 수밖에 없다. 그는 내가 나의 옛 스승을 사랑했듯 자신의
옛 스승을 사랑했을 뿐이다. 어쩌면 그는 18세기의 멜로디에
이렇듯 20세기의 불협화음을 덧붙이면 저세상의 스승이 무슨
일인지 궁금해할 거라고 상상했는지도 모른다. 우리 시대에

관한 중요한 뭔가를 스승에게 털어놓게 될 거라고, 게다가 스
승이 이를 재미있어 할 거라고 말이다. 그에게는 옛 스승에게
말을 걸고, 얘기를 하고 싶은 욕구가 있었다. 옛 작품의 유희적
개작이 그에게는 세기를 뛰어넘어 의사소통하는 하나의 방식
이었던 것이다.

카프카의 유희적 개작

　카프카의 『아메리카』는 묘한 소설이다. 29세의 이 젊은 작가는 어째서 자신의 첫 소설을 한 번도 발을 디딘 적 없는 대륙에 설정한 걸까? 이 선택은 분명한 의도를 보여 준다. 즉, 사실주의를 따르지 않겠다는 것, 나아가서는 진지한 것을 만들지 않겠다는 뜻이다. 그는 자신의 무지를 연구로 땜질하려는 노력도 하지 않았다. 대수롭잖은 어느 책에서 읽은 내용과 에피날 박물관에 전시된 이미지들을 바탕으로 아메리카에 대한 관념을 품었으며, 그래서 그의 소설에서 아메리카 이미지는 (의도대로) 상투적인 것들로 만들어졌다. 등장인물이나 줄거리 구성 면에서 주된 영감의 원천은 (그가 일기에서 고백하듯이) 바로 디킨스, 특히 그의 『데이비드 코퍼필드』라는 책이다.(카프카는 『아메리카』의 첫 장이 디킨스의 "순수한 모방"이라고 말한다.) 그는 이 소설의 구체적 모티프들('우산 이야기, 강제 노동 이야기, 누

추한 집들, 시골집 애인’ 등을 열거한다.)을 다시 취하며, 등장인물
들을 본뜨고(카를은 데이비드 코퍼필드의 애정 어린 패러디다.) 특
히 감상주의라든가 선악 간의 천진한 구분 등, 디킨스의 소설
들 전부를 적시는 특유의 분위기를 모방한다. 아도르노가 스
트라빈스키의 음악을 “음악에 의한 음악”이라고 말한다면, 카
프카의『아메리카』는 “문학에 의한 문학”으로서, 이런 장르의
고전이나 토대와도 같은 작품이다.

소설 첫 쪽을 보자. 뉴욕 항에서 카를은 배에서 나오다가 우
산을 깜박 잊고 선실에 두고 왔음을 깨닫는다. 어이없을 만큼
고지식하게도 그는 우산을 찾으러 가기 위해 자신의 가방(그
의 소유물 전부가 들어 있는 무거운 가방)을 어느 낯모르는 이에게
맡긴다. 물론 이로써 그는 가방도 우산도 모두 잃는다. 소설
초입부터 이렇게 유희적 패러디 정신이, 그 무엇도 완전히 사
실 같지 않으며 모든 게 약간은 희극적인 그런 하나의 상상 세
계를 탄생시킨다.

어떤 세계 지도에도 존재하지 않는 카프카의 성(城)조차도,
이상 비대 생장과 기계가 주축이 된 새로운 문명이라는 상투
적 이미지에 따라 구상된 이 아메리카만큼 비현실적이지는
않다. 상원의원인 숙부 댁에서 카를은 버튼 백여 개로 작동하
는 서랍 백여 개가 딸린 대단히 복잡한 기계장치 같은 책상을
발견한다. 실용적인 동시에 전혀 쓸모없는, 기술 면에선 기적
인 동시에 난센스이기도 한 그런 오브제다. 숙부의 책상에서
부터 미로 같은 시골 빌라, 옥시덴탈 호텔,(굉장히 복잡한 건축에
다 끔찍하리만치 관청처럼 구성된) 그리고 파악 불가능할 만큼 행

정 체계가 거대한 오클라호마 극장에 이르기까지, 내가 이 소설에서 헤아린 재미나고 도무지 사실 같지 않은 신기한 메커니즘들이 열 개나 된다. 이렇듯 카프카는 바로 패러디 유희(상투성을 곁들인 유희)를 통해서 자신의 가장 중요한 테마, 즉 사람이 길을 잃고 헤매다 사라지는 미로 같은 사회 구성체라는 테마에 처음으로 접근했다.(발생론적 관점에서 보면, 성(城)의 무시무시한 행정 체계의 기원은 숙부 책상의 희극적 메커니즘이다.) 대단히 중요한 이 테마를 카프카는 사회에 대한 졸라식 연구를 바탕으로 한 사실주의적 소설 방식에 의해서가 아니라, 그저 하찮아 보이는 '문학에 의한 문학'의 방식으로 파악할 수 있었다. 필요한 모든 자유(과장들, 터무니없고 사실임 직하지 않은 것들을 마음껏 얘기할 수 있는 자유, 유희적인 꾸밈의 자유)를 그의 상상력에 제공해 준 바로 그 방식으로 말이다.

감정이 넘쳐나는 문체 뒤에 숨어 있는
심장의 메마름

『아메리카』에서 우리는 설명할 수 없을 만큼 과도한 감정적 몸짓들을 많이 발견한다. 첫 장의 끝부분을 보자. 카를은 이미 숙부와 함께 떠날 준비를 했으며, 화부(火夫)는 선장의 선실에 홀로 남아 있다. 그때(이하 주요 표현들을 강조하는 사람은 나다.) "카를은 화부를 찾아가, 허리춤에 찔러 넣고 있던 그 사내의 오른손을 빼내, 그 손을 잡고는 자신의 손으로 장난질했다. (……) 카를은 화부의 손가락들 사이로 자신의 손가락들을 넣었다 뺐다 했으며, 화부는 마치 자신이 어떤 커다란 행복을 맛보고 있고 누구도 그런 그를 탓할 수는 없다는 듯 두 눈을 빛내며 사방을 휘둘러보았다.

'거절해야 해. 싫으면 싫다고 말을 해야지, 그렇지 않으면 사람들이 진실을 알 수가 없잖아. 내 말대로 하겠다고 맹세해. 이제 더는 너를 전혀 도와줄 수 없을 것 같아서 하는 말이야.'

그러자 카를은 화부의 손에 입을 맞추며 울기 시작했다. 그는 거의 생기가 다한 그 주름투성이 손을 부여잡고는, 포기할 수밖에 없는 보물이라도 되는 듯 두 뺨에 대고 눌렀다. 하지만 상원의원 숙부가 어느새 그들 곁에 와서, 비록 그지없이 다정하게 그에게 강요할 뿐이었지만, 저 멀리로 그를 이끌고 있었다……."

또 다른 예를 보자. 폴런더 씨 별장에서의 파티가 끝나 갈 무렵, 카를은 왜 자기가 숙부 댁으로 돌아가고자 하는지를 장황하게 설명한다. "카를이 장황하게 얘기하는 동안 폴런더 씨는 주의 깊게 귀를 기울였다. 이따금, 특히 숙부가 거론될 때마다 그는 카를을 바싹 끌어안아 주었다……."

등장인물들의 이런 감정적 몸짓들은 과장되었을 뿐만 아니라 격에도 맞지 않는다. 카를이 화부를 알게 된 지는 아직 한 시간이 채 되지 않았기에 그에게 그토록 열렬히 애착을 느껴야 할 이유가 전혀 없다. 이 젊은이가 천진하게 사나이의 우정 어린 약속에 그리 감동한 것이라 해도, 바로 그 직후 그가 그토록 쉽게, 저항 한번 없이, 그 새로운 친구를 떠나 멀리 이끌려 간다는 사실 역시 놀랍기만 하다.

폴런더 그날 저녁의 광경을 통해 숙부가 이미 카를을 집에서 쫓아냈음을 잘 안다. 그래서 그는 카를을 다정하게 끌어안아 주는 것이다. 한데 정작 카를이 그의 면전에서 숙부의 편지를 읽어 주고 자신의 가혹한 운명을 알려 주는 순간 폴런더는 그에게 전혀 애정을 표하지 않으며 그에게 어떤 도움도 주지 않는다.

이처럼 우리는 카프카의 『아메리카』에서 격에 맞지 않는,

엉터리인, 과장된, 이해할 수 없는 감정들의 세계를 보게 되거나 이상할 만큼 감정이 부재하는 세계를 보게 된다. 자신의 일기에서 카프카는 디킨스의 소설들을 이렇게 특징짓는다. "감정이 넘쳐나는 문체 뒤에 숨어 있는 심장의 메마름." 아닌 게 아니라 바로 이것이 카프카의 이 소설, 집요하게 표명되나 즉각 잊히는 감정들의 연극이 갖는 의미다. 이 '감상벽 비판'(함축적이고 희화적이며, 재미나고 전혀 공격적이지 않은 비판)은 디킨스만이 아니라 낭만주의 전체를 겨누며, 낭만주의의 후예들, 카프카의 동시대인들, 특히 표현주의자들, 광기와 히스테리에 대한 그들의 숭배를 겨눈다. 그것은 심장이라는 성당 전체를 겨누며, 바로 이 점이 카프카와 스트라빈스키라는, 일견 너무나 상이한 두 예술가를 다시 가깝게 한다.

엑스터시에 빠진 어린 소년

물론 음악(모든 음악)이 감정을 표현하지 못한다고 말할 수
는 없다. 낭만주의 시대의 음악은 진정으로, 그리고 합법적으
로 표현적이다. 하지만 이 음악에 대해서도 우리는 이렇게 말
할 수 있다. 그 가치는 그것이 야기하는 감정의 강도와는 전혀
무관하다고. 왜냐하면 음악은 아무런 음악적 기법 없이도 감
정을 강력하게 일깨울 수 있기 때문이다. 나의 유년 시절이 생
각난다. 언젠가 나는 피아노 앞에 앉아 열정적인 즉흥 연주에
빠져 있었는데, C 단조와 하속음 파단조를 아주 강하게 끝없
이 두들기기만 하면 되는 연주였다. 이 두 화음과 끝없이 반복
되는 그 원시적 멜로디의 모티프는 어떤 쇼팽 어떤 베토벤도
내게 일깨워 준 적 없는 강렬한 감동을 맛보게 해 주었다.(그러
던 어느 날, 음악가인 나의 아버지께서 크게 노하여 — 그 전에도 후에
도 나는 당신께서 그렇게 노하신 모습을 본 적이 없다. — 내 방으로 달

려오셨고, 나를 의자에서 들어 올려 식당으로 안고 가서는 분을 간신히 삭이며 나를 식탁 아래 내려놓으셨다.)

그때 내가 그 즉흥 연주에서 맛보았던 것, 그것은 엑스터시였다. 엑스터시란 무엇인가? 건반을 치는 소년이 어떤 열광(어떤 슬픔, 환희)을 느껴 감동이 견딜 수 없을 정도까지 고양된다. 소년은 모든 것이 잊히는, 자기 자신마저도 잊히는, 보지도 듣지도 못하는 멍한 상태에 빠져든다. 엑스터시에 의해 감동은 절정에 이르며, 동시에 자신의 부정(자신의 망각)에도 이르는 것이다.

엑스터시는 그리스어 어원이 말해 주듯 '자기의 바깥'에 있음을 뜻한다. 말하자면 자신의 위치(stasis)에서 빠져나가는 행위를 가리킨다. '자기의 바깥'에 있음은 과거나 미래로 달아나는 몽상가처럼 현재 순간에서 벗어나는 것을 의미하는 게 아니다. 정확히 그 반대다. 엑스터시는 현재 순간에 절대적으로 동화되는 것이요 과거와 미래의 완전한 망각이다. 만약 우리가 과거와 미래를 지워 버린다면, 현재 순간은 생과 생의 연표 바깥, 빈 공간에 있게 된다. 시간의 바깥, 시간으로부터 독립적으로 있게 된다.(이를 우리는 영원과 비교할 수 있다. 영원 역시 시간의 부정인 까닭이다.)

우리는 리트 곡의 낭만적인 멜로디에서 감동의 음향적 이미지를 볼 수 있다. 멜로디의 긴 길이는 감동을 유지하고, 전개하고, 천천히 음미하게 하려는 것 같다. 반면 엑스터시는 멜로디에 반영될 수 없다. 엑스터시에 억압당한 기억은 그리 길지 않은 한 악절의 음들조차 유지할 수 없는 까닭이다. 엑스터시의 음향적 이미지는 외침(혹은 외침을 흉내 내는 매우 짧은 선율적 모티프)이다.

엑스터시의 전형적인 예는 오르가슴의 순간이다. 여자들이 아직 피임약의 혜택을 모르던 시대로 옮겨 가 보자. 절정의 순간에 이른 사내가 제때 정부의 몸에서 떨어져야 함을 잊고 결국 그녀를 어머니로 만드는 일이 허다했다. 조금 전까지 극도의 신중을 기하리라는 굳은 의사를 품고 있었더라도 말이다. 엑스터시의 순간이 그로 하여금 그의 결심(그의 직접적 과거)과 그의 이득들(그의 미래)을 잊게 한 것이다.

저울로 재 본다면 결국 엑스터시의 순간이 바라지 않은 아기보다 무게가 더 나갔던 거라 할 수 있다. 그리고 바라지 않은 아기가 어쩌면 사내의 인생 전체를 그 바라지 않은 현존으로 채우게 된다는 점에서, 엑스터시의 한 순간이 한 사람의 일생보다 더 무거웠던 거라고 말할 수도 있다. 그 사내의 일생은 마치 유한성이 영원을 맞닥뜨린 것 같은 그런 열등한 상태에서 엑스터시의 순간과 맞닥뜨린 것이다. 인간은 영원을 갈구하지만 그는 영원의 대용품, 엑스터시의 순간을 가질 수 있을 뿐이다.

내 청소년기의 어느 날이 생각난다. 나는 한 친구와 함께 그의 자동차 안에 있었다. 우리 앞에서는 사람들이 길을 건너고 있었다. 나는 내가 싫어하던 한 사람을 알아보았고 그를 가리키며 친구에게 말했다. "저 녀석을 깔아뭉개 버려!" 물론 순전히 농담이었으나 친구는 이상할 만치 도취된 상태에서 가속 페달을 밟았다. 사내는 질겁하여 비틀거리다가 바닥에 넘어졌다. 친구는 마지막 순간에 차를 세웠다. 사내는 다치지 않았으나 사람들이 우리 주위에 몰려들었고 우리에게 집단폭행을 가하려 들었다.(나는 그들을 이해한다.) 하지만 그렇다고 나의 친구에게 살인자의 심장이 있었던 건 아니다. 나의 말들이 그를 어떤 짧은 엑스터시(농담의 엑스터시라는 기이한 엑스터시) 속으로 밀어 넣었던 것이다.

으레 우리는 엑스터시란 개념을 거대한 신비주의적 순간들에 연결 짓곤 했다. 하지만 일상적이고 진부하며 통속적인 엑스터시들도 있다. 분노의 엑스터시, 운전대 앞에서 느끼는 속도의 엑스터시, 소음에 따른 청각 마비의 엑스터시, 축구장에서의 엑스터시 등이다. 산다는 것, 그것은 자기 자신을 잃어버리지 않기 위한, 언제나 자기 자신 속에, 자신의 스타시스(stasis) 속에 굳건히 현존하기 위한 부단하고 고된 노력이다. 잠시만 자기 자신에게서 빠져나가도 우리는 죽음의 영역을 건드리게 된다.

행복과 엑스터시

나는 아도르노가 스트라빈스키의 음악을 들으면서 조금이라도 쾌감을 맛본 적이 있는지 의심스럽다. 쾌감이라고? 그의 말에 따르면 스트라빈스키의 음악은 오직 하나의 쾌감, "궁핍의 변태적 쾌감"밖에 모른다. 왜냐하면 이 음악은 표현성이나 오케스트라 음향, 전개의 테크닉 등, 모든 것을 스스로 금하기만 하는 까닭이다. 이 음악은 그런 것들에 '악의 어린 시선'을 던지면서, 옛 형식들을 변형한다. 이 음악은 '찡그리기'만 할 뿐 창조가 불가능하다. '비꼬고', '풍자하고', '패러디'할 뿐이다. 이 음악은 단지 19세기 음악만이 아니라 음악 자체의 '부정'이기도 하다.("스트라빈스키의 음악은 음악이 추방되어 버린 음악이다."라고 아도르노는 말한다.)

묘하고 묘한 일이다. 그렇다면 이 음악에서 빛나는 행복은 어떻게 설명한단 말인가?

나는 1960년대 중반에 프라하에서 열린 피카소 전람회를 기억한다. 그림 하나가 아직도 나의 기억에 남아 있다. 여자와 남자가 수박을 먹고 있는 그림. 여자는 앉아 있고 남자는 그 냥 땅바닥에 누워 있는데, 뭐라 말할 수 없이 기쁜 듯 두 다리를 하늘로 쳐들고 있다. 모든 것이 너무나 기분 좋은 태평스러움으로 그려진 이 그림을 보면서, 나는 화가가 이 그림을 그릴 때 다리를 쳐들고 있는 사내와 똑같은 기쁨을 맛보았으리라고 생각했다.

다리를 쳐들고 있는 사내를 그리는 화가의 행복은 이중화된 행복이다. 행복을 (미소 지으며) 관조하는 행복이다. 내게는 특히 이 미소가 흥미롭다. 화가는 두 다리를 하늘로 쳐늘고 있는 사내의 행복에 깃든 멋들어진 희극성을 엿보고서 즐거워한다. 그의 미소는 그에게 두 다리를 하늘로 쳐든 사내의 몸짓만큼이나 무책임하고 유쾌한 상상력을 일깨워 준다. 그러므로 내가 말하는 이 행복에는 유머의 특징이 있다. 바로 이 점이 그것을 다른 시기 예술의 행복, 예를 들면 바그너의 트리스탄의 낭만적 행복이라든가 필레몬과 바우키스의 목가적 행복과 구분 짓는다.(아도르노가 스트라빈스키의 음악에 그토록 무감각했던 건 유머의 결핍 때문이 아닐까?)

베토벤은 「환희의 찬가」를 작곡했다. 하지만 베토벤의 이 환희는 듣는 이로 하여금 경건하게 차렷 자세를 하게 하는 예식 같다. 클래식 교향곡의 론도와 미뉴에트는 어찌 보면 춤에의 초대라 할 수 있는데, 내가 말하는 행복, 내가 애착을 품는 행복은 춤 같은 집단적 몸짓으로 행복을 외치고자 하지 않는다. 그래서 어떤 폴카도 내게 행복을 안겨 주지 않지만, 스트라빈스키의 「서커스 폴카」만은 예외다. 이 곡은 춤을 추라고 쓴 폴카가 아니라, 두 다리를 하늘로 쳐들고 감상을 하라고 쓴 폴카다.

현대 예술에는 존재의 흉내 낼 수 없는 행복을 발견한 작품들이 있으며, 그 행복은 상상력의 유쾌한 분방함으로 나타나거나, 뭔가를 꾸며내어 깜짝 놀라게 하는 즐거움, 뭔가를 꾸며내어 충격을 주는 즐거움으로 나타난다. 그런 행복감에 젖은 예술 작품들의 목록을 작성해 볼 수도 있을 것 같다. 우선 스트라빈스키(「페트루슈카」,「결혼」,「여우」,「피아노 협주곡 카프리치오」,「바이올린 협주곡 라장조」 등등)와 함께 미로의 작품 전부를 꼽을 수 있고, 클레, 뒤피, 뒤뷔페의 그림들, 아폴리네르의 산문들, 야나체크의 노년 작품들,(「속담」,「목관 6중주곡」, 오페라 「교활한 작은 암여우」) 미요, 풀랑크의 곡들을 꼽을 수 있다. 아폴리네르의 원작을 바탕으로, 전쟁이 끝날 무렵에 작곡된 풀랑크의 희가극 「테이레시아스의 유방」은 전후의 해방을 이런 농지거리로 예찬하는 건 수치라고 생각하는 이들의 비난을 샀다. 아닌 게 아니라 그런 행복(유머로 빛나는 실로 드문 행복)의 시대는 끝났다. 2차 세계 대전 후에는 오직 마티스나 피카소 같은 아주 늙은 거장들만이 시대정신에 반하여, 계속 그런 행복을 자신들의 예술에 간직했을 뿐이다.

이 행복의 대작들 리스트에서 재즈 음악을 빠뜨려서는 안 된다. 사실 재즈는 레퍼토리 전체가, 그리 많지 않은 일정 멜로디들의 변주로 존재한다. 그래서 우리는 모든 재즈 음악에서, 본래 멜로디와 2차 가공(加工) 사이에 슬그머니 끼어드는 미소를 엿볼 수 있다. 스트라빈스키와 마찬가지로 재즈계의 거장들은 유희적 개작 기법을 좋아했으며, 옛 흑인 영가들만이 아니라 바흐, 모차르트, 쇼팽의 음악을 자신들의 버전으로 작곡했다. 엘링턴은 차이콥스키와 그리그를 개작했으며, 「유위스 스위트」에서는 민속 폴카의 한 변주를 작곡하는데, 이 곡은 경향 면에서 「페트루슈카」를 연상시킨다. 이 미소는 엘링턴과 그가 그리는 그리그의 '초상' 사이에 보이지 않게 존재하기만 하는 게 아니라, 옛 딕시랜드 음악가들의 얼굴에 완연히 드러나기도 한다. 재즈 뮤지션은 자신의 독주 차례가 되면(언제나 부분적인 즉흥 연주를 곁들이는, 즉 언제나 듣는 이를 놀라게 하는) 잠시 자신의 연주를 한 뒤 다음 연주자에게 자리를 양보하고, 그 자신은 또다시 듣는 즐거움에(또 다른 놀라움이 주는 즐거움에) 몰입한다.

　재즈 연주회에서는 사람들이 갈채를 보낸다. 갈채의 의미는 이렇다. 너의 연주를 주의 깊게 들었으며 너에게 나의 경의를 보낸다는 것. 그러나 록이라는 음악이 이 상황을 바꿔 버린다. 록 연주회에서는 갈채를 보내지 않는다. 이는 의미심장하다. 갈채를 보내는 것, 다시 말해 연주하는 사람과 듣는 사람 사이에 비판적 거리를 두는 것은 록 연주회에서는 모독에 가까운 것이 된다. 록 콘서트에서 사람들은 판단하고 평가하려는 게 아니라 음악에 몰입하고, 악사들과 함께 비명을 지르고, 그들과 하나로 융합되고자 한다. 사람들이 추구하는 것은 즐거움이 아니라 동화이며, 행복이 아니라 감정의 토로다. 여기서 사람들은 엑스터시에 빠져든다. 리듬은 매우 세차고 규칙적이며, 선율적 모티프들은 짧고 끊임없이 반복된다. 역동적 콘트라스트는 없고 모두가 포르티시모이며, 가창은 비명과 유사한 최고음의 음역들을 선호한다. 여기서 사람들은 음악이 연인들을 자기들만의 내밀한 공간에 가두는 그런 작은 춤판 속에 있지 않다. 사람들은 거대한 홀, 큰 스타디움 안에서 서로 비좁게 엉겨 붙어 있다. 클럽에서 춤을 추는 경우라도 짝이 있는 게 아니다. 각자 자신의 동작들을 혼자이자 전체와 함께한다. 이 음악은 개인들을 하나의 집단적 육체로 탈바꿈시킨다. 여기서 개인주의와 쾌락주의를 말한다는 것은 있는 그대로의 자신과는 다른 자신의 모습을 보고 싶어 하는 우리 시대(물론 모든 시대가 이를 바라지만)의 자기기만들 가운데 하나일 뿐이다.

말썽 많은 악의 아름다움

아도르노가 나를 화나게 하는 점은 예술 작품을 끔찍할 만큼 쉽게 정치적(사회적) 원인이나 귀결, 혹은 그 의미들과 연결짓는 직접교섭 방식이다. 여러 가지 차이를 고려한 지극히 신중한 성찰들(아도르노의 음악학적 지식은 칭찬할 만하다.)이 결국은 지극히 보잘것없는 몇몇 결론으로 이끌리고 만다. 한 시대의 정치적 성향이 언제나 단 두 가지 상반된 성향으로 환원되며, 결국 우리는 예술 작품을 진보 편에 분류하거나 반동 편에 분류하게 된다. 그리고 반동이란 곧 악이기에, 엄한 취조로 이에 대한 소송을 제기할 수 있는 것이다.

스트라빈스키의 「봄의 제전」은 봄을 되살리려고 죽는 한 아가씨의 희생으로 끝맺음하는 발레곡이다. 아도르노가 보기에 스트라빈스키는 야만 편에 있다. 그의 "음악은 스스로를 희생자와 동일시하는 게 아니라, 파괴적인 심급(審級)과 동일시한다.”(의아하다. 왜 ‘동일시’라는 명사를 쓰는가? 스트라빈스키가 자신을 무엇과 ‘동일시’하는지 아닌지 아도르노가 어찌 아는가? 왜 ‘그리다’, ‘초상을 만들다’, ‘형상화하다’, ‘표상하다’라고 말하지 않는가? 그 대답은 이렇다. 오직 악과의 동일시만이 유죄이며 소송을 정당화할 수 있기 때문이다.)

언제나 나는 예술 작품에서, 현실의 이런저런 측면을 파악하고 이해하고 인식하고자 하는 의도를 찾는 게 아니라 어떤 태도(정치적 철학적 종교적 태도 등)를 찾고자 하는 이들을 뿌리 깊이, 격렬하게 혐오해 왔다. 스트라빈스키가 등장하기 전까지 음악은 야만적 의식들에 위대한 형태를 부여할 줄 몰랐다. 그것들을 음악적으로 상상할 줄 몰랐던 것이다. 이것이 의미하는 바는 사람들이 야만의 아름다움을 상상할 줄 몰랐다는 뜻이다. 하지만 그 아름다움을 모른다면 야만을 제대로 이해할 수 없을 것이다.(어떤 현상을 깊이 인식하기 위해서는 실제 아름다움이건 잠재적 아름다움이건 그 아름다움을 이해해야 한다는 점을 강조해 두자.) 어떤 유혈의 의식이 아름다움을 지닌다고 말한다는 것, 바로 이것이 참을 수 없고 용납할 수 없는 스캔들이다. 하지만 이 스캔들을 이해하지 않고는, 이 스캔들의 끝까지 가 보지 않고는 인간을 제대로 이해할 수 없다. 스트라빈스키는 야만의 의식에 강렬하고 설득력 있는 음악적 형태를 부여하며, 이는 우리를 기만하지 않는다. 「제전」의 마지막 시퀀스, 희생의 춤에 귀를 기울여 보자. 공포가 은근슬쩍 감춰져 있지 않다. 공포는 거기에 있다. 그저 보여 주기만 했다고? 고발하지 않았다고? 하지만 만약 고발했다면, 다시 말해서 아름다움을 박탈한 채 추한 모습으로 보여 주었다면, 그것은 사기요 단순화며 '선전'일 것이다. 그 아가씨의 살해가 그토록 무시무시한 것은 바로 그것이 아름답기 때문이다.

미사의 초상을 만들고 장터 축제(「페트루슈카」)의 초상을 만든 것과 마찬가지로, 스트라빈스키는 여기서 한 야만적 엑스터시의 초상을 만들었다. 이것이 더더욱 흥미로운 것은 언제나 그가 자신을 디오니소스적 원리의 적으로, 아폴론적 원리의 편으로 천명했기 때문이다. 그러므로 결국 「봄의 제전」(특히 그 율동들)은 디오니소스적 엑스터시에 대한 아폴론적 초상인 것이다. 이 초상에서는 엑스터시의 요소들(리듬의 공격적인 박자, 비명과 흡사한, 수없이 반복되나 절대 선개되지 않는, 극히 짧은 선율적 모티프 몇 개)이 세련된 위대한 예술로 탈바꿈했다.(예컨대 리듬의 경우, 그 공격성에도 불구하고 상이한 소절들의 신속한 교체 안에서 매우 복잡해지며, 이로써 완전히 양식화된 어떤 비현실적이고 인공적인 시간을 창조한다.) 그렇다고 해서 이 야만의 초상의 아폴론적 아름다움이 공포를 은폐하는 것은 아니다. 우리로 하여금 엑스터시의 맨 밑바닥에 다만 리듬의 둔탁함, 타악기의 매서운 가격, 극도의 무감각, 죽음이 있을 뿐임을 엿보게 한다.

이주(移住)의 산술학

이주자의 생애, 이는 곧 산술적 물음이다. 유제프 콘라트 코르제니오프스키(조지프 콘래드라는 이름으로 널리 알려진)는 폴란드에서(때로는 추방된 그의 가족과 함께 러시아에서) 십칠 년을 살았고, 나머지 생애 오십 년은 영국에서(혹은 영국 선박 위에서) 살았다. 그래서 그는 영어로 글을 쓸 수 있었고 영국적인 주제도 택할 수 있었다. 오직 그의 안티러시아 알레르기(아, 도스토옙스키에 대한 콘래드의 수수께끼 같은 혐오를 이해하지 못한 가엾은 지드여!)만이 그의 폴란드인 품성의 흔적을 간직한다.

보후슬라프 마르티누는 서른두 살까지 보헤미아에서 살았으며, 그 후 삼십육 년간 프랑스, 스위스, 미국 그리고 다시 스위스 등지를 전전했다. 옛 조국에 대한 향수가 언제나 그의 작품에 반영되었으며 언제나 그는 스스로를 체코 작곡가로 선언했다. 그러나 전쟁이 끝난 뒤, 그는 조국으로부터의 어떤 초대도 사양했으며 그의 확고한 소망에 따라 스위스에 매장되었다. 하지만 그의 유지를 조롱하듯, 모국의 앞잡이들이 1979년, 즉 그가 죽은 지 이십 년이 지나 그의 유해를 탈취하여 고국 땅에 엄숙하게 안장하는 데 성공했다.

곰브로비치는 삼십오 년간 폴란드에 살았고, 아르헨티나에서 이십삼 년, 프랑스에서 육 년을 살았다. 하지만 그는 책을 폴란드어로만 쓸 수 있었으며 소설 등장인물들도 폴란드인들이다. 1964년, 베를린에 머물 때 폴란드에 초청받았으나 그는 망설이다가 결국 사양한다. 그의 육신은 방스에 매장되었다.

블라디미르 나보코프는 러시아에서 이십 년을 살았고, 유럽(영국, 독일, 프랑스)에서 이십일 년을 살았으며, 미국에서 이십 년, 스위스에서 십육 년을 살았다. 그는 영어를 자신의 작가 언어로 택했으나 미국적인 테마를 많이 다루지는 않았다. 그의 소설에는 러시아인 등장인물들이 많다. 하지만 그는 단호하고 고집스럽게, 자신이 미국 시민이요 미국 작가임을 자처했다. 그의 육신은 스위스 몽트뢰에 안장되었다.

카지미에시 브란디스는 폴란드에서 육십오 년을 살았으며, 1981년 야루젤스키 쿠데타 이후 파리에 정착했다. 그는 폴란드어로만 글을 쓰고 폴란드 관련 주제만 다루나, 1989년 이후 더는 외국에 머물러야 할 정치적 이유가 없어졌는데도 폴란드로 돌아가 살 생각을 않고 있다.(덕택에 내가 이따금씩 그를 만나는 즐거움을 맛본다.)

이상의 일별은 우선 이주자의 예술적 문제를 드러내 준다. 양적으로 동일한 삶의 덩어리라도 청년기의 것이냐 성년기의

것이냐에 따라 그 무게는 다르다. 삶이나 창작 활동을 위해서
는 성년기가 훨씬 풍요롭고 중요하지만, 잠재의식, 기억, 언어
등, 창작의 모든 토대는 아주 일찍 형성된다. 의사라면 이런
게 문제가 되지 않겠지만, 소설가나 작곡가에게는 상상력이
나 강박관념 들, 말하자면 그의 기본 주제들이 연관된 장소에
서 멀어진다는 것은 일종의 파열을 야기할 수 있을 것이다. 그
는 그러한 상황의 불이익을 성공 수단으로 변화시키기 위해
자신의 모든 힘, 자신의 모든 예술적 기교를 동원해야 한다.

이주는 개인적인 관점에서만 보더라도 힘든 일이다. 으레
사람들은 향수의 고통을 생각한다. 하지만 더 고약한 것은 소
외의 고통이다. 소외를 뜻하는 독일어 Die Entfremdung은 내
가 말하고 싶은 것, 즉 가까웠던 것이 낯선 것으로 변해 가는
과정으로서의 소외를 더욱 잘 표현해 준다. Entfremdung은
이주한 나라에 대해 느끼는 게 아니다. 이주한 나라에서는 그
과정이 거꾸로다. 말하자면 낯설었던 것이 점차 친숙하고 소
중해진다. 충격적이고 경악스러운 낯섦은 우리가 유혹하는
낯선 여인에게서가 아니라, 예전에 우리 것이었던 여인에게
서 드러나는 법이다. 오랜 부재 끝의 귀향은 이 세계와 실존의
본질적인 낯섦을 드러낼 수 있다.

나는 베를린의 곰브로비치를 종종 생각한다. 폴란드를 다
시 보지 않으려고 한 그의 거부를 생각한다. 당시까지도 그곳
을 지배하던 공산주의 체제를 경계해서였을까? 나는 그렇게
생각하지 않는다. 폴란드 공산주의는 이미 해체돼 가고 있었
고, 교양인이라면 거의 모두가 반체제 편이었다. 그들은 곰브

로비치의 방문을 승리로 탈바꿈시켰을 것이다. 그가 귀국을
거부한 진짜 이유는 실존적인 것들일 수밖에 없다. 말로 뭐라
표현할 수 없는 것들이기도 했다. 너무 내밀해서 말할 수 없는
것들. 다른 사람들에게 큰 상처를 줄까 봐 털어놓을 수 없는
것들. 세상에는 입을 다물 수밖에 없는 일들이 있는 법이다.

스트라빈스키의 집

스트라빈스키의 일생은 러시아에서 이십칠 년, 프랑스와 프랑스어권 스위스에서 이십구 년, 미국에서 삼십이 년, 이렇게 기간이 거의 같은 세 부분으로 나뉜다.

러시아와의 작별은 여러 단계를 거쳐 이루어졌다. 먼저 스트라빈스키는 장기 유학 명목으로 프랑스에 간다.(1910년부터다.) 그가 가장 러시아적인 작품들, 즉 「페트루슈카」, 「즈베즈돌리키(별들의 왕)」,(러시아 시인 발몬트의 시가 원작이다.) 「봄의 제전」, 「프리바우트키」, 「결혼」 도입부 등을 창작한 때가 이 시기다. 뒤이어 전쟁이 터지고 러시아와의 접촉이 어려워진다. 하지만 그는 조국의 민속에서 영감을 얻은 「여우」와 「병사 이야기」 등으로 여전히 러시아 작곡가로 머문다. 그가 자신의 모국이 어쩌면 자신에게서 영원히 사라져 버렸으며, 진짜 이주가 시작되었음 깨달은 것은 오로지 러시아 혁명 후의 일이다.

이주란 자신이 태어난 나라를 유일한 조국으로 여기는 자가 어쩔 수 없이 외국에서 살아야 하는 상황을 가리킨다. 한데 이주가 연장되면서 새로운 정, 입양한 나라에 대한 정이 생겨난다. 그러다 곧 결별의 순간이 닥친다. 스트라빈스키는 조금씩 러시아적인 주제를 포기한다. 1922년에 「마브라」(푸시킨의 작품을 원작으로 한 희가극)를, 1928년에는 차이콥스키를 추념하는 「요정의 입맞춤」을 작곡하기는 하나, 그 후부터는 몇몇 주변적인 작품만 예외일 뿐 더는 러시아적인 주제로 돌아가지 않는다. 1971년에 그가 사망하자 부인 베라는 고인의 유해를 러시아에 매장하라는 소비에트 정부의 제의를 거절하고 그의 유지에 따라 베네치아의 묘지로 보낸다.

다른 모든 이주자들처럼 스트라빈스키에게도 이주의 상처가 있었던 건 분명하다. 만약에 그가 태어난 곳에 계속 머물 수 있었다면 그의 예술적 진전이 다른 길을 걸었으리란 것도 분명하다. 사실 그가 음악사를 거슬러 오르는 여행을 시작한 때는 그의 모국이 그에게 더는 존재하지 않게 된 순간과 거의 일치한다. 다른 어떤 나라도 모국을 대신할 수는 없음을 깨달은 그는 음악을 자신의 유일한 조국으로 여긴 것이다. 이는 서정적인 미사여구로 하는 말이 아니다. 나는 이를 지극히 구체적인 사실로 여긴다. 그의 유일한 조국, 그의 유일한 집, 그것은 바로 음악, 모든 음악가들의 모든 음악, 음악의 역사였다. 그가 정착하여 뿌리내리고 살고자 결심한 곳이 바로 거기다. 마침내 그가 페로탱에서 베베른까지, 그의 유일한 동포들, 그의 유일한 친지들, 그의 유일한 이웃들을 찾아낸 곳이 바로 거기다. 죽는 날까지 멈추지 않은 그 오랜 대화를, 그는 바로 그들과 나눈 것이다.

그는 그곳을 자신의 집으로 느끼기 위해 만전을 기했다. 집의 방마다 걸음을 멈추었고 구석구석을 더듬었으며 모든 가구들을 어루만졌다. 페르골레시의 옛 민속 음악을 토대로 자신의 「풀치넬라」(1919)를 만들었고, 바로크 시대 다른 거장들에게서는 「뮤즈를 인도하는 아폴로」(1928)를 얻었으며, 차이콥스키에게서는 「요정의 입맞춤」(1928)의 멜로디들을 차용했고, 바흐에게서는 「피아노와 목관 악기를 위한 협주곡」(1924)과 「바이올린을 위한 협주곡」(1931)을 후원받고 코랄 변주곡 「높은 하늘에서 나는 왔도다」(1956)를 재창작했다. 「열한 개의 악기를 위한 래그타임」(1918), 「피아노 래그뮤직」(1919), 「재즈 앙상블을 위한 전주곡」(1937), 「에보니 협주곡」(1945) 등을 통해서는 재즈를 예찬했고, 페로탱을 비롯한 다른 옛 폴리포니 음악가들에게서 영감을 얻어 「시편 교향곡」(1930)과 특히 경탄스러운 「미사」(1948)를 작곡했으며, 1959년에는 제수알도의 마드리갈 곡들을 개작했고, 후고 볼프의 가곡을 두 곡 편곡(1968)하기도 했으며, 애초에는 주저했으나 쇤베르크가 죽은 뒤 그의 12음 음악을 결국 자기 집 여러 방들 가운데 하나로 인정하는 등, 음악의 모든 영역을 두루 거쳤던 것이다.

그를 비방한 사람들, 감정 표현으로서의 음악을 지지한 사람들, '정서적 행위'를 절제하는 그의 태도에 화를 내고 '마음의 빈곤'이라며 그를 비난한 바로 그들이야말로 음악사를 떠도는 그의 방랑 뒤에 어떤 감정적 상처가 있는지 깨닫지 못할 만큼 마음이 빈곤했던 게 아닐까.

하지만 전혀 놀랍지 않다. 감상적인 사람들보다 둔감한 사
람은 없다. 카프카가 말하지 않았는가. "감정이 넘쳐나는 문체
뒤에 숨어 있는 심장의 메마름"이라고.

4부   한 문장

4부   한 문장

「성 가르타의 망령」이라는 글에서 나는 카프카의 한 문장, 그의 소설 시의 모든 독창성을 고스란히 압축하는 문장 하나를 인용했다. 카프카가 K와 프리다의 성교를 묘사하는 『성』의 세 번째 장에 등장하는 문장. 카프카 예술의 독특한 아름다움을 정확히 보여 주기 위해 나는 기존 번역들을 이용하지 않고 가능한 가장 원본에 충실하게 나 자신이 직접 번역해 보는 편을 택했다. 카프카의 문장과 번역의 거울에 비친 반영들 간 여러 차이는 나를 다음과 같은 고찰로 이끌었다.

번역들

번역들을 나열해 보자. 첫 번째는 비알라트의 1938년 번역이다.

"몇 시간이 거기서 흘렀다. 뒤섞인 가쁜 숨결로, 서로의 심장의 펄떡임으로 흐른 몇 시간, 그 몇 시간 동안 K는 자신이 길을 잃은 듯한, 자기 이전의 어떤 존재도 더는 길을 만들지 못한 먼 곳까지 빠져든 듯한 느낌을 끊임없이 맛보았다. 낯선 땅, 공기조차에도 고향 공기의 요소들이 전혀 없는 나라, 망명으로 질식할 듯한 곳, 미친 유혹들 한가운데에서 그저 계속 걸어갈 뿐, 그저 계속 헤맬 뿐, 달리 아무것도 할 수 없는 그런 외국에서."

사람들은 비알라트가 카프카의 작품을 좀 심할 만큼 자유롭게 번역했음을 알았다. 그래서 갈리마르 출판사는 1976년 카프카의 소설들을 플레이아드 판으로 출간하기 위해 그의 번역들을 수정하고자 했던 것이다. 한데 비알라트의 상속자들이 이에 반대하고 나섰다. 그래서 다음과 같은 전대미문의 해결책에 이르렀다. 카프카의 소설들을 비알라트의 잘못된 판 그대로 간행하되, 편집자 클로드 다비드가 직접 수정한 번역 내용들을 책 말미에 주석 형식으로 실었던 것이다. 한데 수정 내용이 너무나 많아 독자가 '잘된' 번역을 머릿속에 복원하려면 주석을 보기 위해 끊임없이 책장을 넘겨야만 했다. 비알라트의 번역과 책 뒤의 수정 내용을 조합하면 두 번째 프랑스어 번역본이 구성되는데, 이 판본은 편의상 다비드의 이름만으로 부르도록 한다.

"몇 시간이 거기서 흘렀다, 뒤섞인 가쁜 숨결로, 혼합된 심장의 펄떡임으로 흐른 몇 시간, 그 몇 시간 동안 K는 자신이 방황하고 있다는, 자신이 이전의 어떤 존재보다도 멀리 빠져들었다는 느낌을 끊임없이 맛보았다. 그는 낯선 나라에 있었다. 공기조차도 전혀 고향의 공기 같지 않은 곳. 그 나라의 낯섦에 숨이 막혔으나, 미친 유혹들 속에서, 계속 좀 더 멀리 걸어갈 수밖에, 계속 좀 더 앞쪽으로 헤맬 수밖에 없었다."

베르나르 로르톨라리가 카프카 소설들에 대한 기존의 번역들에 근본적인 불만을 느껴 재번역한 것은 칭찬받을 만하다. 그의 『성』 번역서는 1984년에 나왔다.

"거기서 몇 시간이 흘렀다, 뒤섞인 호흡으로, 서로의 심장의 펄떡임으로 흐른 몇 시간, 그 몇 시간 동안 K는 낯선 고장, 공기조차에도 고향의 공기에서 되찾게 될 단 하나의 요소도 없는, 낯섦 때문에 그저 숨이 막힐 뿐, 하지만 그 미친 유혹들

속에서, 그저 계속하고 그저 더욱더 헤매는 것 외에 달리 아무
것도 할 수 없는 그런 곳에서, 자신이 방황하고 있다는, 혹은
자신이 다른 어떤 사람보다도 더 멀리 나아갔다는 끊임없는
느낌을 맛보았다."

이제 독일어 문장을 보자.

"Dort vergingen Stunden, Stunden gemeinsamen Atems,
gemeinsamen Herzschlags, Stunden, in denen K immerfort
das Gefühl hatte, er verirre sich oder er sei so weit in der
Fremde, wie vor ihm noch kein Mensch, einer Fremde, in der
selbst die Luft keinen Bestandteil der Heimatluft habe, in der
man vor Fremdheit ersticken müsse und in deren unsinnigen
Verlockungen man doch nichts tun könne als weiter gehen,
weiter sich verirren."

이를 원문에 충실하게 번역하면 다음과 같다.

"거기서, 몇 시간이 흘렀다, 서로의 가쁜 숨결로, 서로의 심
장의 펄떡임으로 흐른 몇 시간, 그 몇 시간 동안 K는 어느 낯
선 세계, 공기조차에도 고향 공기의 어떤 요소도 없는, 낯섦으
로 질식할 듯한 곳, 미친 유혹들 속에서 그저 계속 갈 뿐, 그저
계속 방황할 뿐, 달리 아무것도 할 수 없는 그런 낯선 세계 속
에서 자신이 방황하고 있다는, 혹은 자신이 이전 다른 누구보
다도 멀리 와 있다는 느낌이 끊임없이 들었다."

은유

위의 문장은 전체가 곧 하나의 긴 은유다. 번역자 입장에서는 은유를 번역하는 것보다 더 정확성을 요구하는 것이 없다. 바로 거기에서 한 작가의 시적 독창성의 핵심을 건드리는 것이다. 비알라트가 오류를 범한 단어는 먼저 '빠져들다'라는 동사다. "그는 너무 멀리까지 빠져들었다." 카프카의 작품에서, K는 빠져들지 않는다, 그는 '있다'. '빠져들다'라는 동사는 은유를 왜곡한다. 이 동사는 은유를 지나치게 시각적으로 실제 행동에 연결하며(정사를 치르는 자는 빠져든다.) 그렇게 함으로써 이 은유가 지닌 추상화의 함량을 박탈한다.(카프카의 은유의 실존적 성격은 사랑 행위의 물질적 시각적 환기를 추구하지 않는다.) 비알라트를 수정하는 다비드도 같은 단어 '빠져들다'를 쓴다. 그리고 로르톨라리(가장 충실한)조차 '있다'라는 동사를 피하며, 그것을 '……로 나아가다'로 대체한다.

카프카의 작품에서, 성행위를 하는 K는 in der Fremde, '낯선 곳'에 있다. 카프카는 이 단어를 두 번 되풀이하며, 세 번째는 거기서 유래한 die Fremdheit(낯섦)를 쓴다. 낯선 곳의 공기 속에서 낯섦으로 숨이 막힌다. 번역자 모두가 이 삼중 반복을 거북해한다. 그래서 비알라트는 '낯선'이란 단어를 한 번만 쓰며, '낯섦' 대신 다른 단어를 선택한다. "망명으로 질식할 듯한 곳"으로. 하지만 카프카에게서는 어디에도 망명이라는 언급이 없다. 망명과 낯섦은 다른 개념이다. 성행위를 하는 K는 그 어떤 제 집에서도 내쫓기지 않았으며 추방되지 않았다.(따라서 그는 불평하는 게 아니다.) 그는 자신의 의지에 따라 거기에 있으며, 그는 감연히 거기에 있고자 해서 거기에 있는 것이나. '망명'이라는 단어는 은유에 순교자의 여운, 고통의 여운을 주고, 은유를 감상적으로 만들고 멜로드라마로 만든다.

비알라트와 다비드는 gehen(가다)라는 단어를 '걸어가다'라는 단어로 대체한다. '가다'가 '걸어가다'가 되면 비교의 표현성을 높이게 되고, 따라서 은유는 약간 그로테스크해진다.(성행위를 하는 자가 행진하는 자가 되는 것이다.) 이 그로테스크한 면은 원칙상 나쁘지 않으나(나는 그로테스크한 은유들을 좋아하며 나의 번역자들에 맞서 그것들을 옹호하는 경우가 종종 있다.) 카프카가 여기서 바랐던 것은 의심할 바 없이 그로테스크함이 아니었다.

die Fremde라는 말은 단순한 직역을 용납하지 않는 유일한 단어다. 사실 독일어에서 die Fremde는 '낯선 나라'를 의미할 뿐 아니라, 보다 일반적으로나 보다 추상적으로 '낯선 것’ 모두를, ‘낯선 현실, 낯선 세계’를 의미하기도 한다. 만약 in der Fremde를 ‘이국에서’로 번역한다면, 마치 카프카 글에 Ausland(내 나라가 아닌 다른 나라)라는 단어가 있는 것처럼 될 것이다. 따라서 의미에 보다 정확성을 주기 위해 die Fremde 를 완곡하게 표현된 프랑스어 두 단어로 옮기려는 마음은 이 해가 간다. 하지만 구체적인 모든 해결책들(비알라트는 “이국, ……한 나라에서”로 옮겼고, 다비드는 “낯선 나라에서”로, 로르톨라리 는 “낯선 고장에서”로 옮겼다.)에서, 또 다시 이 은유는 카프카의 글이 품었던 추상화의 함량을 잃고 말며, 또한 그것의 ‘관광적 인’ 측면이 제거되기는커녕 오히려 강조되었다.

현상학적 정의로서의 은유

카프카가 은유를 좋아하지 않았다는 생각은 고쳐야 한다. 어떤 유형의 은유들을 좋아하지 않았을 뿐, 그는 내가 실존적 혹은 현상학적이라 부르는 은유의 위대한 창조자들 가운데 한 명이다. 베를렌의 문장, "희망은 마구간의 한 가닥 지푸라기처럼 반짝인다."는 멋진 서정적 상상이다. 그렇지만 이는 카프카의 산문에서는 생각조차 할 수 없다. 왜냐하면 카프카가 좋아하지 않았던 것, 그것은 분명 소설 산문의 서정화였기 때문이다.

카프카의 은유적 상상력은 베를렌이나 릴케의 상상력보다 덜 풍부했던 게 아니라 다만 서정적이지 않았을 뿐이다. 그의 은유적 상상력은 오직 등장인물들이 하는 행위의 의미, 그들이 처한 상황의 의미를 파악하고 이해하고 판독하려는 의지에 의해서만 발동된다.

브로흐의 『몽유병자들』에서 헨트옌 부인과 에슈가 나누는
성교 장면을 떠올려 보자. "이제 그녀는 마치 유리창을 짓누르
는 짐승의 코처럼 입술로 그의 입술을 누르고 있었고, 에슈는
그녀가 마치 그에게 감추려는 듯 자신의 영혼을 앙다문 이 뒤
로 가둬 두고 있는 것을 보고 분노로 전율했다."

여기서 "짐승의 코", "유리창" 같은 말들은 비유를 통해 그
시각적 이미지를 상기시키려는 것이 아니다. 사랑의 포옹을
나누는 동안에도 설명할 수 없으리만치 자신의 애인에게서
분리되어 있는,(마치 유리창 너머에 있는 듯) 그래서 (앙다문 이들
뒤에 갇힌) 애인의 영혼을 도무지 탈취할 수가 없는 에슈의 실
존적 상황을 파악하기 위한 은유다. 실로 포착하기 어려운, 한
다면 오직 은유를 통해 포착할 수밖에 없는 상황인 것이다.

『성』 4장 도입부에, K와 프리다의 두 번째 성교 장면이 있
다. 이것 역시 단 하나의 문장(문장 - 은유)으로 표현되었는데
이를 되도록 충실하게 번역해 보면 이렇다. "그녀는 뭔가를 찾
고 있었고 그도 뭔가를 찾고 있었다, 성난 듯, 상을 찌푸리면
서, 머리를 상대 가슴에 파묻은 채 그들은 찾고 있었고, 그들
의 포옹과 그들의 꼿꼿한 육신은 그들에게 찾아야 할 의무를
망각시키기는커녕 오히려 상기시켜 주었고, 마치 절망한 개
들이 땅을 파헤치듯 그들은 서로의 육체를 파헤치고 있었고,
어찌해 볼 수 없을 만큼 실망했으나, 다시 한 번 최후의 행복
을 거머쥐기 위해, 이따금 그들은 아낌없이 혀를 상대의 얼굴
위로 보내곤 했다."

첫 번째 성교의 은유에서 키워드가 '낯선', '낯섦'이었다면

여기서의 키워드는 '찾다', '파헤치다'다. 이 말들은 진행 중인 일의 시각적 이미지를 표현하는 게 아니라, 뭐라 형언할 수 없는 실존적 상황을 표현한다. 이를 다비드는 "마치 개들이 절망적으로 발톱을 땅에 찔러 넣듯이, 그들은 손톱을 그들의 육체에 찔러 댔다."로 번역했는데, 그는 원문에 불충실할 뿐 아니라(카프카는 찔러 넣는 발톱이나 손톱을 언급하지 않았다.) 실존적 영역에 속하는 은유를 시각적 묘사 영역으로 옮기며, 이로써 카프카의 미학과는 다른 미학으로 건너간다.

(이 미학적 간격은 이 문장의 마지막 부분에서 더욱 분명해진다. 카프카가 말한다. "(sie) fuhren manchmal ihre Zungen breit über des anderen Gesicht." — "이따금 그들은 아낌없이 혀를 상대의 얼굴 위로 보내곤 했다." 적확하고 무덤덤한 이 확인이 다비드에게서는 다음과 같은 표현주의적 은유로 변한다. "그들은 혀의 타격으로 상대의 얼굴을 채찍질해 댔다.")

체계적인 동의어 대체에 관한 고찰

좀 더 분명하고 좀 더 단순하고 좀 더 평범한 단어 대신 다른 단어를 사용하려는 욕구(있다-빠져들다, 가다-걸어가다, 보내다-채찍질하다)를 우리는 동의어 대체 반사(反射) —— 거의 모든 번역자들이 보이는 반사적 반응 —— 라고 부를 수 있을 것이다. 동의어 보유량이 많다는 것, 그것은 '아름다운 문체'를 뽐내게 한다. 원문의 동일 단락에 '슬픔'이란 말이 두 번 있으면 번역자는 이 반복을 언짢게 여겨(필수적인 문체의 우아함을 훼손하는 것으로 간주하여) 두 번째 말은 '우수'로 번역하려 들 것이다. 그게 다가 아니다. 이 동의어 대체 욕구는 번역자의 영혼에 너무나 깊이 뿌리박혀 있어, 이것저것 헤아리지 않고 대뜸 동의어로 바꿔 놓으려 든다. 원문이 '슬픔'이면 '우수'로, 원문이 '우수'면 '슬픔'으로 옮기는 것이다.

추호의 아이러니 없이, 사실을 있는 그대로 인정하자. 역자가 처한 상황은 극히 미묘하다. 그는 저자에 충실해야 함과 동시에 역자로 남아야 한다. 어떻게 하면 그럴 수 있는가? 그는 (의식적이건 무의식적이건) 텍스트에 자기 고유의 창조성을 부여하길 원한다. 마치 스스로를 격려하기라도 하듯 그는 표면상으로는 저자를 배신하지 않지만 어디까지나 자신의 주도권에서 나오는 단어를 선택한다. 내가 쓴 짧은 텍스트의 번역을 재독 중인 지금 이 순간, 나는 그런 사실을 다시 한 번 확인한다. 내가 '저자'라고 쓰면 역자는 '작가'로 옮기고, 내가 '작가'라고 쓰면 '소설가'로 옮기며, 내가 '소설가'라고 쓰면 '저자'로 옮긴다. 내가 '시구'라고 하면 '시'로 옮기고, 내가 '시'라고 하면 '시 작품들'로 옮긴다. 카프카가 '가다'라고 한 것을 역자들은 '걸어가다'라고 한다. 카프카가 '어떤 요소도'라고 한 것을 역자들은 '그 요소들의 무엇도', '공통된 그 어떤 것도', '단 하나의 요소도' 등으로 옮긴다. 카프카가 '방황하는 듯한 느낌을 가지다'라고 한 것을 두 역자는 '……한 인상을 맛보다'로 옮긴다. 세 번째 역자(로르톨라리)는 원문대로 (제대로) 직역하는데, 이는 '느낌'을 '인상'으로 대체할 필요가 전혀 없음을 말해 준다. 이러한 동의어 대체 행위는 일견 무고해 보이지만 그 체계적 성격은 불가피하게 원작의 사상을 뭉그러뜨리고 만다. 젠장맞을, 대체 왜 그런단 말인가? 저자가 gehen이라고 했으면 왜 '가다'라고 하지 않는가? 역자 선생들이여, 제발 우리를 함부로 주물러 대지 마시오!

어휘의 풍부함

앞 문장의 동사들을 살펴보자. **vergehen**(지나가다-어원은 **gehen**(가다)), **haben**(가지다), **sich verirren**(방황하다), **sein** (있다), **ersticken**(질식하다), **müssen**(해야 한다), **tun**(하다), **können** (할 수 있다). 결국 카프카는 가장 단순하고 가장 기본적인 동사들을 선택한 셈이다. 가다(두 번), 가지다(두 번), 방황하다(두 번), 있다, 하다, 질식하다, 해야 한다, 할 수 있다 등.

번역자들에겐 어휘를 풍부하게 하려는 경향이 있다. '가지다' 대신 '끊임없이 맛보다', '있다' 대신 '빠져들다'와 '나아가다'와 '길을 가다', '질식할 듯하다' 대신 '숨이 막힐 듯하다', '가다' 대신 '걸어가다', '가지다' 대신 '되찾다'.

(동사 '가지다'와 '있다' 앞에서 이 세상 모든 번역가들이 공포를 느낀다는 사실을 특기해 두자! 그들은 무슨 수를 써서라도 그 동사들을 덜 진부하게 생각되는 단어로 대체할 것이다.)

이 성향 역시 마음속으로는 이해가 간다. 번역가는 무엇으로 평가받는가? 저자의 문체에 충실한 정도에 따라? 하지만 그의 나라 독자들이 이를 판단할 가능성은 없다. 반면 어휘의 풍부함은 독자들에게 어떤 가치, 어떤 성과로 느껴질 게 분명하다. 역자의 역량과 완숙도를 보여 주는 증거로 말이다.

하지만 어휘의 풍부함은 그 자체만으로는 어떤 가치도 없다. 어휘의 폭은 작품을 구성하는 미학적 의도에 달렸다. 카를로스 푸엔테스의 어휘는 어지러울 만큼 풍부하다. 하지만 헤밍웨이의 어휘는 극도로 제한되어 있다. 푸엔테스 산문의 아름다움은 어휘의 풍부함과 관계 있으나, 헤밍웨이 산문의 아름다움은 어휘의 제한과 연관 있다.

카프카의 어휘 또한 비교적 제한된 편이다. 이는 종종 카프카의 금욕으로 설명되곤 했다. 그의 무감각으로. 아름다움에 대한 그의 무관심으로. 혹은 대중사회에서 뽑혀 시들고 있는 프라하의 독일어에 바치는 공물로 말이다. 어느 누구도 어휘의 검박함이 카프카의 미학적 의도를 나타내며 그의 산문의 아름다움을 특징짓는 기호들 가운데 하나임을 인정하려 하지 않았다.

권위 문제에 대한 일반적 고찰

번역가가 따라야 할 최고 권위는 저자의 개인적 문체여야 할 것이다. 하지만 역자 대부분은 다른 권위에 복종한다. '아름다운 프랑스어(아름다운 독일어, 영어 등)' 즉 고등학교에서 배우는 프랑스어(독일어 등)의 공통 문체라는 권위에 복종한다. 외국 저자에 대해 역자는 자신을 이 권위의 대사로 여긴다. 바로 여기 오류가 있다. 특정 가치를 지닌 모든 작가들은 이 '아름다운 문체'를 위반하며 바로 그 위반에 그 예술의 독창성(결국 존재 이유)이 있는 것이다. 역자는 무엇보다도 먼저 저자의 그런 위반을 이해하려고 노력해야 한다. 예를 들어 라블레나 조이스, 셀린의 경우처럼 위반이 분명한 경우는 어렵지 않다. 한데 그 '아름다운 문체'에 대한 위반이 미묘하고 보일 듯 말 듯하며, 숨어 있고 은밀한 작가들이 있다. 그런 경우 위반을 포착하기는 쉽지 않다. 하지만 바로 그래서 더욱 중요하다.

반복

세 번 반복되는 Die Stunden(몇 시간)은 모든 번역문이 반복을 지켰다.

두 번 반복되는 gemeinsamen(서로의)은 모든 번역문이 반복을 없앴다.

두 번 반복되는 sich verirren(방황하다)은 모든 번역문이 반복을 지켰다.

두 번 반복되는 die Fremde(낯선 곳)과 한 번 나오는 die Fremdheit(낯섦)의 경우, 비알라트는 '낯선'(형용사)으로 한 번 옮기고 '낯섦'은 '망명'으로 대체했으며, 다비드와 로르톨라리는 한 번은 '낯선'(형용사)으로, 또 한 번은 '낯섦'이라고 옮겼다.

두 번 반복되는 die Luft(공기)는 모든 역자들이 반복을 지켰다.

두 번 반복되는 haben(가지다)은 어떤 번역문에도 반복이 존재하지 않는다.

두 번 반복되는 **weiter**(더 멀리)는 비알라트에게서는 '계속하다'라는 단어의 반복으로 대체되었고, 다비드에게서는 '언제나'라는 (울림이 약한) 단어의 반복으로 대체되었으며, 로르톨라리에게서는 이 반복이 사라지고 없다.

gehen, vergehen(가다, 지나가다)의 반복은 (지키기 힘들기도 하지만) 모든 역자들에게서 사라지고 없다.

이상에서 우리는 대체로 역자들이 (고등학교 교사들의 말씀에 따라) 반복을 제한하려는 경향이 있음을 확인하게 된다.

반복의 의미론적 의미

die Fremde 두 번과 **die Fremdheit** 한 번. 저자는 자신의 텍스트에서 반복을 통해 이 낱말에 하나의 개념, 핵심 개념으로서의 특성을 부여한다. 저자가 이 낱말을 바탕으로 긴 성찰을 전개하는 경우, 동일 단어의 반복은 의미론적이고 논리적인 관점에서 꼭 필요하다. 하이데거의 역자가 반복을 피하기 위해 **das Sein**에 해당하는 역어로 한 번은 '존재'를, 다음엔 '실존'을, 그다음엔 '삶'을, 또 그다음에는 '인생'을, 그러다 마지막에 '현존재'를 쓴다고 상상해 보자. 하이데거가 하나를 여러 가지로 명명하며 얘기하는지 아니면 상이한 여러 가지에 대해 말하는지 알 수 없는 우리로서는 빈틈없는 논리의 텍스트 대신 뒤죽박죽 글을 대하게 될 것이다. 소설 산문(물론 이렇게 부를 만한 소설들 얘기다.) 역시 이와 마찬가지의 엄밀함을 요구한다.(성찰이나 은유의 성격을 지닌 문구들에서 특히 그렇다.)

반복을 지켜야 할 필요성에 대한 또 다른 고찰

『성』의 같은 페이지 조금 뒤에 나오는 문장. "……Stimme nach Frieda gerufen wurde: 'Frieda', sagte K. in Friedas Ohr und gab so den Ruf weiter."

이를 직역하면 "……한 목소리가 프리다를 불렀다. '프리다.' 하고 K가 프리다의 귀에 그 호명을 전했다."

역자들은 프리다의 이름이 세 번 반복되는 것을 피하고 싶어 한다.

비알라트는 "'프리다!' 하고 그가 그 하녀의 귀에 그렇게 전했다……."라고 옮긴다.

다비드는 "'프리다.' 하고 K가 그의 동반자의 귀에 그것을 전했다……."라고 옮긴다.

프리다의 이름을 대체한 단어들이 얼마나 엉터리로 울리는가! 『성』의 원문에서 K는 어디까지나 K일 뿐임을 명심하라.

대화 속에서 다른 등장인물들은 그를 '측량기사'라거나 또 다르게 부를 수는 있겠지만, 화자인 카프카 자신은 K를 이방인이라든가 신참, 청년 등, 다른 이름으로 칭하는 법이 절대 없다. K는 K일 뿐이다. K뿐만 아니라 모든 등장인물이 카프카에게서는 언제나 하나의 이름, 하나의 호칭만 갖는다.

그러므로 프리다는 프리다다. 연인도, 정부도, 동반자도, 하녀도, 웨이트리스도, 창녀도, 젊은 부인도, 처녀도, 친구도, 애인도 아니다. 그냥 프리다일 뿐.

반복의 선율적 중요성

카프카의 산문이 날아올라 노랫가락이 되는 순간들이 있다. 내가 머물렀던 두 문장이 그런 경우다.(유난히 아름다운 이 두 문장이 모두 사랑 행위에 대한 묘사임을 지적해 두자. 이 점은 카프카의 작품에서 에로티시즘이 차지하는 중요성에 대해, 그의 전기 작가들이 탐구해 낸 것보다 백배나 많은 것을 말해 준다. 하지만 넘어가자.) 카프카의 산문은 은유적 상상력의 강도와 마음을 사로잡는 멜로디라는 두 날개로 날아오른다.

그런 문장들에서 멜로디의 아름다움은 낱말들의 반복과 관계 있다. 앞에서 살펴본 문장은 이렇게 시작된다. "**Dort vergingen** Stunden, Stunden gemeinsamen **Atems**, gemeinsamen **Herzschlags**, Stunden……." 아홉 낱말 가운데 반복된 낱말이 다섯 개다. 문장 중간에 die Fremde라는 말이 반복되고 die Fremdhiet라는 말이 또 나온다. 그리고 문장 마지막에 또 하나의 반복이 있다. "……weiter **gehen**, weiter **sich verirren**." 이 많은 반복들은 템포를 늦추며 문장에 향수 어린 가락을 부여한다.

K의 두 번째 성교를 묘사한 또 다른 문장에서 우리는 동일한 이 반복 원칙을 발견한다. 동사 '찾다'가 네 번, '뭔가'라는 단어가 두 번, '육체'가 두 번, 동사 '파헤치다'가 두 번 반복된다. 게다가 접속사 '그리고'가 구문론적 품위의 규칙들을 완전히 무시한 채 네 번이나 반복되고 있음도 잊지 말자.

독일어 원문은 이렇게 시작된다. "**Sie suchte etwas und er suchte etwas**……." 비알라트는 원문과는 전혀 다른 얘기를 한다. "그녀는 뭔가를 찾고 또 찾았다……." 다비드는 그의 번역을 이렇게 수정한다. "그녀는 뭔가를 찾고 있었고 그 역시 그렇게 했다." 희한한 일이다. 카프카의 아름답고도 단순한 반복, "그녀는 뭔가를 찾고 있었고 그도 뭔가를 찾고 있었다……."를 직역하는 것보다 "그 역시 그렇게 했다."를 선호하는 것이다.

반복의 기량

반복에도 기량이라는 게 있다. 물론이지만, 서투른 엉터리 반복들도 있기 때문이다.(저녁 식사 장면 묘사에서 두 문장에 걸쳐 세 번이나 '의자'나 '포크' 같은 단어들을 읽게 될 때 등.) 규칙은 이렇다. 우리가 어떤 단어를 반복한다면, 그것은 그 단어가 중요하기 때문이요, 한 단락, 한 페이지라는 공간 속에서 그 의미는 물론 그 음향을 울리게 하기 위함이라는 것.

여담 — 반복이 지닌 아름다움의 한 예

헤밍웨이의 아주 짧은(두 쪽) 단편 「한 독자의 편지」는 다음 세 부분으로 나뉜다. 1) "멈추지 않고, 한 단어도 지우거나 다시 쓰는 일 없이" 편지를 쓰는 한 여인을 묘사한 짧은 단락, 2) 그 여자가 남편의 성병에 대해 말하는 편지 자체, 3) 그 뒤를 잇는 내적 독백. 이 독백을 옮겨 보면 다음과 같다.

"어쩌면 그는 내가 해야 할 일을 일러 줄 수 있을지도 몰라, 하고 그녀는 생각했다. 어쩌면 그는 내게 그걸 말해 주지 않을까? 신문에 난 사진으로 미루어 보면, 그는 매우 박식하고 매우 똑똑한 것 같아. 매일같이 그는 사람들에게 해야 할 일을 말해 줘. 그는 분명히 알 거야. 해야 할 일이라면 뭐든 할 거야. 하지만 그게 너무 오랫동안 계속되고 있어…… 너무 오랫동안. 정말 오랫동안. 맙소사, 이 얼마나 오래된 일이야. 그가 사람들이 보내는 곳으로 가야 했다는 건 나도 잘 알지만, 왜 그

병에 걸렸는지 모르겠어. 오, 맙소사, 병에 걸리지 않았더라면 얼마나 좋았을까. 어쩌다 그가 그 병에 걸렸는지는 내 알 바 아냐. 맙소사, 병에 걸리지 않았더라면 정말 좋았을 텐데. 정말이지 그런 일이 없었어야 했는데. 어떻게 해야 할지 모르겠어. 병에 걸리지만은 않았어야 했는데. 어째서 그가 병자가 되어야 했는지 난 정말 모르겠어.”

이 대목의 매혹적인 멜로디는 전적으로 반복에 토대를 둔다. 여기서의 반복은 인위적인 것(시에서의 각운 같은)이 아니라 일상의 구어에서, 날것 그대로의 언어에서 오는 반복이다.

하나 덧붙이자면, 내가 보기에 이 짧은 단편은 산문 역사상 음악적 의도가 주가 된 전적으로 유일한 작품인 것 같다. 멜로디가 없다면 이 텍스트는 존재 이유 자체를 상실할 것이다.

호흡

카프카가 스스로 밝힌 바에 따르면 그는 중편 『선고』를 단 하룻밤에, 멈추지 않고, 즉 비정상적인 속도로, 거의 통제되지 않은 상상력에 이끌려 썼다. 나중에 초현실주의자들에 의해, 이성의 통제로부터 잠재의식을 해방해 상상력을 폭발하게 하는 계획적인 방법('자동 기술')이 된 이 속도는 카프카에게서 거의 그런 역할을 담당했던 셈이다.

'방법적 속도'에 의해 잠이 깬 카프카의 상상력은 마치 강물처럼, 한 장이 끝나서야 휴식을 취하는 몽상의 강물처럼 내달린다. 상상력의 이 긴 호흡은 구문의 성격에 그대로 반영된다. 카프카의 소설에는 콜론(:)이 거의 없으며(대화를 끌어들일 때 쓰는 관례적인 것들뿐) 세미콜론(;)도 이례적일 만큼 드물다. 원고를 참조해 보면(피셔 출판사의 1982년 수정본 참조) 구문론적 규칙의 관점에서 반드시 필요한 쉼표조차 빠진 경우가 허다

하다. 텍스트의 단락 나눔도 극소수다. 이 분절을 약화하려는 경향 — 극소수의 단락, 소수의 주요 휴지부,(원고를 다시 읽으면서 카프카는 종종 마침표를 쉼표로 바꾸기까지 했다.) 텍스트의 논리적 구성을 강조하는 부호들(콜론, 세미콜론)의 절제 — 이 카프카 문체의 밑바탕을 이루는바, 이는 독일어의 '아름다운 문체'에 대한(마찬가지로 카프카를 번역한 다른 모든 언어의 '아름다운 문체'에 대한) 영원한 타격이기도 하다.

카프카는 『성』의 인쇄를 위한 최종 교정을 하지 않았기에 우리는 그가 최종 교정에서 구두점을 포함하여 여러 수정을 할 수도 있었으리라고 가정해 볼 수 있을 것이다. 그래서 나는 막스 브로트가 카프카의 첫 번째 편집자로서 그의 텍스트를 쉬 읽히게 하기 위해 간간이 별행을 만들고 세미콜론을 첨가한 사실을 크게 놀라워하지 않았다.(물론 반기지도 않았지만.) 사실 그 브로트 판에서는 그래도 카프카 구문의 일반적 특성을 분명히 알아볼 수는 있으며, 소설은 그의 거대한 호흡을 간직하고 있는 편이다.

세 번째 장의 그 문장으로 되돌아가 보자. 이 문장은 비교적 긴 편이며, 쉼표 몇 개는 있어도 세미콜론은 없다.(원고는 물론 다른 모든 독일어 판에서도 그렇다.) 이 문장의 비알라트 역본에서 내게 가장 거슬리는 것이 바로 그 덧붙은 세미콜론이다. 세미콜론은 하나의 논리적인 분절의 종결, 목소리를 낮추고 짧은 휴식을 취하도록 유도하는 중간 휴지를 나타낸다. 이 중간 휴지는 (구문론적 규칙의 관점에서 볼 때 정확한 것일지는 몰라도) 카프카의 호흡을 졸라맨다. 다비드는 이 문장을 세미콜론 두 개를 사용해 세 부분으로 나누기까지 한다. 이 두 세미콜론은 카프카가 세 번째 장을 통틀어(원고로 되돌아가자면) 단 하나의 세미콜론밖에 사용하지 않았음을 생각하면 도무지 엉뚱하기만 하다. 막스 브로트 판에는 세미콜론이 열세 개다. 비알라트 판에는 서른한 개나 된다. 로르톨라리 판에는 세미콜론 스물여덟 개에 콜론이 세 개다.

조판 모양새

카프카 산문의 길고도 황홀한 비상, 그것을 여러분들은 종종 수 페이지나 되는, 심지어 긴 대화 부분들까지 포함하는 하나의 '끝없는' 단락에 다름 아닌 텍스트의 조판 모양에서 본다. 카프카의 원고에서 세 번째 장은 긴 단락 두 개로 나뉜다. 브로트 판에는 단락이 다섯 개다. 비알라트 역본에는 아흔 개. 로르톨라리 역본에는 아흔다섯 개다. 프랑스에서는 카프카의 소설들에, 원문에 없는 분절 체계를 만들어 놓았다. 너무나 많은, 따라서 너무나 짧아진 단락들이 텍스트의 좀 더 논리적이고 좀 더 합리적인 구성을 꾸며 내며, 대화 속 모든 대사들을 분명하게 구분함으로써 텍스트를 극화한다.

내가 아는 한, 여러 언어로 간행된 다른 어떤 역본도 카프카 텍스트의 그 독창적인 분절을 바꿔 놓지는 않았다. 왜 프랑스 번역자들은 (모두가 하나같이) 그렇게 했을까? 분명 그들에게는 그럴 만한 이유가 있었을 것이다. 카프카 소설의 플레이아드 판에는 오백 페이지가 넘는 주석이 있다. 그런데도 나는 거기서 그 이유를 제시하는 단 하나의 문장도 찾아내지 못한다.

끝으로, 활자의 크고 작음에 대한 고찰

카프카는 자신의 책들이 아주 큰 활자로 인쇄되기를 고집했다. 오늘날 사람들은 위인들이 잠시 기분 좋을 때 그러듯 너그럽게 미소 짓는 얼굴로 이 사실을 상기하곤 한다. 하지만 거기에는 그런 미소를 받아야 할 거리가 전혀 없다. 카프카의 바람은 정당하고, 논리적이고, 진지한 것으로, 그의 미학과 관계된, 좀 더 구체적으로 말하면 산문을 분절하는 그의 방식과 관계된 것이다.

자신의 텍스트를 많은 군소 단락으로 나누는 저자라면 큰 활자를 그렇게까지 고집하지는 않을 것이다. 많이 분절된 페이지는 쉽게 읽힐 수 있는 까닭이다.

반면 끝없는 단락 하나로 흘러가는 텍스트는 읽히기 쉽지 않다. 눈이 멈춰서 쉴 장소를 찾지 못하고, 행을 잃어버리기 십상이다. 그런 텍스트가 즐겁게 (즉 눈을 피로하게 하지 않고) 읽히려면 독서를 편하게 하고 문장의 아름다움을 음미하기 위해 언제라도 멈출 수 있게끔 해 주는 큰 활자가 요구된다.

나는 독일어 포켓판 『성』을 바라본다. 작은 한 페이지에 서른아홉 행으로 애처로울 만치 조밀하게 짜인 하나의 '끝없는 단락'이다. 도무지 읽을 수 없다. 읽힌다면 정보나 문서로는 읽힐 것이다. 어떤 경우에도 미학적으로 인식되기 위한 텍스트로는 아니다. 부록에는 사십여 페이지에 달하는, 카프카가 자기 원고에서 지워 버린 부분들이 모두 실려 있다. 사람들은 큰 활자로 인쇄된 텍스트를 보고자 했던 (전적으로 정당한 미학적 이유에서) 카프카의 바람을 비웃는다. 그가 없애기로 결심한 (전적으로 정당한 미학적 이유에서) 문장들은 모두 되살려 낸다. 카프카의 작품이 카프카 사후에 맞이한 슬픈 운명은 그의 미학적 의사에 대한 이러한 무관심에서 이미 드러나고 있다.

5부   잃어버린 현재를 찾아서

1

에스파냐 한가운데, 바르셀로나와 마드리드 사이 어딘가에, 두 인물이 작은 역 구내 식당에 앉아 있다. 한 미국인 남자와 젊은 아가씨. 우리는 그들이 마드리드행 기차를 기다리고 마드리드에서 젊은 아가씨가 어떤 수술을, 분명 낙태 수술(이 말은 한 번도 발설된 적이 없다.)을 받게 되리란 것 외에 그들에 관해 아무것도 아는 바 없다. 우리는 그들이 누구인지, 그들이 몇 살인지, 그들이 서로 사랑하는지 아닌지 알지 못하며, 어떤 이유로 그들이 그런 결심을 하게 되었는지도 알지 못한다. 그들의 대화, 비록 그것이 놀라울 만치 명확하게 재현된다고 하나, 그것은 우리에게 그들의 동기나 그들의 과거에 대해 아무런 이해거리도 제공하지 않는다.

젊은 아가씨는 긴장한 표정이고 사내는 그녀를 진정시키려 애쓴다. "그저 느낌만 강한 수술일 뿐이야, 지그. 정말 이건 수술이라고 할 수도 없어." 이어서 "내가 함께 가서 내내 네 곁에 머물 거야……." 그러고는 "이 일만 끝나면 아주 좋아질 거야. 예전처럼 말이야."

젊은 아가씨 쪽에서 짜증을 내는 듯하자 그가 말한다. "좋아. 네가 원하지 않는다면 하지 않아도 돼. 나는 네가 원하지도 않으면서 하는 걸 원하지는 않아." 그러고는 마지막으로 다시 한 번 말한다. "네가 원하지도 않으면서 하는 걸 내가 원하는 게 아니라는 사실을 알아야 해. 만약 그게 너한테 뭔가 중대한 의미라면 나는 완벽하게 극복할 수 있어."

젊은 아가씨의 몇 마디 말대꾸 뒤로 그녀의 도덕적 거리낌이 감지된다. 그녀가 경치를 바라보며 말한다. "그럼 그 모든 걸 가질 수도 있단 말이지. 모든 걸 가질 수 있을 텐데도 우린 날이 갈수록 그것을 점점 더 불가능하게 만들어."

사내는 그녀를 달래고 싶어 한다. "모든 걸 가질 수 있어."

"아냐. 일단 한번 빼앗기고 나면 다시는 되돌아오지 않아."

그러고는 또다시 사내가 수술이 위험하지 않다고 안심시키려 들자 그녀가 말한다. "날 위해 뭘 좀 해 줄 수 있겠어?"

"널 위해서라면 뭐든 할 거야."

"제발 제발 제발 제발 제발 제발 제발 그 입 좀 다물어 주겠어?"

그러자 사내가 말한다. "하지만 난 네가 그걸 하는 걸 원하지 않아. 어째도 내겐 완전히 마찬가지야."

"고함지를 거야." 하고 젊은 아가씨가 말한다.

여기서 긴장은 최고조에 달한다. 사내가 역 반대편으로 짐을 나르기 위해 일어났다가 되돌아와서 묻는다. "좀 나아?"

"괜찮아. 문제없어. 괜찮아." 바로 이것이 어니스트 헤밍웨이의 유명한 단편 「흰 코끼리 같은 언덕들(Hills like white elephants)」*의 마지막 말들이다.

---

* 원주: 「흰 코끼리 같은 언덕들」의 모든 인용문은 《무한》(1972년 봄호)에 실린 필리프 솔레르의 번역에서 따왔다.

2

이 다섯 쪽짜리 단편에서 기묘한 것은, 위의 대화에서 무수한 이야기들을 상상할 수 있다는 점이다. 우선 사내는 유부남이며 아내를 배려해서 정부에게 낙태를 강요하는 것으로 볼 수 있다. 아니면 그는 독신이지만 인생이 복잡해지는 것이 두려워 낙태를 바라는 것으로 볼 수도 있다. 그도 아니면 단지 아기 때문에 젊은 아가씨가 이런저런 어려움을 겪을까 봐 염려하는 그런 사심 없는 태도의 문제일 수도 있다. 온갖 상상이 가능한데, 어쩌면 그는 중병에 걸린 상태여서 젊은 아가씨만 아기와 함께 남겨 두게 될까 봐 걱정하는 것일 수도 있다. 아기는 젊은 아가씨가 그 미국인과 함께 떠나려고 헤어진 어떤 사내의 자식이며, 미국인은 그녀에게 낙태를 하도록 충고하지만 거부하더라도 그 자신이 아버지 역할을 할 만반의 준비가 된 경우로 상상할 수도 있다. 그 아가씨는 또 어떤가? 우선 그녀는 정부의 뜻에 따르려고 낙태에 동의한 것일 수 있다. 아니면 그녀 자신이 일을 주도했고, 그러다 낙태 날짜가 가까워지자 용기를 잃고 죄의식을 느끼면서 자신의 동반자보다는 자기 자신의 양심에 마지막 항변을 하고 있는 것으로 볼 수도 있다. 이렇게 우리는 위의 대화 뒤에 숨어 있는 양상의 경우를 무한히 만들어 낼 수 있을 것이다.

등장인물들의 성격 쪽도 이에 못잖게 선택이 골치 아프다. 우선 사내는 민감하고 사랑스럽고 다정한 사람일 수 있다. 아니면 이기적이고 꾀 많은 위선자일 수도 있다. 한편 젊은 아가씨는 극히 예민하고 섬세하고 심히 도덕적일 수도 있으며, 아니면 변덕스럽고 감상적이며 히스테릭한 상황들을 만늘기 좋아하는 사람일 수도 있다.

그들 행위의 진정한 동기는, 대화에서 대사들이 어떤 투로 발언되었는지에 대한 아무런 지시가 없어 더욱더 알기 어렵다. 빠르게, 느리게, 비꼬듯이, 다정하게, 고약하게, 따분하게? 사내가 말한다. "내가 널 사랑한다는 걸 너는 알아." 아가씨가 대답한다. "알아." 하지만 이 "알아."가 무엇을 의미하는가? 그녀는 진정으로 사내의 사랑을 확신하는가? 아니면 비꼬듯이 그렇게 말하는가? 그렇다면 이 비꼼은 또 뭘 의미하는가? 아가씨가 사내의 사랑을 믿지 않는다는 뜻인가? 아니면 사내의 사랑이 이제 그녀에게 중요하지 않다는 뜻인가?

이 대화 외에 이 단편이 담고 있는 것은 필요한 몇 가지 묘사뿐이다. 극작품의 무대 지시도 이보다 더 삭막하지는 않다. 이 최대한의 절약이라는 규칙을 벗어나는 유일한 모티프는 지평선에 펼쳐지는 흰 언덕들의 모티프다. 이는 이 단편에 하나뿐인 은유를 수반하면서 여러 번 되풀이된다. 헤밍웨이는 은유를 좋아하는 사람이 아니다. 그래서 이 은유는 화자의 것이 아니라 아가씨의 것이다. 그 언덕들을 바라보며 이렇게 중얼거리는 것은 바로 그녀다. "흰 코끼리들 같아."

사내가 맥주를 삼키며 대답한다. "난 그런 건 한 번도 본 적 없어."

"그래, 넌 볼 수 없었을 거야."

"볼 수도 있었어." 하고 사내가 말한다. "내가 볼 수 없었을 거라는 네 말은 전혀 근거 없어."

이 네 번의 말대꾸에서 성격 차이, 즉 그들이 대립하는 점이 드러난다. 사내는 아가씨의 시적인 꾸밈에 거리감을 표명하고("난 그런 건 한 번도 본 적 없어.") 그녀는 시적 감각이 없는 그를 비난하듯 사납게 응수하며("넌 볼 수 없었을 거야.") 사내는(이미 그 비난을 알아차린 듯 알레르기 반응을 보이며) 방어적으로 말한다.("볼 수도 있었어.")

얼마 후, 사내가 젊은 아가씨에게 자신의 사랑을 다짐할 때 그녀가 말한다. "하지만 내가 그걸 하면(즉, 내가 낙태를 하면) 더 좋을 거야. 한데 내가 저것들이 흰 코끼리들이라고 하면 그걸 좋아할 거야?"

"좋아할 거야. 지금도 이미 좋아, 하지만 난 그걸 생각할 수가 없어."

그렇다면 은유에 대한 이 상이한 태도를 바탕으로 최소한 그들의 성격은 구분할 수 있지 않을까? 아가씨는 섬세하고 시적이며, 사내는 통속적이라고?

안 될 건 없다. 우리는 아가씨가 사내보다 더 시적이라고 상상할 수 있다. 하지만 우리는 그녀가 찾아낸 그 은유적 표현에서 매너리즘이나 겉치레, 혹은 감상을 엿볼 수도 있다. 말하자면 그녀는 독창적이고 상상력이 풍부하다는 칭찬을 받고 싶은 마음에 자신의 귀여운 시적 몸짓들을 전시하고 있는 거라고 말이다. 만약 그렇다면 낙태 후엔 더는 그들 것이 아닐 이 세상에 대해 그녀가 내뱉은 말들의 윤리성과 비장함은 모성을 포기하는 여인의 진정한 절망에서 오는 것이라기보다는 그녀의 서정적 과시 취미에서 오는 것일 수도 있는 것이다.

아니, 이 단순하고 통속적인 대화 뒤에 숨어 있는 내용은 무엇 하나도 분명하지 않다. 모든 남자가 그 미국인과 같은 말을 할 수가 있고, 모든 여자가 그 아가씨와 같은 말을 할 수 있다. 남자가 여자를 사랑하건 사랑하지 않건, 그가 거짓말을 하건 참말을 하건 똑같은 말을 할 것이다. 마치 이 대화는 천지창조 이래 줄곧 여기서 기다리고 있다가 무수한 커플들에 의해, 그들의 개인적 심리 상태와는 아무런 상관없이 마침내 내뱉어진 것만 같다.

이 등장인물들을 도덕적으로 판단한다는 건 불가능하다. 이제 그들에게는 해결해야 할 게 아무것도 없기에 말이다. 그들이 역에 있는 그 순간 이미 모든 것이 확정적으로 결정되었다. 예전에 이미 그들은 수천 번도 더 서로 자신을 해명했으며, 이미 수천 번도 더 각자 자신의 주장을 폈었다. 지금은, 그 옛 논쟁(옛날의 토론, 옛날의 드라마)이 더는 아무 문젯거리도 없

는, 말이 그저 말일 뿐인 그런 대화를 통해 그저 모호하게 내
비칠 뿐이다.

3

이 단편은 거의 원형적인 상황을 묘사하는 지극히 추상적인 소설이긴 하지만 그런 동시에 어떤 상황, 특히 대화의 시각적이고 청각적인 표면을 파악하고자 하는 지극히 구체적인 소설이기도 하다.

말다툼이었건 사랑의 대화였건, 여러분 인생의 대화 하나를 한번 재구성해 보라. 아무리 중요하고 아무리 사랑스러운 상황들이었을지라도 그것들은 영원히 사라져 버리고 없다. 남은 것은 그것들의 추상적 의미(나는 이런 견해를 주장했고, 그는 다른 견해를 옹호했다. 나는 공격적이었고, 그는 방어적이었다.)뿐, 간혹 한두 가지 상세한 기억이 있다 해도 그 상황의 시청각적 구체 내용은 온전한 지속성을 상실해 버렸다.

그것은 상실되었을 뿐만 아니라 우리는 그 상실을 놀라워하지도 않는다. 우리는 현재 시간의 구체 내용의 상실을 체념

해 버린 것이다. 우리는 현재 순간을 즉각 추상화해 버린다. 몇 시간 전에 겪은 에피소드 하나를 얘기해 보면 알 것이다. 대화는 간략한 요약으로 축소되고, 장식은 일반적 소재 몇 개로 줄어 버린다. 어떤 심한 정신적 충격처럼 아주 강렬하게 정신에 부과되는 추억이라 해도 결과는 마찬가지다. 충격의 힘 때문에 너무나 정신이 현란하여 어느 정도로 그 내용이 간략하고 빈곤한지조차 깨닫지 못하는 것이다.

어떤 현실을 탐구하고 논하고 분석할 때, 우리는 그것이 우리 정신에, 우리 기억에 나타나는 대로 분석한다. 우리는 현실을 과거 시제로만 안다. 우리는 현실을 현재 순간, 그것이 일어나는 순간, 그것이 있는 순간 그대로 알지 못한다. 한데 현재 순간은 그 추억과 같지 않다. 추억은 망각의 부정이 아니다. 추억은 망각의 한 형태다.

우리는 꼬박꼬박 신문을 읽고 모든 사건들을 기록할 수 있다. 그러다 어느 날, 그 기록들을 다시 읽다 보면 우리는 그것들이 단 하나의 구체적인 이미지도 떠올려 주지 않는다는 사실을 깨닫게 된다. 더욱 고약한 것은 상상력이 우리 기억을 도와 그 잊힌 것을 재구성해 낼 수 없다는 점이다. 현재라는 것, 검토할 현상으로서, 구조로서의 현재의 구체 내용은 우리에게 미지의 혹성과 같다. 결국 우리는 그것을 우리 기억에 붙잡아 둘 줄도, 상상력으로 그것을 재구성할 줄도 모르는 셈이다. 우리는 우리가 살아온 것이 뭔지도 모르는 채 죽는 것이다.

4

현재라는 달아나는 현실의 상실과 대립해야 할 필요성, 소설이 이를 자각한 것은 소설사의 어느 시점부터인 것 같다. 보카치오의 소설은 얘기를 시작하는 즉시 과거가 추상으로 탈바꿈하는 예의 전형이다. 구체적인 무대 하나 없이, 대화조차 거의 없이, 일종의 요약처럼, 어떤 사건의 본질, 어떤 이야기의 인과를 우리에게 전하는 그런 이야기다. 보카치오 이후 소설가들은 뛰어난 이야기꾼들이었지만, 현재 시간의 구체적인 내용을 붙잡는 일은 그들의 문제도, 그들의 야심도 아니었다. 그들은 어떤 이야기를 이야기했을 뿐, 그것을 꼭 구체적인 무대를 통해 상상하고자 하지는 않았다.

무대가 소설 구성의 근본적인 요소(소설가의 기량이 드러나는 곳)가 되는 것은 19세기에 들어서면서부터다. 스콧, 발자크, 도스토옙스키에게서 소설은 장식이 있고 대화가 있고 사건이 있는, 세밀하게 묘사된 일련의 무대처럼 구성되었다. 이 일련의 무대와 연관되지 않은 모든 것, 무대가 아닌 다른 모든 것은 부차적인 것, 즉 불필요한 것으로 간주되고 느껴졌다. 여기서 소설은 내용이 매우 풍부한 시나리오와 유사하다.

무대가 소설의 근본적인 요소가 되자, 현재 순간에 나타나는 대로의 현실에 대한 질문이 잠정적으로 제기되었다. 내가 "잠정적"이라고 말하는 까닭은 발자크나 도스토옙스키에게서는 구체성에 대한 열정보다는 극적인 것에 대한 열정이, 현실보다는 연극이 이 무대 예술에 영감을 주는 까닭이다. 사실, 이때 탄생한 새로운 소설 미학(소설사 제2기의 미학)은 구성의 극적 특성으로 표명되었다. 다시 말하면 다음 세 가지에 집중된 구성으로 표명되었다. 즉 1) 하나의 줄거리(상이한 일련의 줄거리인 '피카레스크'식 구성과는 달리) 2) 동일한 등장인물(소설 등장인물들을 도중에 떠나보내는 것, 세르반테스에겐 정상적이었던 이것이 결함으로 간주되었다.) 3) 하나의 협소한 시공간(소설 시작과 끝 사이엔 많은 시간이 흐르지만, 사건은 선택된 며칠을 통해 전개된다. 예를 들어 『악령』은 몇 달에 걸쳐 전개되나 극히 복잡한 그 모든 사건이 처음엔 이틀, 다음엔 사흘, 다시 이틀, 그리고 마지막엔 닷새, 이렇게 배분된다.)에 집중된 구성 말이다.

소설의 이러한 발자크 식 혹은 도스토옙스키 식 구성 안에서는 줄거리의 모든 복잡성, 사유의 모든 풍요로움,(도스토옙스키에게서 보는 거대한 관념적 대화들) 등장인물들의 모든 심리가 오로지 무대를 통해서 분명하게 표현되어야 한다. 그래서 무대는 극작품의 경우가 그렇듯 인위적으로 집중되고 밀집되며(여러 만남이 단 하나의 무대에서 이루어진다.) 믿을 수 없을 만큼 엄밀한 논리에 따라(여러 열정과 이해에 얽힌 갈등을 분명히 하기 위해서) 전개되는 것이다. 본질적인 모든 것(사건과 그 의미의 이해에 본질적인)을 표현하기 위해, '비본질적인' 모든 것, 즉 진부하고 평범하고 일상적인 모든 것, 우연이나 단순한 분위기 같은 것을 거부해야 하는 것이다.

소설을 이러한 연극적인 성격에서 빠져나오게 한 사람은 플로베르다.(헤밍웨이는 포크너에게 보낸 편지에서 그를 "가장 존경스러운 우리의 스승"이라고 말한다.) 그의 소설들에서는 등장인물들이 일상적 분위기에서 만나며, 이 분위기는 (그 태평스러움과 무분별함은 물론, 상황을 아름답고 잊을 수 없게 만드는 그 마법에 의해서도) 그들의 내밀한 이야기에 끊임없이 개입한다. 엠마가 교회에서 레옹과 밀회를 즐길 때, 한 안내인이 그들 사이에 끼어들어 쓸데없는 장황한 수다로 그들의 독대를 중단한다. 몽테를랑은 『보바리 부인』 서문에서, 하나의 무대 안에 상반된 주제를 끌어들이는 이러한 방식의 방법론적 특성을 빈정대나 이 빈정거림은 부적절하다. 여기서 문제는 예술적 기교가 아니라, 말하자면 존재론적 발견인 까닭이다. 현재 순간의 구조를 발견하는 것, 우리 삶의 토대가 되는, 진부한 것과 극적인 것의 항구적 공존을 발견하는 것 말이다.

현재 순간의 구체성을 파악하는 것, 이는 플로베르 이후 소설의 발달사를 특징짓는 항구적인 성향의 하나다. 구백여 페이지에 걸쳐 열여덟 시간의 삶을 묘사하는 제임스 조이스의 『율리시스』는 이러한 성향의 절정을 나타내는 기념비적인 작품이다. 블룸이 거리에서 맥코이를 만나 걸음을 멈춘다. 두 사람이 주고받는 두 마디 말 사이, 그 짧은 순간에 무수한 일들이 일어난다. 블룸의 내적인 독백이 있고, 그의 몸짓들(손으로 호주머니 속 연애편지 봉투를 만지작거린다.)이 있고, 그가 보는 모든 것,(두 종아리를 내보이며 사륜마차에 오르는 어느 부인 등) 그가 듣는 모든 것, 그가 느끼는 모든 것이 있다. 현재 시간의 단 일 초가 조이스에게서는 작은 무한이 된다.

5

서사 예술과 극예술, 이 두 예술에서 구체성에 대한 열정은 서로 다른 힘으로 나타난다. 산문에 대한 그들의 불평등 관계가 그 증거다. 서사 예술은 16세기, 17세기에 운문을 버리고 새로운 예술, 즉 소설이 된다. 극문학은 이보다 늦게, 그리고 훨씬 느리게 운문에서 산문으로 넘어간다. 오페라는 이보다 훨씬 늦게, 말하자면 19세기와 20세기의 전환점에 샤르팡티에(1900년 작 「루이즈」)라든가 드뷔시,(1902년 작 「펠레아스와 멜리장드」를 들 수 있으나 이 작품의 토대는 매우 양식화된 시적 산문이다.) 그리고 야나체크(1896년과 1902년 사이에 작곡된 「예누파」) 등과 더불어 이 과정을 거친다. 내가 보기에 야나체크는 모던 아트 시기의 가장 중요한 오페라 미학 창조자다. 굳이 "내가 보기에"라고 말한 까닭은 그에 대한 나의 애정을 숨기고 싶지 않아서다. 어떻든 야나체크의 공적이 엄청나므로, 나는 내가 틀렸

다고 생각하지 않는다. 그는 오페라를 위한 새로운 세계, 산문
의 세계를 발견했다. 그 혼자만이 그런 일을 했다고 말할 생각
은 없으나(1925년 「보체크」를 발표한 베르크 — 더욱이 야나체크는
그를 열렬히 옹호했다. — 나 1959년 「사람의 소리」를 발표한 풀랑크도
그와 가깝다.) 그는 삼십 년간 다섯 곡의 대작, 즉 앞에서 말한
「예누파」, 1921년 작 「카탸 카바노바」, 1924년 작 「교활한 작은
암여우」, 「마크로풀로스 사건」, 1928년 작 「죽음의 집에서」 등
을 창작하면서 유난히 일관되게 자신의 목표를 추구했다.

그가 산문의 세계를 발견했다고 한 것은 산문이 운문과는
다른 언술 형태라는 점만 생각해서 한 말이 아니다. 그것이 현
실의 한 측면, 말하자면 신화와 대립되는 현실의 일상적 구체
적 일시적 측면이라는 점도 생각해서다. 바로 여기서 우리는
소설가의 가장 뿌리 깊은 확신, 즉 인생의 산문보다 더 감춰진
것은 없다는 확신을 접한다. 인간은 끊임없이 자신의 삶을 신
화로 탈바꿈시키고자 한다. 끊임없이 삶을 운문으로 옮겨 쓰
고, 운문(엉터리 운문으로)으로 베일을 씌우고자 한다. 소설이
단지 하나의 '문학 장르'에 그치는 게 아니라 하나의 예술인
이유는 바로 산문의 발견이 소설 아닌 다른 어떤 예술도 온전
히 담당할 수 없는 소설만의 존재론적 사명인 까닭이다.

산문의 신비, 산문의 아름다움(예술로서의 소설은 산문을 아름
다움으로 발견하는 것이기에 하는 말이다.)을 향한 소설의 길 위에
서, 플로베르는 거대한 한 걸음을 내디뎠다. 그로부터 반세기
뒤, 오페라의 역사에서 야나체크가 플로베르 식 대개혁을 수
행했다. 한데 이 개혁은 소설에서는 매우 자연스럽게(농사공

진회를 배경으로 한 엠마와 로돌프가 만나는 장면은 피할 수 없는 가능성으로서 소설 유전자 속에 미리 각인되어 있었던 것 같다.) 여겨지지만, 오페라에서는 유난히 충격적이고 대담하며 느닷없는 일로 느껴진다. 왜냐하면 그것은 오페라의 본질 자체와 불가분으로 간주되던 극도의 양식화 원칙과 비현실의 원칙을 어기는 일이기 때문이다.

거장 모더니스트들은 오페라를 시도하는 과정에서 대부분 19세기 선구자들보다 더한층 극단적인 양식화의 길을 택했다. 오네게르는 전설이나 성경적 주제들 쪽으로 돌아가 오페라와 오라토리오 사이를 오락가락하는 듯한 형태를 이들에 부여하며, 버르토크의 유일한 오페라는 상징적 우화를 수제로 하고, 쇤베르크가 쓴 오페라 두 편 중 하나는 우화요 다른 하나는 광기가 극에 달한 극단적 상황을 무대화한다. 스트라빈스키의 오페라들은 하나같이 운문 텍스트를 바탕으로 작곡되었으며 극도로 양식화되었다. 결국 야나체크는 오페라 전통에 위배될 뿐 아니라 현대 오페라의 주된 방향과도 배치되는 쪽으로 나아갔던 것이다.

6

유명한 그림. 촘촘한 백발에 코밑수염을 기른 한 키 작은 사내가 산책을 하면서, 손에 수첩을 펼쳐 들고 거리에서 들리는 말들을 음표로 적고 있다. 살아 있는 말을 악보로 기록하는 것, 그것이 그의 열정이었다. 그는 이 '구어 음정들'을 백여 곡이나 남겼다. 그의 그런 기행은 동시대인들의 눈에, 잘하면 그를 독창적인 음악가 중 한 사람으로 보이게 할 수도 있지만 최악의 경우엔 음악이 삶의 자연주의적 모방이 아니라 창작임을 이해하지 못하는 유치한 음악가들 무리나 하는 소행으로 비쳤다.

한데 여기서 문제는 삶을 모방해야 하느냐 아니냐 하는 것이 아니다. 문제는 음악가가 음악을 떠나서 음향 세계의 존재를 인정하고 연구해야 하는가다. 구어에 대한 연구는 야나체크 음악의 두 가지 근본적인 측면을 밝혀 줄 수 있다.

1) 그의 선율적 독창성. 유럽 음악 멜로디의 보고는 낭만주의가 끝나 갈 무렵에 고갈된 것 같다.(사실 7음 음계나 12음 음계의 변주는 그 수가 산술적으로 한정되어 있다.) 음악이 아니라 말소리들의 객체적 세계에서 오는 음조들을 잘 알게 됨으로써 야나체크는 선율적 상상력의 또 다른 영감, 또 다른 원천에 이르게 된다. 그래서 그의 멜로디들은(어쩌면 그는 음악사 최후의 거장 멜로디스트일 것이다.) 매우 독특한 특성을 지니며 즉각 식별할 수 있다.

a) 스트라빈스키의 경구("음정들을 절약하시오, 달러처럼 귀하게 여기시오.")와는 달리, 그의 멜로디들은 당시까지의 소위 '아름다운' 멜로디에서는 생각조차 할 수 없는, 간격이 이상한 낯은 음정들을 내포한다.

b) 그의 멜로디들은 매우 간결하고 압축적이며, 당시까지의 일반적 기법들로는 전개하고 연장하고 발전시키기가 거의 불가능하다. 그런 일반적 기법들은 즉각 그의 멜로디를 부정확하고 인위적인 '거짓' 멜로디로 만들어 버릴 것이다. 이는 곧 그의 멜로디들이 특유의 방식으로 전개되었거나, 어떤 말과 같은 방식 — 예컨대 점차 강화되는(고집부리고 간청하는 누군가를 모델로 한) 방식 — 으로 반복되거나(집요하게) 가공되었음을 뜻한다.

2) 그의 심리적 지향성. 구어에 대한 탐구에서 야나체크가 가장 먼저 관심을 기울인 것은 언어(체코어)의 독특한 리듬이나 그 운율(야나체크의 오페라들에서는 서창(敍唱)부를 찾아볼 수 없다.)이 아니라, 말을 하는 순간의 심리가 발화되는 억양에 어

떤 영향을 미치는가 하는 점이었다. 그는 멜로디들의 의미론을 이해하고자 한 것이다.(그런 점에서 그는 음악에 어떤 표현 능력도 인정하지 않은 스트라빈스키와는 정반대 입장인 것 같다. 야나체크에게는 음이 오직 표현으로만, 감동으로만 존재할 권리를 갖는다.) 음정과 감동의 상관성에 대한 탐구를 통해 야나체크는 음악가로서는 유례를 찾아볼 수 없는 심리적 명철함을 획득했다. 참으로 심리적 광기(아도르노가 스트라빈스키의 음악에 대해 "반(反)심리적 광기"를 언급함을 상기하자.)라 일컬을 수 있을 그의 이러한 열정은 그의 모든 작품을 특징짓는다. 그가 특히 오페라 쪽에 관심을 기울인 것은 그래서다. 오페라야말로 '감동을 음악적으로 정의하는' 능력이 다른 어디에서보다 잘 실현되고 증명될 수 있는 영역이기 때문이다.

7

현실에서의 대화, 구체적인 현재 시간에서의 대화란 어떤 것인가? 우리는 모른다. 우리가 아는 것은 다만 연극이나 소설에서의 대화는 물론 라디오에서의 대화까지도 실제 대화 같지가 않다는 것이다. 실제 대화의 구조를 파악하는 것, 이는 헤밍웨이의 예술적 강박관념 중 하나였음이 분명하다. 그 구조를 연극적인 대화 구조와 비교하면서 정의해 보도록 하자.

1) 연극에서, 극적인 이야기는 대화에 의해 실현된다. 그러므로 대화는 오로지 사건에, 사건의 의미와 사건 내용에 집중된다. 그러나 현실에서의 대화는 극적인 이야기를 중단하고 지연하고, 그 전개를 굴절하고 우회시키며, 비체계적이고 비논리적으로 만드는 일상성에 둘러싸여 있다.

2) 연극에서, 대화는 관객들에게 등장인물이나 극적 갈등에 대한 매우 분명한, 아주 잘 이해되는 관념을 제공해야 한다.

그러나 현실에서는 대화를 나누는 인물들이 서로와 대화 주제를 알고 있다. 그러므로 그들이 나누는 대화의 3분의 1 정도는 절대 제대로 이해되지 않는다. 마치 말해지지 않은 엄청난 내용 위로 솟아오른 말해진 엷은 표층처럼, 대화는 수수께끼로 남는다.

3) 연극에서, 대화는 제한된 상연 시간 때문에 말들을 최대한 절약할 수밖에 없다. 그러나 현실에서는 인물들이 이미 논의한 주제로 되돌아가기도 하고, 반복하기도 하고, 방금 한 말을 수정하기도 한다. 그런 반복과 미숙함이 등장인물들의 고정관념을 드러내고 대화에 독특한 멜로디를 부여한다.

헤밍웨이는 실제 대화의 구조를 파악할 줄 알았을 뿐 아니라 그것을 바탕으로 하나의 형태를 창조해 냈다.「흰 코끼리 같은 언덕들」에서 보게 되는 단순하고 투명하고 맑고 아름다운 형태를 말이다. 미국인과 젊은 아가씨의 대화는 대수롭잖은 말들로 피아노(약하게)로 시작된다. 동일한 말들의 반복, 동일한 어법들이 이야기 전체를 관통하며 이야기에 멜로디의 단일성을 부여한다.(이처럼 대화를 멜로디로 만드는 것이야말로 헤밍웨이의 작품에서 참으로 놀랍고 참으로 매력적인 점이다.) 음료를 날라 오는 가게 여주인의 개입이 긴장에 제동을 걸지만, 긴장은 점차 상승하여 대미 부분("제발 제발")에서 절정에 이르며, 그러다 마지막 몇 마디 말들과 함께 피아니시모(아주 약하게)로 가라앉는다.

8

"2월 15일 저녁 무렵. 오후 6시의 어스름, 역 근처.

보도 위에서, 붉은 겨울 외투를 입은, 볼이 붉은 키 큰 여인이 몸을 떤다.

그녀가 불쑥 말을 늘어놓는다.

'여기서 기다리기로 해. 하지만 난 그가 오지 않으리란 걸 알아.'

그녀와 동행한 남루한 치마를 입은 볼이 창백한 여자가, 영혼의 어둡고 슬픈 메아리로 그 마지막 음정을 자른다.

'아무렴 어때.'

그러고 나서 그녀는 항의 반 기다림 반으로, 꼼짝도 하지 않는다.”

야나체크가 어느 체코 신문에 악보와 함께 정기적으로 발표한 텍스트들 가운데 하나는 바로 이렇게 시작된다.

“여기서 기다리기로 해. 하지만 난 그가 오지 않으리란 걸 알아.”라는 문장이, 어느 배우가 청중 앞에서 큰 목소리로 읽는 이야기 속 대사라고 상상해 보자. 아마도 우리는 그 억양에서 어떤 작위성을 느낄 것이다. 그는 그 문장을 기억을 되살려 상상해 내는 방식으로 발음하거나, 그렇지 않으면 그저 단순히, 청중들을 감동시키는 방식으로 발음할 것이다. 한데 사람들은 실제 상황에서는 이 문장을 어떻게 발음하는가? 이 문장의 선율적 진실은 무엇인가? 잃어버린 한 순간의 선율적 진실은 무엇인가?

잃어버린 현재에 대한 탐구. 특정 순간의 선율적 진실에 대한 탐구. 그 달아나는 진실을 덮쳐 사로잡고자 하는 욕망. 끊임없이 우리 삶을 저버리는, 그럼으로써 우리 삶을 세상에서 가장 덜 알려진 무엇이 되게 하는 지금 이 순간 현실의 미스터리를 꿰뚫고자 하는 욕망. 내가 보기에, 구어에 대한 연구의 존재론적 의미는 바로 여기에 있으며, 어쩌면 야나체크 음악 전체의 존재론적 의미도 바로 여기에 있는 것 같다.

「예누파」 2막. 며칠간 산욕열을 앓고 난 뒤, 예누파가 침실에서 나와 갓 낳은 자신의 아기가 죽었음을 알게 된다. 그녀의 반응은 뜻밖이다. "그러니까 아기가 죽었단 말이지. 그럼, 이제 아기 천사가 된 거야." 그녀는 마치 마비된 듯 비명도 몸짓도 없이, 이상한 정신적 동요를 보이며 위 문장들을 차분히 노래한다. 멜로디의 곡선이 수차례 상승하다가, 이마저 마비된 듯 금방 다시 떨어진다. 아름답고 감동적이며, 그렇다고 해서 정확성을 상실하지도 않는다.

당시의 가장 영향력 있는 체코 작곡가 노바크는 이 장면을 조롱했다. "이는 마치 예누파가 자신의 앵무새의 죽음을 애석해하는 것과 같다." 바로 여기, 이 멍청한 냉소에 모든 것이 있다. 물론 우리는 자기 아기의 죽음을 알게 되는 여인을 이런 식으로 상상하지는 않는다! 하지만 우리 상상을 통해 구성되는 사건은 실제로 일어나는 있는 그대로의 사건과는 별 상관이 없다.

야나체크는 초기 오페라들을 소위 사실주의 극작품들을 바탕으로 썼으며, 당시에는 이것 자체가 이미 관례를 뒤집는 일이었다. 그러나 구체성에 목말라하던 그는 이 산문으로 된 드라마 형식마저도 곧 인위적으로 여겨졌다. 그래서 그는 아주 대담한 오페라 각본 두 편을 자신이 직접 집필했는데, 하나는 어느 일간지에 게재된 연재소설을 바탕으로 한 「교활한 작은 암여우」고, 다른 하나는 도스토옙스키의 작품을 바탕으로 한 오페라다. 아니, 그의 소설을 바탕으로 한 게 아니라(도스토

옙스키의 소설보다 연극적인 것과 비자연적인 것의 함정이 큰 작품도
없지 않은가!) 시베리아 강제수용소에 대한 그의 '르포르타주'
『죽음의 집의 기록』을 바탕으로 한 오페라다.

　플로베르처럼 야나체크도 상이한 여러 감정 내용들이 단
하나의 무대에 공존하는 것에 매료되었었다.(그는 "상충되는 모
티프들"의 플로베르적 매력을 알고 있었다.) 그래서 그의 작품에서
는 오케스트라가 창(唱)의 감정 내용을 강조하는 게 아니라
오히려 위배해 버리는 일이 아주 잦다.「교활한 작은 암여우」
를 예로 들어 보자. 여기에는 언제 들어도 내게 특별한 감동
을 주는 한 장면이 있다. 숲 기슭 어느 여인숙에서, 삼림 관리
인과 마을 교사, 그리고 여인숙 주인의 마누라가 한담을 나누
고 있다. 그들은 그 자리에 없는 친구들, 그날 마을로 내려간
여인숙 주인과 다른 곳으로 이사 간 사제, 그리고 교사가 사랑
했으나 최근에 막 결혼을 해 버린 한 여인을 추억한다. 대화는
평범하기 짝이 없지만(야나체크 이전에는 이처럼 극적이지 않고 진
부하기만 한 상황을 오페라 무대에서 보는 일이 없었다.) 오케스트라
는 견디기 힘든 향수로 가득한데, 그래서 이 장면은 시간의 덧
없음에 관해 쓰인 목가들 중에서 가장 아름다운 목가의 하나
가 된다.

9

　프라하 오페라의 책임자 코바르주비츠, 오케스트라 단장이
자 삼류 작곡가이기도 했던 그는 십사 년 동안이나 「예누파」
공연을 거절했다. 결국 양보하기는 했지만(1916년에 「예누파」
의 프라하 첫 공연을 지휘한 이가 바로 그다.) 계속 그는 야나체크의
딜레탕티슴을 경계하는 태도를 취했으며, 악보 상당 부분을
바꾸고, 편곡에 많은 수정을 가하고, 심지어는 많은 부분을 삭
제하기까지 했다.

　야나체크는 저항하지 않았는가? 물론 저항했지만, 만사는
힘의 관계에 달린 법이다. 그리고 약자는 바로 그였다. 당시
그는 예순두 살이었으며 거의 무명이었다. 그때 심하게 저항
했다면, 아마 그는 자신의 오페라 첫 공연이 성사되기까지 족
히 십 년은 더 기다려야 했을 것이다. 더욱이 스승의 예기치
못한 성공에 기뻐 어쩔 줄 몰라 하던 그의 지지자들조차도 하

나같이 동의했다. 코바르주비츠가 훌륭한 작업을 했다고 말이다! 예를 들면 마지막 장면에서!

그 마지막 장면을 보자. 사람들이 물에 빠져 죽은 예누파의 사생아를 찾아낸 뒤, 계모가 자기 범죄를 실토하고 경찰이 그녀를 데려가자, 남은 사람은 예누파와 라코 둘뿐이다. 예누파의 마음을 다른 남자에게 빼앗긴 남자 라코, 하지만 그는 여전히 그녀를 사랑하기에 그녀 곁에 남기로 결심한다. 다만 가난과 수치와 망명뿐, 이 커플을 기다리는 건 아무것도 없다. 체념과 슬픔 속에서도 어떤 거대한 연민의 빛이 일렁이는, 참으로 흉내 낼 수 없는 분위기가 무대를 지배한다. 하프와 현악기들, 오케스트라의 감미로운 울림과 더불어, 거대한 드라마가 뜻밖에도 감동적이고 내면적인 고요한 노래로 막을 내린다.

대체 오페라 한 편을 그런 식으로 막 내리게 할 수 있단 말인가? 그래서 코바르주비츠는 이 결말을 극도의 사랑 예찬으로 탈바꿈시켰다. 누가 감히 그런 예찬에 반대할 수 있단 말인가? 게다가 그런 예찬은 너무나 쉽다. 대위법을 흉내 내 멜로디를 지원하는 금관 악기들을 덧붙이기만 하면 된다. 이미 수천 번이나 입증된 효율적인 방식이다. 코바르주비츠는 자기 할 일을 아는 사람이었다.

조국 체코 사람들에게서 이렇듯 멸시받고 모욕당한 야나체크는 막스 브로트에게서 굳고 충실한 지지를 맛보았다. 한데 「교활한 작은 암여우」 총보를 연구하던 브로트는 끝부분이 불만스러웠다. 오페라의 마지막 말들이 그랬다. 삼림 관리인에게 더듬거리며 말을 건네는 작은 개구리가 내뱉는 농담 한 마디. "다, 다, 당신이 본다고 여기는 건 내가 아, 아, 아니고, 나, 나, 나의 할아버지요." 이에 대해 브로트는 Mit dem Frosch zu schliessen, ist unmöglich, 개구리로 막을 내리는 것, 그것은 불가하다고 편지로 항의하면서 이 오페라 마지막 문구로 삼림 관리인이 어떤 장엄한 선언, 말하자면 자연의 소생에 관해서나 청춘의 영원한 힘에 관해 노래할 것을 제안한다. 이번에도 예찬 타령이다.

그러나 야나체크는 이번만은 굴복하지 않는다. 고국 밖까지 알려진 그는 이제 더는 약자가 아니다. 그러나 「죽음의 집에서」 첫 공연 전에 그는 다시 약자가 되는데, 그가 죽었기 때문이다. 이 오페라의 대미는 당당하다. 주인공이 수용소에서 석방된다. 포로들이 "자유! 자유!"라고 외친다. 떠나가는 그를 바라보며 그들은 쓸쓸히 확인한다. "뒤도 돌아보지 않는군!" 뒤이어 감독이 소리친다. "작업 개시!" 이것이 쇠사슬들의 당김음으로 강조된 강제노동의 거친 리듬으로 막을 내리는 이 오페라의 마지막 대사다. 그의 사후 이루어진 이 오페라의 초연은 야나체크의 한 제자가 지휘를 맡았다.(가까스로 완성된 총보를 책으로 출간하기 위해 정리한 이도 바로 그다.) 그는 마지막 몇 페이지를 약간 수정했다. 그래서 "자유! 자유!"라는 외침이 맨 끝에 다시 등장하여, 추가된 하나의 긴 코다(종결부), 명랑한 코다, 극도의 예찬(또 하나의)으로 확장된다. 이 가필은 저자의 의도를 중복을 통해 연장하는 것이 아니다. 그 의도의 부정이다. 이 오페라의 진실을 소멸시켜 버리는 최종 거짓인 것이다.

10

미국 어느 대학 문학 교수인 제프리 메이어스가 1985년에 쓴 헤밍웨이 전기를 펼쳐 들고서, 「흰 코끼리 같은 언덕들」과 관계된 부분을 읽어 본다. 내가 가장 먼저 알게 되는 것은, 이 단편이 '아마도 해들리(헤밍웨이의 첫 번째 부인)의 두 번째 임신에 대한 헤밍웨이의 반응을 묘사하는 것 같다.'라는 것이다. 그러고는 다음과 같은 설명이 이어지는데, 나 자신의 고찰을 괄호 속에 넣으며 이를 따라가 보도록 하자.

"원치 않은 아기처럼, 무용한 것을 표상하는 비현실적인 동물인 흰 코끼리에 언덕을 비유한 것은 이 이야기의 의미에 매우 중요하다.(코끼리를 원치 않은 아기에 비유한 것은 다소 억지스럽다. 이 비유는 헤밍웨이 것이 아니라 그 교수 것으로, 이 단편에 대한 감상적 해석을 준비하기 위한 것 같다.) 이 비유는 논란거리가 되며, 경치에 감동한 상상력이 풍부한 여인과, 그녀의 견해에 찬동하길 거부하는 고지식한 사내 사이의 대립을 초래한다. (……) 이 단편의 테마는, 인위적인 것에 대립하는 자연적인 것, 합리적인 것에 대립하는 본능적인 것, 수다에 대립하는 성찰, 병적인 것에 대립하는 생동적인 것 등, 일련의 양극성을 토대로 전개된다.(교수의 의도는 분명하다. 여자를 도덕의 긍정적 축으로 만들고, 남자를 그 부정적 축으로 만드는 데 있다.) 자기중심적이며(그를 자기중심적인 인물로 규정할 수 있는 근거는 어디에서도 찾아볼 수 없다.) 여자의 감정에 완전히 무감각한(이것도 전혀 근거 없는 얘기다.) 사내, 그는 둘 사이가 예전과 똑같아질 수 있도록 여자를 낙태시키려 애쓴다. (……) 낙태를 자연에 전적으로 위배되는 일로 여기는 여인은 아기를 죽이고(아기가 아직 태어나지 않은 이상 그녀는 아기를 죽일 수가 없다.) 자신 또한 다칠까 봐 몹시 두려워한다. 사내가 하는 말은 모두 허위이며(아니다. 사내가 하는 말은 모두 흔한 위로의 말들, 그런 상황에서 할 수밖에 없는 말들일 뿐이다.) 여자가 하는 말은 모두 아이로니컬하다.(우리는 아가씨의 말을 얼마든지 다르게 설명할 수 있다.) 그는 그녀가 그의 사랑을 되찾을 수 있도록(그녀가 그 사내를 사랑했다거나 그의 사랑을 잃어버렸다는 증거는 어디에도 없다.) 이 수술에 동의하도록 그녀를 강요하지만(사내는 '난 네가 원하지도 않으면서 그걸 하는 걸 원하지 않아.'라고 두 번이나 말하며, 그의 말이 진정이 아니라는 증거는 어디에도 없다.) 그가 그녀에게 그런 일을 요구한다는 사실 자체가 앞으로는 두 번 다시 그녀가 그를 사랑할 수 없게 되리란 점을 내포한다.(이 역에서의 장면 뒤에 일어날 일을 예상하게 하는 요소는 어디에서도 찾아볼 수 없다.) 그녀는 마치 도스토옙스키가 묘사한 지하실의 사내나 카프카의 요제프 K처럼, 남편의 태도를 반영하기만 하는 인격 분열 지경에 이른 뒤에야 그 자기 파괴 형태(태아의 파괴와 여성의 파괴는 같은 게 아니다.)를 받아들인다. '그럼 그걸 하겠어. 왜냐하면, 어째도 내겐 마찬가지니까.'(타자의 태도를 반영하는 것은 분열이 아니다. 그렇지 않으면 부모에게 복종하는 모든 아이들이 분열 증세를 보이며 요제프 K처럼 될 것이다. 그리고 이 단편 속 사내는 어디에서도 남편으로 지칭되지 않았다. 게다가 헤밍웨이의 글에서는 여성 등장인물이 언제나 girl, 즉 아가씨인 까닭에 그는 남편일 수가 없다. 이 미국 교수가 일부러 아가씨를 woman(부인)이라고 칭하는 거라면, 이는 의도적인 경멸이다. 그는 두 등장인물을 헤밍웨이와 그의 아내로 이해시키려는 것이다.) 그런 뒤 그녀는 그에게서 멀어져 (……) 자연에서, 말하자면 보리밭과 나무들, 시내, 그리고 저 멀리 보이는 언덕들에서 위안을 찾는다. 도움을 구하기 위해 눈을 들어 언덕 쪽을 쳐다볼 때 그녀의 그 평화로운 관조는(우리는 자연의 관조가 그 아가씨에게 일깨우는 감정에 대해 전혀 알지 못한다. 하지만 씁쓸한 심정이었다가 뒤이어 내뱉는 그녀의 말들, 어떤 경우에도 그 말은 평화로울 수 없다.) 구약 「시편」 121을 상기시킨다.(헤밍웨이의 문체가 간결해질수록 이 해설자의 문체는 과장된다.) 하지만 이 정신 상태는 토론을 계속할 것을 고집하는 사내에 의해 파괴되며(주의 깊게 이 단편을 읽어 보자. 잠시 멀어졌다가 먼저 말을 꺼내 토론을 계속하는 쪽은 미국인이 아니라 아가씨다. 사내는 토론을 하려 들지 않는다. 다만 아가씨를 달래고자 할 뿐이다.) 그녀를 신경증 발작으로 이끌고 간다. 그래서 그녀가 버럭 짜증을 내며 외친다. '날 위해 뭘 좀 해 줄 수 있겠어? (……) 그럼, 그 입 좀 다물어. 부탁이야!' 이는 리어왕의 '다시는, 다시는, 다시는, 다시는'을 떠올리게 한다.(여기서 셰익스피어를 상기하는 일은 도스토옙스키나 카프카를 상기한 경우와 마찬가지로 전혀 무의미하다.)"

이 요약을 요약해 보자.

1) 미국 교수의 해석에서 이 단편은 도덕 강의로 탈바꿈했다. 등장인물들은 일단 악으로 간주된 낙태에 대한 입장에 따라 심판된다. 그래서 여인('상상력이 풍부한', '경치에 감동한')은 자연적인 것, 생동하는 것, 본능적인 것, 성찰을 표상하며, 사내('자기중심적인', '고지식한')는 인위적인 것, 합리적인 것, 수다, 병적인 것을 표상한다.(현대 도덕 논의에서는 합리적인 것이 악을 표상하고 본능적인 것이 선을 표상한다는 점을 짚고 넘어가자.)

2) 저자의 전기와의 비교(그리고 girl을 woman으로 바꾼 기만적인 왜곡)는 부정적이고 비도덕적인 주인공이 바로 헤밍웨이이며, 그가 이 단편을 통해 일종의 고백을 하는 것처럼 이해하게 한다. 이 경우 대화는 수수께끼 같은 특성을 전부 상실하며, 등장인물들 역시 신비로울 것 없이, 헤밍웨이 전기를 읽어 본 이들에게는 전적으로 확고하고 분명한 인물들이 된다.

3) 이 단편의 독창적인 미학적 특성(특유의 비(非)심리주의, 등장인물들의 과거의 의도적인 은폐, 비(非)극적 특성 등)이 고찰되지 않았다. 아니, 고찰되지 않기만 한 게 아니라 그런 미학적 특성이 제거되어 버렸다.

4) 단편의 기본 내용(한 남자와 한 여자가 낙태를 하러 떠난다는)을 바탕으로 교수는 자기 자신의 단편을 창작한다. 자기중심적인 한 사내가 자신의 아내에게 낙태를 강요하는 중이며, 아내는 남편을 경멸하기 때문에 이제 다시는 그를 사랑할 수 없을 거라는

내용의 소설 말이다.

5) 이 또 하나의 단편은 그저 진부하고 상투적인 이야기일 뿐이다. 하지만 도스토옙스키, 카프카, 성경, 셰익스피어 등과 잇달아 비교됨으로써(교수는 이 단 하나의 단락에 사상 최고의 권위를 누리는 저자와 저서를 모두 집합시키는 데 성공했다.) 이 또 다른 단편은 위대한 작품의 반열에 오르며, 원작자의 도덕적 무관심에도 불구하고, 교수가 그에게 부여한 그런 관심을 정당화한다.

11

키치적인 해석은 이런 식으로 예술 작품들을 죽음으로 몰아넣는다. 이 미국 교수가 이 단편에 그런 도덕적인 의미를 부여하기 사십여 년 전, 「흰 코끼리 같은 언덕들」은 프랑스에서 「잃어버린 낙원」이란 제목으로 번역되었다. 헤밍웨이 것이 아닌 이 제목(이 세상 어떤 언어에서도 이 단편에 그런 제목이 붙지는 않았다.)은 위와 동일한 의미를 암시한다.(잃어버린 낙원은 곧 낙태 이전의 무구함, 약속된 모성의 행복 등을 의미한다.)

사실 이런 키치적인 해석은 한 미국인 교수나, 세기 초 프라하 오케스트라 단장의 개인적 결함이 아니다.(그 후에도 다른 많은 오케스트라 단장들이 그의 「예누파」 가필을 인가했었다.) 이는 집단 무의식에서 오는 유혹이다. 형이상학적인 프롬프터의 명령이다. 항구적인 사회적 요구다. 저항할 수 없는 어떤 힘이다. 이 힘은 예술만 겨냥하는 게 아니라, 무엇보다도 현실 자체를 겨냥한다. 그것은 플로베르, 야나체크, 조이스, 헤밍웨이 등이 한 일과 반대되는 일을 한다. 그것은 현재 순간 위로, 실재의 얼굴이 보이지 않게끔 통념의 베일을 씌운다.

네가 체험한 것을 네가 영원히 알지 못하도록 말이다.

6부   작품과 거미

6부   작품과 거미

1

"나는 생각한다." 모든 동사에 한 주어가 있을 것을 요구하는 문법 관례에 따른 이 단언을 니체는 의심한다. 그의 말인즉, 사실 "어떤 생각은 '자신'이 오고 싶을 때 오며, 따라서 주어 '나'가 동사 '생각하다'를 결정한다고 말하는 것은 사실을 날조하는 것이다." 어떤 생각은 "그에게 운명 지어진 벼락이나 사건처럼, 저 위 혹은 저 아래에서, 바깥에서" 철학자에게 온다. 빠른 걸음으로 온다. 니체는 "프레스토로 달리는 발랄하고 대담한 지성"을 사랑하는 까닭에, 이 생각이란 것을 "결코 충만한 즐거움이나 춤과 매우 유사한 그런 경쾌하고 신성한 것이 아니라, 느리고 지지부진한 어떤 활동, 대개 영웅적인 학자들의 땀을 필요로 하는, 매우 힘든 노역 같은 것"으로 여기는 학자들을 조롱한다.

니체에 의하면 철학자는 "자신이 다른 길을 통해 도달한 생

각들과 사물들을 연역과 변증의 기만적인 배합으로 날조해서
는 안 된다. (……) 우리 생각들이 우리에게 온 그 효율적인 방
식을 변질하거나 감추어서는 안 될 것이다. 가장 심오하고 가
장 무궁한 책들은 언제나 파스칼의 『팡세』의 그 급작스럽고
잠언적인 특성을 지닐 게 분명하다."

"우리 생각들이 우리에게 온 그 효율적인 방식을 변질하지
말 것." 나는 이 명령을 비범하게 여긴다. 또한 『아침놀』을 시
작으로, 그의 모든 저서에서 모든 장이 단일 단락으로 기술되
었음에 주목한다. 이는 어떤 생각이 단숨에 이야기되도록 하
기 위함이다. 생각이 빠른 속도로 춤추듯 철학자에게 뛰어와
스스로를 드러낸 모습 그대로 고정되게 하기 위함이다.

2

생각들이 그에게 온 그 '효율적인 방식'을 보존하려는 니체의 의지는 이 못지않게 나를 매료하는 그의 또 다른 명령 하나와 분리될 수 없다. 바로 관념들을 체계로 전환하려는 유혹에 저항해야 한다는 것이다. 오늘날 철학적 체계들은 "아직은 그런 대로 내보일 만하다고는 하나, 사실 가련하고 낭패한 모습을 보인다." 그의 공격은 체계화를 지향하는 생각이 빠져들 수밖에 없는 독단론은 물론 그 형식 역시 겨냥한다. "체계적인 것들의 코미디. 자신들의 체계를 채우고자 하고, 또 체계를 두르는 지평을 두루뭉술하게 만들려다 보면, 어쩔 수 없이 체계들은 자신들의 장점뿐 아니라 단점까지 동일 문체 속에 무대화하려고 하게 된다."

인용문 속 말들을 강조한 사람은 나다. 이는 달리 말하면, 어떤 체계를 제시하는 철학적 논의에는 취약한 부분들이 있을 수밖에 없다는 것이다. 철학자에게 재능이 부족해서가 아니라 논의의 형식이 이를 요구한다. 철학자는 자신의 혁신적인 결론에 도달하기에 앞서, 다른 사람들이 그 문제에 대해 어떻게 말하는지 설명해야 하고, 그것들을 반박해야 하고, 다른 해결책들을 제시해야 하고, 최상의 것을 선택해야 하고, 이를 위해 여러 논거들, 자명한 것과 엉뚱한 것을 나란히 인용하는 등의 작업을 해야 한다. 그래서 독자는 철학자의 독창적 사상, 문제의 핵심에 이르기 위해 페이지들을 건너뛰고 싶은 욕구를 느끼게 되는 것이다.

『미학』에서 헤겔은 예술에 대한 하나의 멋진 종합적 이미지를 제시한다. 지금도 우리는 그 독수리의 시선에 매료되어 있다. 하지만 텍스트 자체는 별로 매력적이지 않다. 그 텍스트는 생각이 철학자에게 뛰어오면서 스스로를 드러낸 그 매력적인 모습을 그대로 우리에게 보여 주지 않는다. 헤겔은 "자신의 체계를 채우기" 위해, 체계의 세부 하나하나, 한 칸 한 칸을 센티미터별로 묘사하며, 그래서 그의 『미학』은 독수리 한 마리와, 온 구석구석을 뒤덮기 위해 거미줄을 치는 영웅적 거미들의 합작품 같은 느낌을 준다.

3

앙드레 브르통(「초현실주의 선언」)에게 소설이란 "열등한 장르"다. 소설의 문체는 "단순한 순수 정보"의 문체다. 제공되는 그 정보들의 성격은 "쓸데없이 개별적이다."("'그는 금발일까, 그의 이름은 무엇일까?' 같은, 등장인물에 대해 머뭇거릴 여지가 전혀 없다.") 그리고 묘사들, "소설의 묘사들만큼 공허할 수는 없다. 다만 카탈로그 이미지들을 겹쳐 놓은 것들일 뿐이다." 이어 『죄와 벌』의 한 단락, 라스콜니코프의 방에 대한 묘사가 다음과 같은 설명과 함께 예로 인용된다. "아마도 사람들은 이 초등학생 그림 같은 묘사가 적절한 위치에 있다며, 책의 이 지점에서 저자가 나를 이렇게 맥 빠지게 하는 데는 다 그만한 이유가 있다며 그를 지지할 것이다." 하지만 브르통은 그 이유들이 쓸모없다고 본다. 왜냐하면 "나는 내 삶의 하찮은 순간들에는 신경을 쓰지 않기" 때문이다. 심리 분석, 즉 모든 것을 미리 짐작할 수 있게 하는 장황한 설명들도 그렇다. "행동과 반응이 기막히게 잘 예견된 주인공은 미리 계산된 대로 하지 않을 것 같다가도 결국은 그렇게 하게 되어 있다."

그의 비판이 편향적이긴 하나, 우리는 그것을 무시할 수 없다. 그의 비판은 현대 예술이 소설에 대해 느끼는 거리감을 충실하게 표현한다. 요약해 보자. 정보, 묘사, 삶의 하찮은 순간들에 대한 쓸데없는 주의, 등장인물들의 모든 반응을 미리 짐작할 수 있게 하는 심리 분석. 이 모든 비난들을 한마디로 요약하면, 브르통이 보기에 소설을 열등한 장르로 만드는 것은 바로 시적 특성의 결여라는 얘기다. 내가 말하는 시(詩)란 초현실주의자들은 물론 현대 예술 전체가 예찬한 그런 의미에서의 시다. 문학 장르로서의, 다시 말해 운문으로 된 글로서의 시가 아니라, 아름다움에 대한 어떤 개념으로서, 경이의 폭발로서, 생명의 숭고한 순간, 집중된 감동, 시선의 독창성, 매혹적인 경악으로서의 시다. 브르통이 보기에 소설은 반시(反詩)의 훌륭한 예다.

4

푸가. 단 하나의 주제가 대위법으로 이루어진 여러 선율의 연쇄를 일으키고, 이 물결은 긴 흐름 동안 동일한 성격, 동일한 리듬에 따른 충동, 자신의 단일성을 유지한다. 바흐 이후 고전주의 음악이 등장하면서 모든 것이 변한다. 선율 주제가 닫히고 짧아지며, 그래서 단일주제 편성이 거의 불가능하게 된다. 대곡(大曲)(거대한 하나의 앙상블의 건축적 구성이란 뜻에서)을 구축하려면, 작곡가는 한 주제에 다른 주제를 잇따르게 하는 수밖에 없다. 그래서 새로운 작곡법이 탄생했으며, 고전주의 시대와 낭만주의 시대의 혼합 형태인 소나타는 이 기법이 실현된 좋은 예다.

어떤 주제에 다른 주제를 잇따르게 하려면 매개 이행부들, 혹은 세자르 프랑크가 말했듯 다리들이 필요했다. '다리'라는 말은 하나의 곡 안에 그 자체로 의미를 갖는 이행부들(주제들)

과, 고유의 강도 혹은 중요성 없이 이 이행부들에 봉사하는 다른 이행부들이 있음을 깨닫게 해 준다. 베토벤의 음악을 들으면 강도가 끊임없이 변하는 느낌이 든다. 말하자면 수시로 뭔가가 준비되고, 생겨나고, 그러다 없어지며, 그러고는 또 다른 뭔가가 대기하고 있는 것 같은 느낌이 드는 것이다.

제2기의 음악(고전주의와 낭만주의)에 내재하는 모순은 감동을 표현하는 능력을 자신의 존재 이유로 여기면서도 다리들, 종결부들, 전개부들을 애써 만들어 낸다는 데 있다. 이것들은 순전히 형식의 요구에 따른 것들, 즉 개인적 특성이 전혀 없는, 절로 익히게 되는, 누구에게나 공통된 음악 형식과 관계(모차르트나 베토벤 같은 거장들에게서도 이따금 발견되지만 그들보다 못한 동시대 작곡가들에게서는 무수히 보인다.)에서 벗어나기 어려운 전문 지식의 결과인데도 말이다. 이렇게 되면 영감과 테크닉이 끊임없이 분리될 위험에 처한다. 자발적인 것과 가공된 것 사이에, 감동의 직접적 표현과 그 감동을 음악으로 실현하는 기술적 전개 사이에, 테마들과 그 채움(경멸하는 듯한 말이지만 전적으로 객관적인 표현이기도 하다. 수평적으로는 테마들 간의 시간을 '채워야' 하고, 수직적으로는 관현악의 음향을 실제로 '채워야' 하기 때문이다.) 사이에 양분(兩分)이 생겨나는 것이다.

무소륵스키는 슈만의 교향곡을 피아노로 연주하다가 전개부 앞에서 손을 멈추고는 "여기에서, 음악 수학이 시작된다!"라고 외쳤다고 한다. 바로 이 현학적이고, 학술적이고, 교과서적이며, 영감에 의하지 않은 산술적 측면 때문에 드뷔시는, 베토벤 이후 교향곡은 "학구적이고 굳어 버린 연습"이 되어 버

렸고 브람스나 차이콥스키의 음악은 "따분함을 독차지하려고
다툰다."라고 말했다.

5

　이 내재적 양분이 고전주의와 낭만주의 음악을 다른 시기 음악보다 열등하게 하지는 않는다. 모든 시기의 예술은 저마다 나름의 구조적 난점들을 안고 있으며, 이 난점들은 저자로 하여금 독창적인 해결책을 찾아 나서게 하고, 그럼으로써 형식의 발전이 촉진된다. 더욱이 제2기 음악은 이 난점을 의식하고 있었다. 베토벤의 경우를 보자. 그는 이전 누구보다도 강한 표현을 음악에 불어넣었으며, 또한 소나타 작곡 기법을 다른 누구보다도 공들여 다듬은 작곡가이기도 하다. 그러므로 이 양분 문제는 특히 그를 무겁게 짓눌렀을 게 분명하며, 이를 극복하기 위해(그가 늘 성공했다고는 말할 수 없겠지만) 그는 여러 전략을 창안해 냈다.

　예를 들면 테마들에서 벗어난 음악 소재, 즉 어떤 음계, 어떤 아르페지오, 어떤 이행부, 어떤 종결부에 예상 밖의 표현성을 각인한 것이 그렇다.

그렇지 않으면(예를 들어) 그가 등장하기 전까지 단지 기술적인 기량, 그것도 아주 시시한 기량에 불과하던 변주 형식에 전혀 다른 의미를 부여한 것도 그렇다. 이전까지의 변주 형식은 마치 패션 모델 단 한 명에게 매번 다른 드레스를 입혀 무대에 출연시키는 것과 같았다. 베토벤은 이 형식의 의미를 뒤집어 이렇게 자문한다. 어떤 하나의 테마에 멜로디와 리듬, 하모니에 따른 어떤 가능성들이 숨어 있는가? 어떤 테마의 본질을 위배하지 않고 그 테마를 음향적으로 어디까지 변화시킬 수 있으며, 결국 그 본질이란 무엇인가? 베토벤은 소나타 형식이 가져다준 것이나 다리들, 전개부들에 전혀 기대지 않고, 그 어떤 채움에도 기대지 않고, 이러한 물음들을 음악적으로 제기한다. 그는 그에게 본질적인 것, 테마의 신비에서 단 일 초도 벗어나지 않는다.

19세기 음악 전체를 이 구조적 양분을 극복하기 위한 끊임없는 시도라는 관점에서 검토해 보면 재미있을 것 같다. 이와 관련하여 나는 쇼팽의 전략이라 명명하고 싶은 것을 생각해 본다. 체호프가 장편소설을 전혀 쓰지 않는 것처럼, 쇼팽은 거의 전적으로 소품 모음곡들(마주르카, 폴로네즈, 야상곡 등)만 작곡하면서 대곡을 기피한다.(이 규칙을 벗어난 몇몇 작품들이 이를 확인해 준다. 피아노와 관현악을 위한 그의 협주곡들은 취약하다.) 그는 교향곡, 협주곡, 사중주곡의 창작을 작곡가의 중요도를 판별하는 데 꼭 필요한 기준으로 여긴 시대정신에 반발했다. 바로 그 기준을 회피함으로써 쇼팽은 어쩌면 당대에 유일하게, 세월이 흘러도 전혀 늙지 않는 작품들, 실제로 하나 예외 없이 고스란히 살아남은 작품들을 창작할 수 있었다. 쇼팽의 전략은 어째서 슈만이나 슈베르트, 드보르자크, 브람스 등에게서 교향곡이나 협주곡보다는 볼륨과 울림이 작은 소품들이 내게 더욱 생생하고 아름답게(종종 대단히 아름답게) 여겨졌는지를 설명해 준다. 왜냐하면(중요한 확인이다.) 제2기 음악의 내재적 양분(兩分)은 대곡만의 문제인 까닭이다.

6

소설 예술을 비판하면서 브르통은 소설의 약점을 공격하는가 아니면 본질을 공격하는가? 우선 그가 19세기 초에 발자크와 더불어 탄생한 소설 미학을 공격하고 있다고 말해 두자. 당시 소설은 처음으로 거대한 사회적 힘으로 등장하면서 전성기를 맞는다. 거의 최면 같은 매력을 지닌 것으로서 소설은 영화 예술을 예고한다. 독자는 상상력이라는 스크린을 통해, 자기 삶의 무대와 혼동을 일으킬 만큼 너무나 진짜 같은 소설 무대들을 본다. 그런 독자를 사로잡기 위해 소설가는 실제라는 환상을 조작하는 장치를 전면 가동한다. 한데 바로 이 장치가 소설 예술에서, 낭만주의와 고전주의 음악이 겪었던 것과 비교될 수 있는 그런 구조적 양분을 낳는다.

사건들을 사실임 직하게 만드는 것은 세밀한 인과 논리이므로, 이 논리적 연쇄의 어떤 부분도 생략되어서는 안 된다.(그 자체로는 전혀 흥미 없다 해도 말이다.)

등장인물들이 '살아 있는' 듯 보여야 하므로, 그들에 관한 가능한 가장 많은 정보를 제공해야 한다.(비록 극히 하찮은 정보들이라 해도 말이다.)

그리고 역사가 있다. 옛날, 역사의 느린 발걸음은 역사를 거의 보이지 않는 존재로 만들었으나 어느 순간부터 발걸음이 빨라졌고, 그러다 갑자기(바로 여기에 발자크의 거대한 체험이 있다.) 모든 것이 사람들이 생존하는 동안 그들 주변에서 변화해 간다. 그들이 산책하는 거리, 집 안 가구, 그들이 의존하는 제도 등. 인간 생활의 배경은 이제 더는 익히 아는 어떤 움직이지 않는 장식이 아니다. 변화하는 것이 되어, 오늘 보는 그 모습은 내일이면 잊히므로, 그것을 포착하고 그려야만 한다.(흘러가는 세월을 묘사하는 그 그림들이 그저 지겹기만 할지라도 말이다.)

배경. 회화는 르네상스기에, 그림을 앞에 있는 것과 뒤에 있는 것으로 양분한 원근법과 더불어 배경을 발견했다. 그 결과 형식에 따른 독특한 문제가 생겨났다. 초상화를 예로 들어 보자. 얼굴은 배경 휘장들은 물론이요 몸보다도 더 많은 관심과 흥미를 집중시킨다. 이는 전적으로 정상적이며 바로 이렇게 우리는 우리 주변 세상을 본다. 하지만 인생에서 정상적인 것이라고 해서 꼭 예술 형식의 여러 요구에 그만큼 잘 부응하는 것은 아니다. 그림에 나타나는, 특혜를 누리는 곳과 애초부터 열등한 곳 사이의 이 불균형, 이는 뭔가 손을 보고 신경을 쓰고 다시 균형을 잡아 주어야 할 문젯거리로 남게 되었다. 아니

면 이 양분을 없애 줄 새로운 미학으로써 근본적으로 없애 버
리든가 말이다.

7

　1948년 이후 고국에서 공산주의 혁명이 진행되던 수년 동안, 나는 공포정치 시대에 서정적 맹목이 담당하는 탁월한 역할을 깨달았다. 내가 보기에 당시는 곧 "살인 집행인과 더불어 시인이 맹위를 떨친"(『삶은 다른 곳에』) 시기였다. 그때 나는 마야콥스키를 생각했다. 러시아 혁명을 위해서, 제르진스키의 경찰 못지않게 꼭 필요했던 것이 그의 재능이었다. 서정, 서정화, 서정적 담론, 서정적 열정은 흔히 전체주의라 불리는 세계의 구성 요소다. 전체주의 세계는 그냥 굴라크(강제수용소)가 아니라 사방의 담이 시로 수놓인, 그리고 사람들이 그 앞에서 춤을 추는 그런 굴라크인 것이다.

　나로서는 공포 자체보다 공포의 서정화가 엄청난 정신적 충격이었다. 나는 그 어떤 서정적 시도에 대해서도 영원히 예방주사를 맞은 것 같았다. 그리하여 내가 간절히, 마음 깊이 열망하게 된 것은 오직 환상을 버린 명철한 시선, 그것뿐이었다. 결국 나는 그것을 소설 예술에서 찾았다. 따라서 나에게 소설가가 된다는 것은 여러 장르들 가운데 한 '문장 장르'를 실천하는 것 이상의 의미가 있었다. 그것은 하나의 태도요, 지혜요, 입장이었다. 그 어떤 정치, 그 어떤 종교, 그 어떤 이념, 그 어떤 도덕, 그 어떤 집단성에의 동화도 철저히 배제하는 하나의 입장이었다. 탈출이나 수동성으로서가 아니라, 저항, 대결, 반항으로서의 의식적이고, 집요하고, 격렬한 비(非)동화였다. 그래서 나는 다음과 같은 이상한 대화를 하게 되었다. "쿤데라 씨, 당신은 공산주의자입니까?" "아니요, 나는 소설가입니다." "반체제주의자입니까?" "아니요, 나는 소설가입니다." "당신은 좌파입니까, 우파입니까?" "어느 쪽도 아닙니다. 나는 소설가입니다."

청소년기 때부터 나는 현대 예술을 사랑했다. 현대 미술, 현대 음악, 현대 시를 사랑했다. 하지만 현대 예술에는 '서정적 정신', 진보의 환상, 미적 혁명과 정치적 혁명이라는 이중 혁명 이데올로기가 각인되었으며, 이 모든 것들 때문에 점차 반감이 들었다. 하지만 전위 정신에 대한 회의적인 태도가 현대 예술 작품들에 대한 사랑에 변화를 가져온 건 전혀 아니었다. 나는 그것들을 사랑했고, 그것들이 스탈린 박해의 최초 희생자들이기에 더욱더 사랑했다. 『농담』에 나오는 체네크는 입체파 미술을 좋아한다는 이유로 징벌부대에 보내졌다. 당시 실상이 그랬다. 혁명은 현대 예술을 이데올로기의 주적으로 결정했다. 가엾은 모더니스트들은 다만 혁명을 노래하고 예찬하고자 했을 뿐인데도 말이다. 나는 콘스탄틴 비블을 영원히 잊지 못할 것이다. 열렬한 공산주의자로, 1948년 이후 한심하다 못해 마음이 아플 만큼 형편없는 선전(宣傳) 시를 쓰기 시작한 빼어난 시인.(아, 나는 그의 시를 몇 편이나 외고 있었던가!) 얼마 후 그는 창문을 통해 프라하의 도로 위로 몸을 날려 투신자살했다. 나는 그라는 한 섬세한 인간을 통해서, 속고 배신당하고 박해받고 살해되고 자살한 현대 예술을 보았던 것이다.

결국 현대 예술에 대한 나의 변함없는 사랑은 소설의 반서정성에 대한 애착만큼이나 열정적이었던 셈이다. 브르통이 중시했고 현대 예술 전체가 중시했던 시적 가치들,(강도, 밀도, 해방된 상상력, ‘생의 무가치한 순간들에 대한 경멸’) 그것들을 나는 오로지 환상을 버린 소설의 땅에서만 추구했다. 그래서 내게는 더더욱 그것들이 소중했다. 드뷔시가 브람스나 차이콥스키의 교향곡을 듣다가 화를 터뜨린 그 어떤 지루함, 부지런한 거미들이 살랑대는 소리 같은 그것에 내가 유난히 심한 알레르기 반응을 보인 것은 아마 그래서일 것이다. 내가 오랫동안 발자크의 예술에 귀를 틀어막고 있었던 것이나, 내가 특별히 사랑한 소설가가 라블레였던 것도 아마 그래서일 것이다.

8

　　라블레에게는 테마와 다리, 전경과 배경의 양분 따위는 미지의 것이다. 그는 어떤 심각한 주제를 다루다가 곧바로 어린 가르강튀아가 고안해 낸 엉덩이 닦는 방법들의 열거로 옮겨 가지만, 하찮건 심각하건 이 모든 이행이 그에게는 미학적으로 동일하게 중요하며 내게 똑같은 즐거움을 준다. 라블레나 다른 옛 소설가들이 나를 매혹하는 점이 바로 이것이다. 그들은 매력적이라고 생각되는 것들을 얘기하며 그 매력이 멈출 때 얘기를 멈춘다. 그런 구성의 자유가 나를 꿈꾸게 했다. 서스펜스를 꾸며 내는 일 없이 이야기를 짜고, 사실을 가장하는 일 없이 글을 쓴다는 것, 어떤 시대, 어떤 사회, 어떤 도시를 묘사하는 일 없이 글을 쓴다는 것, 그 모든 것을 버리고 오직 본질적인 것만 건드린다는 것, 이것이 의미하는 바는 이렇다. 다리나 채움이 존재해야 할 필요가 없는 구성, 소설가가 형식과 형식의 강제 조항들을 충족하느라 그를 매료하는 것이나 그가 애착을 갖는 것에서 단 한 줄도 멀어지지 않아도 되는 그런 구성을 창조하는 것.

9

현대 예술은 예술의 자율적 법칙이라는 이름으로 현실 모방에 반항하는 예술이다. 이 자율성을 실천하기 위한 주요 책무 중 하나는 어떤 작품의 모든 순간, 모든 조각에 미학적으로 동일한 중요성이 있어야 한다는 것이다.

인상주의 회화를 보자. 풍경이 단순한 시각 현상으로 해석되어, 이 풍경 속에서는 인간도 하나의 덤불보다 더 가치 있는 게 아니다. 추상화와 입체파 화가들은 거기서 한 걸음 더 나아가, 화폭을 상이한 중요도를 지닌 여러 구도로 세분하게 마련인 3차원 자체를 제거해 버린다.

음악에서도, 곡(曲)의 모든 순간들의 미적 평등을 지향하는 동일한 경향성이 나타난다. 에릭 사티, 그의 간결함은 과거 유물인 음악적 수사에 대한 도발적인 거부와 다르지 않다. 드뷔시, 그는 마법사요, 유식한 거미들의 박해자다. 야나체크는 꼭 필요하지 않은 음정은 모조리 없애 버린다. 스트라빈스키는 낭만주의와 고전주의의 유산에 등을 돌리고서 음악사 전반기 거장들에게서 자신의 선구자를 찾는다. 베베른은 특유의(즉 12음 음악의) 단일 테마주의로 돌아가, 이전까지 누구도 상상하지 못한 간결함에 이른다.

그리고 소설에서는 발자크의 명구 "소설은 호적부와 경쟁해야 한다."에 의문이 제기된다. 이 의문은 자신의 현대성을 멍청이들이 지각할 수 있도록 전시하는 것을 즐기는 아방가르드 소설가들의 허세와는 전혀 무관하다. 그것은 다만 (암암리에) 실제라는 환상을 날조하는 장치를 무용한(혹은 거의 무용한, 임의 선택적인, 중요하지 않은) 것으로 만들어 버릴 뿐이다. 이와 관련하여 조금만 관찰해 보자.

등장인물이 호적부와 경쟁하려면 우선 진짜 성과 이름이 있어야 한다. 발자크에서 프루스트에 이르기까지, 성과 이름이 없는 등장인물은 생각할 수 없다. 하지만 디드로의 등장인물인 자크에겐 성이 없으며 그의 스승에겐 성도 이름도 없다. 파뉘르주는 성인가 이름인가? 성 없는 이름이나 이름 없는 성은 이미 성명이 아니라 기호일 뿐이다. 『소송』의 주인공은 요제프 카우프만이나 크라머나 콜이 아니라 오직 요제프 K일 뿐이다. 『성』의 주인공은 이름마저 잃고 달랑 문자 하나로만 지칭된다. 브로흐의 『죄 없는 사람들』에 등장하는 주인공 중 한 명은 문자 A로 지칭된다. 『몽유병자들』에 등장하는 에슈와 후게나우에겐 이름이 없다. 『특성 없는 남자』의 주인공 울리히에겐 성이 없다. 나는 첫 단편을 쓸 때부터 본능적으로 등장인물들에 이름을 부여하는 일을 피했다. 『삶은 다른 곳에』의 주인공에겐 이름뿐이며, 그의 어머니는 '엄마', 여자 친구는 '빨강 머리', 여자 친구의 정부는 '사십 대 남자'로만 지칭된다. 매너리즘의 결과였을까? 당시 나는 그저 마음에서 우러나는 대로 했을 뿐, 나중에야 그 의미를 이해했다. 나는 제3기의 미학을 따른 거였다. 말하자면 나는 등장인물들이 실재하며 호적부를 갖고 있는 것처럼 여겨지게 하고 싶지 않았던 것이다.

10

　토마스 만의 『마의 산』. 이 작품에는 등장인물들에 관한 정보, 말하자면 그들의 과거, 옷 입는 방식, 말투(말할 때의 온갖 버릇까지) 등에 관한 아주 긴 단락들이 있다. 정신요양원 생활에 대한 아주 상세한 묘사도 있고, 역사적인 순간(1914년 전쟁 이전의 몇 해)에 대한 묘사도 있다. 예를 들면 최근에 알려진 사진술에 대한 열정이라든가 초콜릿, 눈 감고 그린 그림, 에스페란토어, 은자를 위한 카드놀이, 축음기 청취, 심령주의 모임 등에 대한 열띤 취미 등, 당시의 집단 풍속에 대한 묘사가 그렇다.(소설가로서 토마스 만의 참모습은 이처럼 특정 시기를 머지않아 잊히고 말, 일반 사료에 남지 않을 풍속들로 특징짓는 데 있다.) 장황한 대화 또한 주요 테마들에서 벗어나는 즉시 본연의 정보 기능을 드러내며, 만에게서는 꿈조차도 묘사다. 젊은 주인공 한스 카스토르프는 요양원에서 첫날을 보내고 잠이 드는데, 깨어 있을 때 겪은 모든 사건들이 살짝 변형되어 되풀이되는 그의 꿈은 더없이 평범하기만 하다. 꿈이야말로 해방된 상상력의 원천인 브르통과는 너무나 거리가 멀다. 만의 소설에서 꿈은 오직 한 가지 기능뿐이다. 독자를 소설 속 환경에 친숙하게 하고, 소설 속 일을 현실로 여기려는 독자의 환상을 굳히는 것말이다.

이처럼 세세하게 묘사된 드넓은 배경 앞에서, 한스 카스토르프의 운명이 펼쳐지고 세템브리니와 나프타라는 두 폐결핵 환자 사이에서 이념 논쟁이 전개된다. 한 사람은 자유 프리메이슨 단원에 민주주의자요, 다른 한 사람은 예수회 수도사에 독재자인데 둘 다 불치병 환자다. 토마스 만의 잔잔한 아이러니는 이 두 석학의 진실을 상대화하고, 이들의 논쟁은 승자 없이 머문다. 하지만 소설의 아이러니는 좀 더 멀리까지 나아간다. 소수의 청중에 둘러싸인 두 사람이 각자 자신의 빈틈없는 논리에 취해 자신들의 주장을 극단까지 밀고 나가다가, 결국에는 대체 어느 쪽이 진보를 외치고 어느 쪽이 전통을 부르짖는지, 어느 쪽이 이성을 편들고 어느 쪽이 불합리를 외치는지, 어느 쪽이 정신을 강조하고 어느 쪽이 육체를 주장하는지 더는 아무도 모를 지경이 되어 버리는 장면에서 절정에 이른다. 수 페이지에 걸쳐 독자는 말들이 의미를 상실하는, 또한 두 사람 입장이 서로 뒤바뀔 수도 있어 논쟁이 더욱 격렬해지는 그런 멋진 혼돈을 보게 되는 것이다. 여기서 이백여 페이지 정도 더 지나 소설 끝부분에 이르면(곧 전쟁이 터진다.) 요양원 거주자들 전부가 까닭 모를 분노와 설명할 수 없는 증오에 빠져든다. 이때 세템브리니가 나프타를 모욕하고 두 환자는 싸움을 벌이며, 싸움은 둘 중 한 사람의 자살로 끝을 맺는다. 그래서 우리는 사람들을 서로 적대하게 하는 것이 화해 불가능한 이념 대립이 아니라 초(超)합리적인 어떤 공격성, 설명할 수 없는 어떤 암울한 힘이라는 것, 또한 이념이란 다만 이 힘의 방패막이요 가면이요 구실에 지나지 않는다는 것을 불현듯 깨닫게 된다. 그러므로 이 훌륭한 '이념 소설'은(특히 금세기 말 독자에게는) 이념들 그 자체에 대한 지독한 의문임과 동시에, 이념들과 세상을 이끄는 이념의 힘을 믿었던 시대에 대한 위대한 작별이라 할 수 있다.

만과 무질. 두 사람의 출생 연도는 비슷하지만 그들의 미학은 소설사의 서로 다른 두 시기에 속한다. 둘 모두 지성이 대단한 소설가다. 만의 소설에서는 이 지성이 다른 무엇보다도, 묘사적 소설의 장식을 배경으로 발언되는 관념적인 대화들에서 드러난다. 하지만 『특성 없는 남자』에서는 그것이 매순간 총체적으로 나타난다. 바로 이 점에서 무질의 사색 소설은 만의 묘사적 소설에 대비된다. 물론 여기서도 사건들은 구체적 장소(빈)와 구체적 시기(『마의 산』과 마찬가지로 1914년 전쟁 직전)에 설정되었으나, 만의 소설에서는 다보스가 상세하게 묘사되는 반면 무질의 소설에서는 빈이 겨우 언급되는 정도일 뿐, 저자는 이 도시 거리며 광장이며 공원 등을 시각적으로 상기시키는 것조차 꺼린다.(실제라는 환상을 조작하는 장치가 친절하게도 치워져 있다.) 오스트리아-헝가리 제국이 주무대지만, 이 제국은(의도적으로) 카카니라는 우스꽝스러운 별명으로 지칭된

다. 카카니는 구체성을 잃고 일반화되어 몇 가지 근본적인 상
황으로 축소되어 버린 제국, 제국의 아이로니컬한 모델로 탈
바꿈해 버린 제국이다. 이 카카니는 토마스 만에게서 보는 다
보스 같은 소설의 한 배경이 아니라, 소설 테마들 중 하나다. 묘
사되는 것이 아니라, 분석되고 사색된다.

　만은 『마의 산』 구성이 음악적이며, 마치 교향악에서 테마
들이 전개되듯, 되풀이되고 교차하며 소설 흐름 전체를 반주
하는 테마들을 토대로 구성되었다고 설명한다. 사실이다. 하
지만 이 테마라는 것이 만과 무질 두 사람에게 완전히 동일한
것을 의미하지는 않는다는 점을 분명히 해 둘 필요가 있다. 우
선 만에게서는 이 테마들(시간, 육체, 질병, 죽음 등)이 거대한 비
테마적 배경(장소와 시대와 관습과 등장인물들에 대한 묘사들) 앞에
서 전개되는데, 이는 마치 소나타 테마들이 테마에서 벗어난
음악, 즉 다리와 이행부들로 감싸인 것과 비슷하다. 또한 그
에게서는 테마들이 대단히 다중(多重)사적인 성격을 띤다. 말
하자면 토마스 만은, 여러 학문 — 사회학, 정치학, 의학, 식물
학, 물리학, 화학 — 이 특정 테마에 대해 밝혀 줄 수 있는 모
든 것을 소설에 이용한다는 것이다. 마치 그가 지식의 그런 대
중화를 통해, 테마들의 분석을 위한 튼튼한 교육학적 초석을
마련하고 싶어 한 듯이 말이다. 내가 보기에는 바로 이 점이
그의 소설을 너무 자주, 그리고 너무 긴 이행부들이 전개되는
동안, 본질적인 것에서 멀어지게 하는 것 같다. 거듭 말하지
만, 소설에서 본질적인 것은 오직 소설만이 말할 수 있는 것이
기에 말이다.

무질에게서는 테마의 분석이 이와는 다르다. 첫째, 여기에는 다중사적이랄 게 전혀 없다. 이 소설가는 과학자나 의사, 사회학자, 역사가로 가장하지 않으며, 어떤 학문 분야에도 속하지 않는, 그저 삶의 일부를 이루는 인간적 상황들을 분석할 뿐이다. 브로흐와 무질은 심리적 사실주의 시대 이후 소설의 역사적 과업을 이러한 방향으로 이해했다. 유럽 철학이 인간 삶, 생의 '구체적 형이상학'을 사유할 줄 몰랐으므로, 이 빈 땅을 떠맡을 운명은 소설에 예정되었으며, 이 점에서 소설은 다른 무엇으로도 대체될 수 없을 거라고 말이다.(실존철학이 반증을 통해 확인해 준 사실이다. 사실 실존에 대한 분석은 체계가 될 수 없다. 실존은 체계화될 수 없으며, 시 애호가인 하이데거가 실존적 지혜의 가장 위대한 보고인 소설사에 무관심했던 것은 잘못이었다.)

둘째, 만과는 달리 무질에게서는 모든 것이 테마(실존적 질문)가 된다. 모든 것이 테마가 되면 배경은 사라지며, 입체파 화폭에서처럼 전경만 있을 뿐이다. 바로 이 배경의 제거에서 나는 무질이 이룩한 구조적 혁명을 본다. 종종 위대한 변화들은 겉으로 보기엔 이렇듯 눈에 잘 띄지 않는다. 사실, 성찰의 장황함이나 문장의 느린 템포는 『특성 없는 남자』에 '전통적인' 산문의 외양을 부여한다. 연대순이 전도되는 일도 없다. 조이스식 내적 독백도 없다. 구두점의 삭제도 없다. 등장인물이나 줄거리가 파괴되는 일도 없다. 이백여 쪽에 걸쳐 독자는 울리히라는 한 청년 지식인의 보잘것없는 이야기를 쫓게 된다. 그는 정부(情婦)들 집을 드나들고 친구들을 만나며, 황제의 생일 연회, 즉 1918년을 위해 계획된 위대한 '평화의 축제'(소설 밑바탕에 깔린 폭소탄이다.)의 준비가 목적인 진지하면서도 우스꽝스러운 협회(바로 이 지점에서 소설은 알아볼 수 있을 듯 말 듯 사실성에서 멀어져 유희가 된다.)에서 일한다. 사소한 상황 하나하나가 흐름이 정지된 채 머무르며(이상할 만치 느려진 이 템포에서 무질은 이따금 조이스를 연상시키기도 한다.) 그것이 뭘 의미하는지, 어떻게 그것을 이해하고 사유해야 하는지 자문하는 어느 긴 시선의 통찰을 기다리는 것 같다.

『마의 산』에서 만은 1914년 전쟁 전 몇 해를, 영원히 떠나 버린 19세기에 보내는 멋들어진 이별 축제로 변모시켰다. 같은 연대에 설정된 『특성 없는 남자』는 그 뒤를 잇는 시대의 인간이 처한 상황들을 탐구한다. 1914년에 시작되어 지금 우리 눈앞에서 막을 내리고 있는 듯 보이는 현대의 이 최종 시기의 인간적 상황들을 말이다. 사실 무질의 카카니에 이미 모든 것이 있다. 인간을 통계 수치로 바꿔 버리는, 아무도 제어하지 못하는 기술의 통치,(소설은 교통사고가 발생한 어느 거리에서 시작된다. 한 남자가 땅바닥에 누워 있고, 옆을 지나치던 부부가 연중 교통사고 수치를 떠올리며 이 사건을 이야기한다.) 기술에 도취된 세계 최고 가치로서의 속도, 도처에 널린 불투명한 관료 계급,(무질의 관료들은 카프카의 관료들의 둘도 없는 짝꿍이다.) 아무것도 이해하지 못하고 아무것도 이끌지 못하는 이념들의 희극적 불모성,(세템브리니와 나프타의 영광스러운 시대는 끝났다.) 예전에 문화라 불렸던 것의 상속자인 저널리즘, 현대성의 부역자들, 인권이라는 종교의 신비적 표현인 범죄자들과의 연대,(클라리세와 모오스브루거) 유아성애성향과 유아중심주의(설

익은 파시스트 한스 제프의 이념은 우리 내면의 유아숭배 성향을 바탕
으로 한다.) 등등.

11

1970년대 초에 『이별의 왈츠』를 끝낸 후, 나는 작가로서의 내 행로가 완결됐다고 여겼다. 당시는 러시아 점령 치하였고 우리, 즉 아내와 나는 다른 일들을 근심하고 있었다. 내가 육 년 동안 완전히 중단되었던 글쓰기를 별 열정 없이 다시 시작한 것(프랑스 덕분에)은 프랑스에 온 지 일 년이 지나서였다. 잔뜩 주눅이 들어 있던 나는 다시 한 번 발밑에서 단단한 지반을 느끼기 위해 과거에 이미 만들었던 것을 되살려 보고자 했다. 『우스운 사랑들』의 후속편 같은 것을 써 보는 것 말이다. 엄청난 퇴보 아닌가! 산문가로서의 내 여정은 이십 년 전 바로 이 단편들에서 시작되었다. 다행스럽게도, 나는 이 『속(續)우스운 사랑들』 두세 편을 시도해 보고서 내가 전혀 다른 뭔가를 만들고 있음을 깨달았다. 단편들 모음이 아니라 장편소설,(곧 『웃음과 망각의 책』이라는 이름이 붙게 되는) 독립적인 일곱 부로 구성되나 철저하게 하나로 결합되어 각각을 따로 읽을 경우 의미 대부분이 사라져 버리는 그런 소설을 말이다.

당시까지 내게 소설 예술에 대해 경계해야 할 것으로 남아 있던 모든 것이 대번에 사라져 버렸다. 부 각각에 단편 한 편 같은 성격을 부여함으로써, 대작 소설 구성에 불가피한 기술적인 것들 전부를 쓸모없게 만들어 버렸다. 이 시도에서 나는 옛날 쇼팽의 전략, 주제 없는 이행부들을 필요로 하지 않는 그 소곡의 전략을 만났던 것이다.(단편이 장편의 작은 형태란 뜻일까? 그렇다. 소설과 시 혹은 소설과 연극 사이와는 달리, 단편과 장편 간에는 존재론적 차이가 없다. 용어 사전의 우연성의 희생자들인 우리에게는 동일 예술의 크고 작은 이 두 형태를 감싸 안을 단일 용어가 없다.)

이 독립적인 일곱 소곡들은 서로 어떻게 연결되었을까? 서로 간에 공통된 줄거리가 전혀 없는데? 그것들을 함께 엮어 한 편의 소설로 만드는 유일한 끈은 바로 테마들의 단일성이다. 이처럼 나는 나의 길을 헤쳐 나가다가 베토벤의 변주 전략이라는 또 하나의 옛 전략을 만났다. 이 전략 덕택에 몇몇 실존적 물음과의 직접적이고 중단 없는 접촉을 유지할 수 있었으며, 나를 매료하는 테마들을 이 변주 소설을 통해 다양한 각도에서 점진적으로 탐험할 수 있었다.

테마들에 대한 이 점진적인 탐험에는 하나의 논리가 있으며 이 논리가 부들의 연쇄를 결정한다. 예컨대 1부(「잃어버린 편지들」)는 인간과 역사라는 테마를, 자신을 으스러뜨리는 역사와 대면하는 인간이라는 아주 기본적인 버전으로 제시한다. 2부(「엄마」)에서는 이 동일 테마가 뒤집힌다. 엄마에게는 러시아

탱크들의 출현이 정원의 배〔梨〕에 비하면 별로 대수로운 일이 아니다.(“탱크는 사라지지만, 배는 영원하다.”) 여주인공 타미나가 물에 빠져 죽는 6부(「천사들」)는 이 소설의 비극적 결론처럼 보일 수도 있을 것이다. 하지만 소설은 거기서 끝나는 게 아니라, 처절하지도 극적이지도 비극적이지도 않은 그다음 부에서 끝난다. 이 마지막 부는 새로운 등장인물 얀의 성생활을 이야기한다. 역사라는 테마가 마지막으로 다시 한 번 짤막하게 나타난다. “얀에게는 그와 마찬가지로 옛 조국을 떠나서 잃어버린 자유를 위해 투쟁에 모든 시간을 바치는 친구들이 있다. 그들 모두가, 그들을 조국과 잇는 관계가 허상이었을 뿐이며, 그들이 자신들과 상관없는 무언가를 위해 죽을 준비가 된 것은 남은 습관일 뿐이라고 느낀 적이 있었다.” 여기서 우리는 경계를 넘어서면 모든 것이 의미를 상실하는 그런 형이상학적인 경계(경계는 소설을 써 나가는 도중 다듬게 된 또 하나의 테마다.)를 접한다. 타미나의 비극적인 삶이 끝나는 섬은 천사들의 웃음(또 다른 테마)이 지배하지만, 7부에는 모든 것(즉, 역사와 성과 비극들)을 연기로 만들어 날려 버리는 ‘악마의 웃음’이 메아리친다. 테마들의 길이 끝나고 책이 닫힐 수 있는 곳은 여기뿐이다.

12

성숙기를 대표하는 여섯 권의 책(『아침놀』,『인간적인, 너무
나 인간적인』,『즐거운 지식』,『선악의 저편』,『도덕의 계보』,『우상의
황혼』)에서, 니체는 동일한 구성적 원형(原型)을 추구하고 전
개하고 발전시키고 확립하고 다듬는다. 그 원칙들을 보면 이
렇다. 책의 기본 단위는 장(章)이고, 장의 길이는 한 문장에
서 여러 페이지에 이르며, 장들은 예외 없이 단 하나의 단락
으로 이루어지고, 언제나 일련번호가 매겨져 있으며,『인간적
인, 너무나 인간적인』과『즐거운 지식』에서는 일련번호뿐 아
니라 제목까지 붙어 있다. 장 일정 수가 모여 부(部) 하나가 되
고, 부 일정 수가 모여 책 한 권이 된다. 책은 제목에 의해 정의
된 하나의 중심 테마(선악의 저편, 즐거운 지식, 도덕의 계보 등)를
바탕으로 구축된다. 여러 부는 이 중심 테마에서 파생한 테마
들을 다룬다.(이 부들 역시『인간적인, 너무나 인간적인』,『선악의 저

편』, 『우상의 황혼』에서처럼 제목이 붙는 경우도 있고, 아니면 단순히 일련번호만 붙는다.) 이 파생된 테마들의 일부는 수직적으로 재분할(즉 부 각각은 그 부의 제목으로 결정된 테마를 우선적으로 다룬다.)되지만, 다른 테마들은 책 전체를 관통한다. 이렇게 해서 최대한 분절된,(상대적으로 자율적인 숱한 단위들로 나뉜) 동시에 최대한 단일화된(동일 테마들이 끊임없이 되돌아오는) 구성이 탄생한다. 또한 이는 장들을 길고 짧게 교체시키는 능력을 바탕으로 한 리듬감이 탁월한 구성이기도 한데, 예를 들어 『선악의 저편』 4부는 짧은 잠언들(일종의 스케르초 희유곡 같다.)로만 이루어져 있다. 하지만 다른 무엇보다도 이는 채움이라든가 주제와 주제 사이의 이행부, 취약부 따위가 전혀 필요치 않은 구성이요, 생각들이 "사건처럼, 벼락처럼, 바깥으로, 위아래로" 치닫는 양상만 보여 긴장이 절대 늦춰지지 않는 그런 구성인 것이다.

13

어떤 철학자의 사상이 이 정도까지 그의 텍스트의 형태적 구성과 연결되어 있다면, 그 사상이 텍스트 바깥에서도 존재할 수 있을까? 니체의 사상을 니체의 산문에서 떼어낼 수 있을까? 물론 그럴 수는 없다. 사상, 표현, 구성은 서로 분리될 수 없다. 그렇다면 니체에게 유효한 것은 일반적으로 유효할까? 다시 말해서, 어떤 작품의 사상(의미)은 언제나, 그리고 원칙적으로, 구성과 분리될 수 없다고 말할 수 있을까?

묘하게도 그렇지는 않다. 그렇다고 할 수는 없다. 오랫동안 음악에서는 작곡가의 독창성이란 오직 어느 정도 미리 설정된, 말하자면 작곡가 개인이 마음대로 할 수 없는 작곡의 도식들 안에서 작곡가가 배분하는 선율적 화성(和聲)에 따른 창의력에만 존재했다. 미사곡, 바로크 조곡, 바로크 협주곡 등이 그렇다. 이 곡들의 여러 악장은 전통에 의해 결정된 순서대로 배열되어, 다른 많은 예들이 있으나 특히 조곡 같은 경우는 언제나 어김없이 빠른 춤으로 끝난다.

25세에서 52세까지 작곡가로서의 생애 전반에 걸쳐 발표된 베토벤의 소나타 서른두 편은 엄청난 진화를 보여 주는데, 이 진화 과정에서 소나타 구성은 완전히 변한다. 초기 소나타들은 하이든과 모차르트의 도식을 답습한다. 즉 네 악장으로 이루어져 있으며, 첫 번째 악장은 소나타 형식의 알레그로, 두 번째 악장은 리트 형식의 아다지오, 세 번째 악장은 모데라토 템포의 미뉴에트 혹은 스케르초, 네 번째 악장은 빠른 템포의 론도다.

이러한 구성의 단점이 대번에 눈에 띈다. 가장 중요하고 가장 극적이며 가장 긴 악장이 첫 번째 악장이어서, 뒤이은 악장들은 하향적 진화, 즉 가장 장중한 것에서 가장 경쾌한 쪽으로 변화하는 것이다. 게다가 베토벤 등장 전까지 항상 소나타는, 조각들의 모음인지(그래서 사람들은 종종 연주회에서 소나타 악장들을 따로 떼어내 연주하곤 한다.) 아니면 분리될 수 없는 단일 구성인지가 불분명한 어중간한 형태로 머물렀다. 소나타 서른두 편을 진전시켜 나가는 동안 베토벤은 점차 이 옛 작곡 도식을 좀 더 집중된,(종종 셋이나 심지어 두 악장으로 축소된) 좀 더 극적인,(무게 중심이 마지막 악장 쪽으로 옮겨진다.) 좀 더 단일화된(특히 동일한 감정적 분위기에 의해) 도식으로 대체한다. 하지만 이 변화의 참된 의미(이로써 변화가 진정한 혁명이 되는)는 불만족스러운 도식을 좀 더 나은 도식으로 대체한 것이 아니라, 예정된 작곡 도식의 원칙 자체를 깨뜨렸다는 데 있다.

사실 소나타나 교향악의 규정된 도식에 대한 그런 집단적 복종에는 우스꽝스러운 측면이 없지 않다. 하이든과 모차르트, 슈만과 브람스를 포함하여 모든 위대한 교향곡 작곡가들이 아다지오에서 눈물을 떨군 뒤, 마지막 악장이 도래하자 어린 초등학생들로 변장하여 놀이터로 달려가 춤추고, 들뛰고, 목청을 다해 뭐든 잘 끝나기만 하면 된다고 외쳐 대는 모습을 상상해 보자. 이야말로 '음악의 망동'이라 할 수 있을 것이다. 베토벤은 이를 극복할 수 있는 유일한 길은 작곡을 철저하게 개인화하는 것임을 깨달았던 것이다.

바로 여기에 모든 예술, 모든 예술가에게 남긴 그의 예술적 유언의 첫째 조항이 있으며, 나는 그것을 이렇게 성문화하고 싶다. 즉 곡의 구성(곡 전체의 건축적 편성)을 작곡가가 자신의 창의력으로 채우기 위해 빌리는, 그런 미리부터 존재하는 하나의 틀로 생각하지 말아야 한다는 것, 구성 자체가 하나의 발명, 작곡가의 독창성 전체가 투영되는 그런 발명이어야 한다고 말이다.

그의 이런 메시지가 다른 사람들에게 얼마만큼 전달되고 이해되었는지 말하기 어렵다. 하지만 베토벤 자신은, 하나하나가 이전에 한 번도 본 적 없는 독창적 방식으로 구성된 마지막 소나타 작품들을 통해, 이 메시지의 모든 결과들을 훌륭하게 도출해 낼 줄 알았다.

14

소나타 op. 111. 이 작품에는 악장이 둘뿐이다. 극적인 첫 번째 악장은 소나타 형식상 어느 정도 고전적 방식으로 다듬어졌다. 명상적 성격을 띤 두 번째 악장은 변주 형식(베토벤 이전에는 소나타에서는 보기 드물었던 형식)으로 작곡되었다. 개개의 변주들 간에 대조는 없고, 다만 선행하는 변주에 언제나 새로운 뉘앙스를 덧붙이면서 이 긴 악장에 음조상의 놀라운 단일성을 부여하는 점진적 변화가 있을 뿐이다.

두 악장 각각의 단일성이 완전하면 완전할수록 그만큼 그것은 다른 악장과 대조적이 된다. 지속 시간의 불균등을 보자. 첫 번째 악장은(슈나벨의 연주에 의하면) 8분 14초이고, 두 번째 악장은 17분 42초다. 그러므로 이 소나타 후반부는 전반부보다 두 배나 더 긴(소나타 역사상 전례 없는 일) 것이다! 게다가 첫 번째 악장은 극적이고, 두 번째 악장은 고요하고 명상적이다.

극적으로 시작해서 이토록 긴 명상으로 끝내는 것은 모든 건
축적 구성 원리를 거스르는 듯하며, 베토벤이 이전에 그토록
중시한 극적 긴장이 이 소나타에서는 상실되는 결과를 빚는
것 같다.

하지만 바로 두 악장의 그런 뜻밖의 이웃 관계가 웅변이 되
고, 말을 한다. 바로 그것이 이 소나타의 의미론적 몸짓, 즉 짧
고 힘든 삶과 그 삶을 끝없이 뒤쫓는 향수 어린 노래의 이미
지를 상기시키는 그런 은유적 의미가 되는 것이다. 말로는 잡
아낼 수 없으나 강렬하고 고집스러운 이 은유적인 의미가 두
악장에 단일성을 부여한다. 누구도 흉내 낼 수 없는 단일성이
다.(사람들은 모차르트 소나타의 비개인적 구성은 무한히 모방할 수
있었다. 그러나 이 소나타 op. 111은 너무나 개인적이어서 이의 모방은
곧 위작이 되고 말 것이다.)

이 소나타 op. 111은 포크너의 『야생 종려나무』를 상기시킨
다. 이 소설에서는 사랑 이야기와 탈출한 죄수 이야기가 번갈
아 이어지는데, 이 두 이야기에는 아무런 공통점이 없어서, 등
장인물은 물론 동기나 주제의 어떤 유사점도 포착할 수 없다.
다른 어떤 소설가도 모델로 삼을 수 없는 구성이요, 오직 한
번만 존재할 수 있는 구성이며, 임의적이고 권장할 수 없고 정
당화될 수 없는 구성이다. 모든 정당화를 사족으로 만들어 버
리는 es muss sein(그래야만 한다)이 이 구성 뒤에서 울리기에
정당화될 수 없는 구성 말이다.

15

체계를 거부함으로써 니체는 철학하는 방식을 근본적으로 바꿔 버린다. 한나 아렌트가 정의했듯이, 니체의 사유는 실험적 사유다. 그의 주된 충동은 굳어 버린 것을 부식시키고, 일반적으로 받아들여지는 체계들을 침식시키고, 미지로의 모험을 떠나기 위한 돌파구를 열어젖히는 데 있다. 미래 철학자는 실험가일 거라고 니체는 말한다. 부득이한 경우, 상반될 수도 있는 여러 방향으로 자유로이 떠날 수 있는 자 말이다.

소설에 생각할 거리가 많은 것을 내가 옹호하는 편이기는 하나, 그렇다고 해서 소위 '철학 소설'이라는 것, 소설을 철학에 예속하는 것, 정치나 도덕 관념들의 '소설화'를 좋아한다는 얘기는 아니다. 진정으로 소설적인 사유(라블레 이후 소설이 알게 된 사유)는 언제나 체계와 규율에 반한다. 그것은 니체의 사유에 가깝다. 실험적이다. 그것은 우리를 에워싼 모든 관념

체계들에 돌파구를 연다. 그것은 성찰의 모든 길들을 검토하면서(특히 등장인물들을 매개로) 그 길들 하나하나의 끝까지 가고자 애쓴다.

체계적인 사유에 관해 한 가지만 더 말하자. 사유하는 자는 체계화에 끌리게 마련이다. 언제나 그는 그런 유혹에 빠진다.(이 책을 쓰는 지금 이 순간 나도 그런 유혹을 받는다.) 자기 아이디어의 모든 결과를 서술하고 싶고, 사람들이 제기할 모든 이의를 예견하고 사전에 그것들을 반박하면서 자신의 아이디어에 바리케이드를 치고 싶은 유혹에 말이다. 한데 사유하는 자는 타인에게 자신의 진실을 납득시키려고 애쓰지 말아야 한다. 그렇지 않으면 그는 체계의 길, '신념을 가진 사람'의 가련한 길로 접어들게 된다. 정치가들은 그런 사람으로 불리길 좋아하지만, 신념이란 게 무엇인가? 정지된 사유, 굳어 버린 사유요, '신념을 가진 사람'이란 곧 한정된 사람이다. 실험적 사유는 설득을 하려는 게 아니라 영감을 주고자 한다. 어떤 다른 사유에 영감을 주고, 사유 행위 자체를 자극하고자 한다. 그래서 소설가는 자신의 사유를 철저하게 탈(脫)체계화해야 하고, 그 자신이 자기 아이디어들의 주위에 세운 바리케이드에 발길질을 가해야 한다.

16

체계적 사유에 대한 니체의 거부는 드넓은 주제 확장이라는 또 다른 결과를 낳는다. 실제 세계의 폭 전체를 보지 못하게 해 온 여러 철학 분과들 간의 칸막이들이 무너져, 차후부터는 인간사의 모든 것이 철학자의 사유 대상이 될 수 있다. 이 점이 또한 철학을 소설에 가까워지게 한다. 처음으로 철학은 인식론, 미학, 윤리학, 정신현상학, 이성 비판 등과 같은 것들에 대해서가 아니라, 인간적인 모든 것에 관해 성찰하는 것이다.

역사가들이나 대학교수들은 니체 철학을 해설하면서 그의 철학을 축소하기만 하는 게 아니다. 그의 철학을 그의 철학과 정반대되는 것, 즉 하나의 체계로 되돌려 놓음으로써 변형하기까지 한다. 그들의 이 체계화된 니체 속에도, 여성들에 관한, 독일인에 관한, 유럽에 관한, 비제에 관한, 괴테에 관한, 위고 키치에 관한, 아리스토파네스에 관한, 스타일의 경박

성에 관한, 권태에 관한, 유희에 관한, 번역에 관한, 복종 정신
에 관한, 타자 소유와 이 소유의 모든 심리적 전형들에 관한,
학자들과 그들 정신의 한계에 관한, 역사의 무대에 등장하는
Schauspieler, 희극 배우들에 관한 니체의 성찰들이 들어설 여
지가 있을까? 보기 드문 몇몇 소설가들에게서가 아니면 다른
어디에서도 찾아볼 수 없는 그 무수한 심리적 관찰들을 위한
자리가 과연 있을까?

니체가 철학을 소설에 접근시켰다면, 무질은 소설을 철학
에 접근시켰다. 이 접근이 곧 무질이 다른 소설가들보다 덜 소
설가라는 뜻은 아니다. 마찬가지로 니체가 다른 철학자들보
다 덜 철학자라는 뜻도 아니다.

무질의 사색 소설 역시 전례 없는 주제의 확장을 이루었다.
그 후, 사유될 수 있는 그 무엇도 소설 예술에서 배제되지 않
았다.

17

열서너 살 때, 나는 작곡 수업을 받으러 다녔다. 내가 신동이어서가 아니라 아버지의 점잖은 배려 때문이었다. 때는 전쟁 중이었고, 아버지 친구인 유대인 작곡가 한 분이 노란별을 달아야 했다. 사람들이 그를 피하기 시작했다. 어떻게 그에게 자신의 연대감을 말해야 할지 몰랐던 아버지는 바로 그때 나에게 작곡을 가르쳐 주도록 부탁해야겠다는 생각을 떠올린 것이다. 당시는 사람들이 유대인들의 아파트를 빼앗던 시절이라 그 작곡가는 끊임없이 새로운 장소로 옮겨 다녀야 했는데, 점점 더 좁은 곳으로 옮겨 다니다가 결국 테레진으로 떠나기 전까지, 방 하나에 여러 명이 무더기로 묵는 한 작은 숙소에 자리 잡았다. 그는 숙소를 옮겨 다닐 때마다 꼭꼭 자신의 작은 피아노를 갖고 다녔고, 주변 낯선 이들이 자신들의 일에 빠져 있는 동안 나는 그 피아노 앞에서 하모니나 폴리포니 연습곡들을 연주했다.

그 모든 일들 가운데 아직도 내 기억에 남아 있는 것은 그를 흠모하는 마음과 이미지 서너 개뿐이다. 특히 이 이미지가 그렇다. 수업이 끝난 뒤 그가 나를 바래다주다가 문 가까이에서 멈춰서더니 불쑥 이렇게 말했다. "베토벤에게는 놀랄 만큼 약한 이행부들이 많아. 하지만 센 이행부들을 가치 있게 하는 것은 바로 그 약한 이행부들이야. 잔디밭처럼 말이야. 잔디밭이 없으면 우리는 그 위로 솟아나는 아름다운 나무에게서 즐거움을 느낄 수가 없을 거야."

묘한 생각이다. 그것이 아직도 나의 기억에 남아 있다는 사실은 더더욱 묘하다. 아마도 내가 스승의 내밀한 고백 하나를, 어떤 비밀, 오직 터득한 자들만이 알 권리를 갖는 한 가지 위대한 꾀를 듣게 된 걸 명예로 느꼈기 때문일 것이다.

어쨌든 스승님의 그 짧은 성찰은 일생 동안 나를 따라다녔다.(나는 그 성찰을 옹호했고, 그것과 싸웠으며, 한 번도 그 끝까지 가보지 못했다.) 그 성찰이 없었던들 분명 이 글은 쓰이지 못했을 것이다.

하지만 내게 소중한 그 성찰보다 더욱 소중한 것, 그것은 그 잔혹한 여행을 떠나기 얼마 전, 아이 앞에서, 드높은 목소리로, 예술 작품의 구성 문제를 성찰하던 한 인간의 이미지다.

7부   가문의 천덕꾸러기

나는 수차례 레오시 야나체크의 음악을 조회했었다. 영국이나 독일에서는 사람들이 그를 잘 안다. 한데 프랑스에서는 ─ 그리고 다른 라틴 국가들에서는 ─ 그에 대해 사람들이 알 수 있는 것은 무엇일까? 나는 음반 가게 프낙(FNAC)으로 가서(1992년 2월 15일) 사람들이 그의 어떤 작품들을 찾아낼 수 있는지 살펴본다.

1

나는 곧바로 「타라스 불바」(1918)와 「신포니에타」(1926)를 발견한다. 그의 전성기 교향곡 작품들이다. 가장 대중적인(보통 수준의 음악 마니아에게 가장 잘 이해될 수 있는) 작품들로, 이들은 늘 동일한 음반에 거의 규칙적으로 실린다.

「현악 오케스트라를 위한 모음곡」(1877), 「현악 오케스트라를 위한 목가」(1878), 「라키안 춤곡」(1890). 그의 창작의 선사시대에 속하는 이 작품들은 사실 대수롭지 않아서 야나체크의 이름에서 위대한 음악을 찾는 이들을 놀라게 한다.

'선사시대'와 '전성기'라는 말에 잠시 머물러 보자.

야나체크는 1854년에 태어났다. 바로 여기에 역설이 있다. 이 현대 음악의 거인은 낭만주의 거장들의 연장자인 것이다. 그는 푸치니보다 네 살 많고, 말로보다는 여섯 살 많으며, 리하르트 슈트라우스보다는 열 살 연상이다. 낭만주의 격정에 대한 알레르기 때문에 그는 오랫동안 뚜렷한 전통주의 양상만 도드라지는 곡들을 썼다. 언제나 불만이었던 그의 인생은 찢긴 악보들로 얼룩져 있다. 그가 마침내 자기만의 스타일을 창출해 내는 것은 세기의 전환점에 이르러서다. 그의 곡들은 1920년대 들어 스트라빈스키, 버르토크, 힌데미트의 음악과 함께 현대 음악 연주회 프로그램에 등장하지만 그는 그들보다 삼십 년, 사십 년이나 연상이다. 청년기엔 고독한 보수주의자였다가 늙어서 개혁자가 된 것이다. 그래도 그는 여전히 혼자다. 현대 음악의 거장들과 연대하긴 했지만 그들과는 또 다르다. 그는 그들 없이 자신의 스타일에 도달했으며, 그의 모더니즘은 다른 특성, 다른 기원, 다른 뿌리를 갖는다.

2

나는 프낙 서가 사이에서 산책을 계속한다. 어렵잖게 두 편의 「사중주」(1924, 1928)를 찾아낸다. 야나체크 음악의 절정이다. 그의 표현주의의 모든 것이 거기에 완벽하게 집약되어 있다. 다섯 가지 녹음이 모두 훌륭하다. 하지만 이 사중주에 대한 가장 진정한 해석,(지금까지도 최상의 해석인) 야나체크 사중주단의 해석(수프라폰 사의 구형 음반 50556번. 샤를크로스 아카데미 상, 도이첸 샬플라텐크리티크 상 수상)을 찾아내지 못한 것은 유감스럽다.(오래전부터 이 작품의 콤팩트디스크를 찾고 있지만 헛일이다.)

'표현주의'란 말에 잠시 멈춰 본다.

한 번도 그가 표현주의 음악가로 거론된 적은 없지만, 사실 야나체크는 이 말에 전적으로, 문자 그대로 적용될 수 있는 유일한 대작곡가다. 그에게는 모든 것이 표현이며, 어떤 음정도 표현이 아니면 존재할 권리를 갖지 못한다. 단순히 '테크닉'과 관계된 것, 말하자면 주제와 주제 사이의 이행부나 전개부, 관현악화의 관행인 대위법적 채움의 장치 등이 그의 음악에 전무한 이유는 바로 여기에 있다.(대신 그는 몇몇 솔로 악기들로 구성된 참신한 합주에 끌리는 편이다.) 그래서 연주자는, 음표 하나하나가 표현인 만큼 각각의 음표(모티프만이 아니라 모티프의 각 음표)가 최대치의 표현적인 빛을 지니게끔 해야 한다. 한 가지만 더 분명히 해 두자. 독일 표현주의의 특징은 광란이나 광기 같은 과도한 영혼 상태에 대한 편애다. 내가 야나체크 음악의 표현주의라 부르는 것은 그런 편향성과는 전혀 무관하다. 그의 표현주의는 지극히 풍요로운 감정의 부채(扇)요, 이행부 없이 어지러울 만큼 정밀하게 짜인 부드러움과 난폭함, 분노와 평화의 대면(對面)이다.

3

나는 아름다운 곡들, 「바이올린과 피아노를 위한 소나타」(1921), 「첼로와 피아노를 위한 옛날이야기」(1910)를 찾아낸다. 피아노, 테너, 알토, 그리고 세 여자 목소리를 위한 「사라진 자의 일기」(1919)도 있다. 그리고 그의 만년의 곡들을 찾아낸다. 그의 창조성이 폭발하는 곳이다. 유머와 창조성이 넘치는 칠십 대 때만큼이나 그가 자유로웠던 적은 없다. 「글라골스카 미사」(1926)은 다른 어떤 미사곡과도 닮지 않았다. 미사라기보다는 주신제라는 편이 옳으며, 참으로 매혹적이다. 같은 시기에 나온 작품으로 「목관 6중주곡」(1924), 「동요」(1927), 그리고 피아노와 다른 악기들을 위한 두 작품, 내가 유별나게 좋아하지만 실연에서 만족하는 일이 거의 없는 「카프리치오」(1926)와 「콘체르티노」(1925)도 있다.

피아노 솔로를 위한 곡들인 「소나타」(1905)와 두 연작 「수

풀이 우거진 오솔길에서」(1902)와 「안개 속에서」(1912)는 다섯 가지 녹음이 있다. 이 아름다운 곡들은 늘 음반 하나에 모아지곤 했는데, 거의 매번(공교롭게도) 그의 '선사시대'에 속하는 대수롭잖은 다른 소품들로 보충되곤 했다. 게다가 유난히도 피아니스트들이 야나체크 음악의 구조와 정신을 곡해하곤 한다. 그들은 거의 예외 없이 나긋나긋한 낭만화에 굴복하고 만다. 그의 음악의 난폭한 측면을 완화하고, 그의 포르테를 경시하고, 거의 예외 없이 루바토의 열기에 몰두함으로써 말이다.(피아노를 위한 곡들은 특히 루바토에 대해 속수무책이다. 사실 오케스트라와 함께 연주할 때는 리듬의 부정확성을 기하기가 어렵다. 하지만 피아니스트는 혼자다. 그의 무시무시한 영혼은 통제도 두려움도 없이 맹렬한 기세를 떨칠 수 있다.)

'낭만화'라는 말에 잠시 멈춘다.

야나체크의 표현주의는 낭만적 감상주의의 심화된 연장이 아니다. 오히려 낭만주의에서 벗어나는 여러 역사적 가능성들 가운데 하나다. 스트라빈스키가 선택한 것과는 상반되는 가능성이다. 그와는 달리 야나체크는 감정을 떠들어 댔다며 낭만주의자들을 비난하지 않는다. 그는 그들이 감정들을 날조했다고 비난한다. 감동의 즉각적인 진실을 감상적 몸짓(르네 지라르라면 이를 "낭만적 거짓"이라 할 것이다.*)으로 대체했다고 비난한다. 그는 열정들에 대해 열정적이지만 열정들을

---

* 원주: 마침내 여기서 르네 지라르의 이름을 인용할 기회를 갖는다. 그의 책 『낭만적 거짓과 소설적 진실』은 내가 읽은 최고의 소설론이다.

표현하고자 하는 그 방식의 정확성에 더욱 열정적이다. 스탕
달이지 위고가 아니다. 바로 이 점이 낭만주의 음악과의 단
절, 그 정신, 그 과잉 팽창된 음향,(야나체크가 보여 준 음의 절약
은 당대 모든 사람들에게 충격을 안겨 주었다.) 그 구조와의 단절을
초래한다.

4

‘구조’라는 말에 잠시 멈춰 본다.

— 낭만주의 음악이 하나의 악장에 하나의 감정적 단일성을 부과하려 한 것과는 달리, 야나체크의 음악적 구조는 서로 모순되기까지 하는 상이한 감정 조각들이 동일 소곡, 동일 악장에서 이례적으로 빈번하게 교체되는 구조다.

— 이 감정의 다양성에 이례적인 빈도로 교체되는 템포와 박자의 다양성이 상응한다.

— 매우 제한된 공간 안에서 이루어지는 모순적인 여러 표현들의 공존이 독창적인 의미 장(場)을 창출한다.(놀랍고 매혹적인 점이 바로 이 감동들의 의외로운 이웃 관계다.) 감동들의 공존은 수평적일 뿐 아니라(서로 잇따른다는 점에서) 수직적이기도 하다.(감동들의 폴리포니로 동시에 올린다는 점에서) 이를테면 어떤 우수 어린 멜로디를, 그 아래에서 울리는 격렬한 오스티나토 모

티프와, 그 위에서 울리는 비명 같은 또 다른 멜로디와 함께 동시에 듣게 되는 경우가 그렇다. 만약 이 선율들 하나하나에 동일한 의미론적 중요성이 있다는 것, 따라서 그것들 중 어떤 것도 단순한 반주로, 인상주의적 속삭임으로 변해 버려서는 안 된다는 것을 이해하지 못하는 연주자가 있다면, 그는 야나체크 음악 특유의 구조를 놓치게 된다.

모순적인 감정들의 부단한 공존은 야나체크의 음악에 극적(劇的) 특성을 부여한다. 지극히 문자적인 의미에서의 극적 특성 말이다. 그의 음악은 이야기를 하는 내레이터를 연상시키지 않는다. 여러 배우들이 동시에 출연하여 말하고 대립하는 무대를 연상시킨다. 이 극적 공간, 종종 우리는 그것이 단 하나의 멜로디 모티프에서 발아하는 것을 보게 된다. 예를 들어 「피아노 소나타」 첫 몇 소절을 보자.

네 번째 소절에서 왼손으로 연주된 모티프는 여전히 주 모티프에 속하나(동일한 음정들로 구성되었다.) 동시에 ── 감정의 관점에서 보면 ── 주 모티프에 대립하기도 한다. 몇 소절 뒤에 가면, 이 '분열적인' 모티프가 자신을 배출한 목가적 멜로디를 얼마나 난폭하게 위반하는지 보게 된다.

뒤이은 소절에서 이 두 멜로디, 즉 본래 멜로디와 '분열적
인' 멜로디는 다시 결합한다. 하지만 감정의 하모니 속에서 결
합하는 것이 아니라, 감정들의 모순적인 폴리포니 안에서 결
합한다. 마치 어떤 우수 어린 눈물이 어떤 반항과 재결합할 수
있다는 듯 말이다.

내가 프낙에서 입수한 디스크의 연주자들인 피아니스트들
은 하나같이 이 소절들에 감정적 균일성을 각인하고 싶어, 야
나체크가 네 번째 소절에서 명기한 포르테를 무시한다. 이로써
그들은 '분열적인' 모티프에서 난폭한 특성을 제거해 버리며,
나아가서는 첫 몇 음정만 듣고도 즉각 야나체크의 음악임을
알 수 있게 해 주는(그것이 제대로 이해되었다면) 그 흉내 낼 수
없는 긴장을 그의 음악에서 박탈해 버린다.

5

오페라 작품들. 「브로우체크 씨의 소풍」은 찾아내지 못했으나, 이 작품은 차라리 실패한 작품으로 간주하는 까닭에 유감스럽지는 않다. 그 밖에 다른 모든 작품들은 찰스 매케러스 경의 지휘로 여기에 있다. 「운명」(1904년 작으로, 대본이 운문으로 이루어진 끔찍할 만큼 유치한 이 오페라는 「예누파」를 쓴 지 이 년 뒤, 음악적으로도 분명한 퇴보를 보이는 작품이다.)도 있고, 그 밖에 내가 아무런 거리낌 없이 찬사를 보내는 걸작 다섯 편도 있다. 「카탸 카바노바」, 「교활한 작은 암여우」, 「마크로풀로스 사건」, 그리고 「예누파」. 1916년 프라하에서 이 「예누파」에 억지로 가해진 편곡을 찰스 매케러스 경이 말끔히 청산한 것(1982년, 그러니까 육십육 년의 세월이 흐른 뒤에!)은 대단한 공적이라 할 만하다. 그가 「죽음의 집에서」의 악보 재검토 작업을 통해 이룬 성과는 더욱더 눈부시다. 그의 작업 덕택에 사람들은 그

동안 여러 각색자들이 했던 편곡이 이 오페라의 가치를 얼마나 떨어뜨렸는지 새삼 깨닫게 된다.(1980년, 그러니까 오십이 년의 세월이 흐른 뒤에 말이다!) 본래의 검소하고 기발한 음향(낭만적 화음주의의 대척점에 있는)이 고스란히 되살아나 독창성이 복원됨으로써, 「죽음의 집에서」는 베르크의 「보체크」와 더불어 암울한 우리 세기의 가장 진실하고 가장 위대한 오페라의 면모를 되찾는다.

6

해결할 수 없는 난점도 있다. 야나체크의 오페라들에서는 창(唱)의 매력이 멜로디의 아름다움에만 있는 게 아니라 멜로디가 제공하는 심리적 의미(언제나 의외롭게 발생하는 의미)에도 있다. 멜로디가 어떤 무대에 전체적으로 부여하는 것이 아니라, 노래로 불리는 문장 하나하나, 말 하나하나에 부여하는 심리적 의미 말이다. 한데 베를린이나 파리에서는 어떻게 노래를 할 것인가? 체코어로 노래를 한다면(매케러스의 해결책) 청중은 의미 없는 음절들만 듣게 되고 각각의 선율적 표현 방식에 담긴 그 심리적 정밀함을 이해할 수 없게 된다. 그렇다면 이 오페라들이 국제적으로 알려지기 시작했을 때 그랬듯 번안을 해야 하는가? 그렇게 하면 또 이런 것이 문제가 된다. 예컨대 프랑스어는 체코어의 첫 번째 음절에 놓이는 강세 억양에 거부반응을 보일 것이요, 게다가 동일한 어조가 프랑스어에서는 전혀 다른 심리적 의미를 갖게 될 것이다.

(야나체크가 이처럼 자신의 혁신적 에너지 대부분을 바로 오페라에 쏟음으로써, 다른 어느 대중보다도 보수적인 부르주아 대중에게 자신을 내맡긴 데는 비통한, 혹은 비극적인 뭔가가 있다. 더욱이 그의 혁신은 노래로 불리는 말에 전례 없는 새로운 가치를 부여한 데 있다. 구체적으로 말하면, 전 세계 극장의 90퍼센트에서는 이해될 수 없는 체코어에 말이다. 장애를 자발적으로 이보다 더 많이 쌓는 경우는 상상하기 어려울 것 같다. 그의 오페라들은 체코어에 바치는 더없이 아름다운 경의다. 경의라고? 그렇다. 희생의 형태로 바쳐진 경의다. 그는 자신의 세계적인 음악을 거의 알려지지 않은 한 언어에 제물로 바친 것이다.)

7

질문. 만약 음악이 초국가적이라면 구어(口語) 억양들의 의미 체계 역시 초국가적인 성격을 띠는 것일까? 아니면 전혀 그렇지 않은가? 아니면 어느 정도까지는 그런 것인가? 바로 야나체크가 매료된 질문들이다. 그래서 그는 유언에서 자신의 거의 전 재산을 브르노 대학교에 구어 탐구(구어의 리듬, 억양, 그 의미 체계)를 위한 보조 기금으로 바쳤다. 하지만 우리가 잘 알듯이, 사람들은 유언 따위엔 신경 쓰지 않는다.

8

야나체크의 작품에 대한 찰스 매케러스 경의 감탄스러운 충실성은 곧 본질을 파악하고 옹호하는 것을 의미한다. 본질을 겨냥하는 것은 바로 야나체크의 예도(藝道)이기도 하다. 규칙은 이렇다. 오직 절대적으로 필요한(의미론적으로 필요한) 음만이 존재할 권리가 있다는 것. 관현악 구성에 나타나는 최대한의 경제성이 바로 여기에서 연유한다. 악보에 쓸데없이 덧붙은 군더더기들을 없애 버림으로써, 매케러스는 이 경제성을 복원했으며 이로써 야나체크 음악을 더 한층 이해하기 쉽게 만들었다.

한데 이와는 정반대되는 또 다른 충실성도 있는데, 이는 어떤 저자에게서 털어 낼 수 있는 모든 것을 그러모으고자 하는 열정으로 나타난다. 저자들은 본질적인 것은 모두 생전에 발표하고자 애쓰므로, 이 쓰레기통 털이들은 비본질적인 것에 열을 올리는 사람들이다.

피아노와 바이올린과 첼로를 위한 소품 전집(ADDA 581136/37)에 나타난 것이 그런 털이꾼 정신의 대표적인 예다. 여기서 하찮거나 가치 없는 소품들(부실한 민속 편곡들, 쓰다 버린 변주들, 청년기 습작, 초고 들)은 전체의 3분의 1에 해당하는 50여 분을 차지하며, 스타일이 완성된 시기의 곡들 속에 분산되어 있다. 이를테면 체조 연습을 위한 반주 음악 하나를 6분 37초 동안이나 듣게 되는 것이다. 아, 작곡가들이여, 스포츠클럽의 예쁜 부인들이 작은 봉사를 청하러 올 때 자제하라! 비웃음을 살지언정 점잖게 사양해야만 살아남을 수 있을 테니 말이다!

9

서가 탐색을 계속한다. 성숙기의 아름다운 관현악곡 몇 작품(「떠돌이 악사의 아이」(1912), 「블라니크의 발라드」(1920))과, 그의 칸타타들(특히 「아마루스」(1898)), 그리고 유례없이 감동적인 단순함이 특징인 스타일 형성기의 몇 작품, 말하자면 「주기도문」(1901)이나 「아베마리아」(1904) 같은 작품이 아무리 찾아도 보이지 않는다. 특히 심히 아쉬운 것은 합창곡들이다. 왜냐하면 우리 세기에는 이 분야에서 전성기의 야나체크가 만든 걸작 네 편, 「마리치카 마그도노바」(1906), 「할파르 교장 선생님」(1909), 「7만」(1909), 「떠돌이 광인」(1922)에 비견될 만한 작품이 없는 까닭이다. 기술 면에서 실연(實演)이 몹시도 어려운 이 곡들은 체코슬로바키아에서 훌륭하게 연주되었었다. 물론 이 녹음들은 수프라폰 체코 음반사의 구형 음반으로만 존재하는데, 수년 전부터 찾을 수 없게 되어 버렸다.

10

따라서 결산은 아주 나쁘지도 않지만 그렇다고 좋은 것도 아니다. 야나체크의 경우는 처음부터 이런 식이었다.「예누파」는 창작된 지 이십 년 뒤에야 세계 무대에 오른다. 너무 늦다. 이십 년이 지나 버리면 어떤 미학의 논쟁적 성격은 사라지며 그 참신성도 이해되지 않는다. 야나체크의 음악이 그토록 자주 잘못 이해되고 그만큼이나 잘못 실연된 것은 그래서다. 그 역사적 의미도 희미해져 버렸다. 그의 음악은 분류될 수 없는 것 같다. 역사에서 벗어난 어느 멋진 정원처럼 말이다. 현대 음악의 전개 과정에서('기원에서'라고 말하는 편이 낫겠다.) 그의 음악이 차지하는 자리 문제, 사람들은 이를 제기하지조차 않는다.

브로흐나 무질 혹은 곰브로비치의 경우, 어떤 의미에서는 버르토크의 경우 역시, 뒤늦게 인정받게 된 까닭이 역사적 대재앙들(나치즘, 전쟁)에 있다면, 야나체크의 경우는 다름 아닌 그의 작은 모국이 전적으로 그런 대재앙의 역할을 맡았다.

11

　작은 나라들. 이 개념은 양적인 게 아니라 어떤 상황, 어떤 운명을 가리킨다. 작은 나라들은 항시 여기 있어 왔고 언제까지나 여기 있을 거라는 그런 행복한 느낌을 알지 못한다. 작은 나라들은 모두 역사의 어느 순간엔가 죽음의 곁방을 드나든 적이 있다. 언제나 큰 나라들의 오만한 무시에 직면했으며, 존재 자체가 끊임없이 위협받고 의문시되었다. 그들의 존재 자체가 문제이기에 말이다.

　유럽 작은 나라들 대부분은 19세기와 20세기에 걸쳐 해방되어 독립에 이르렀다. 그래서 그들의 진화 리듬은 특별하다. 예술 영역에서는 그런 역사적 비동기성(非同期性)이 상이한 시기들의 기이한 교착(交錯)을 가능케 함으로써 종종 풍요로운 결실을 안겨 주었다. 야나체크와 버르토크의 경우가 그렇다. 그들은 동포들의 민족 투쟁에 열심히 참여했으며, 이것이 그들의 19세기적 면모다. 말하자면 비범한 현실 감각이라든가, 대중 계급과 대중 예술에 대한 애착, 대중과의 보다 진솔한 관계 등이 그렇다. 큰 나라들의 예술에서는 사라져 버린 이 특질들이 모더니즘 미학과 놀랍고 흉내 낼 수 없는 행복한 결혼으로 맺어졌던 것이다.

작은 나라들은 '또 하나의 유럽'을 형성하여 큰 나라들의 유럽과 대위법을 이루며 진화한다. 어떤 관찰자는 그들이 향유하는 문화 생활의 놀라운 강도에 매혹될 수도 있다. 사실 작은 것의 이점이 나타나는 지점이 바로 여기다. 말하자면 문화적 사건들의 풍요로움은 '인간적인 척도'에 속하는 것이며, 모든 사람이 이 풍요로움을 포용할 수 있고 문화 생활의 총체성에 참여할 수 있다. 그래서 작은 나라는 좋을 때는 고대 그리스 도시 국가의 생활을 떠올리게 할 수 있는 것이다.

모든 사람이 모든 것에 참여할 수 있다는 것은 또 다른 것, 즉 가족을 상기시킬 수도 있다. 작은 나라는 하나의 대가족 같으며 실제로 그렇게 불리는 걸 좋아한다. 유럽에서 가장 작은 나라인 아일랜드의 언어에서 가족을 뜻하는 말은 fjölskylda인데, 이 말의 어원이 의미심장하다. skylda는 의무라는 뜻이고, fjöl은 다수라는 뜻이다. 결국 가족은 다수의 의무인 셈이다. 아일랜드인들이 가족 관계를 뜻하는 유일한 말은 fjölskyldubönd, 즉 다수의 의무의 끈(bönd)이다. 작은 나라라는 대가족에서 예술가는 결국 다수의 끈에 의해 다수의 방식으로 구속된다. 니체가 독일 특성을 큰 소리로 혹평하고, 스탕달이 자신은 조국보다 이탈리아를 더 좋아하노라 선언해도,

어떤 독일인, 어떤 프랑스인도 이에 대해 화를 내지 않는다. 그러나 만약 어떤 그리스인이나 체코인이 그런 소리를 떠벌린다면 그의 가족은 그를 혐오스러운 배신자로 여겨 극렬히 배척할 것이다.

남들이 알아들을 수 없는 언어 뒤에 묻힌 유럽의 작은 나라들(그들의 생활, 그들의 역사, 그들의 문화)은 바깥 세계에 알려지는 일이 거의 없다. 당연히 사람들은 그들의 예술이 국제적으로 알려지지 못하는 주된 이유가 바로 여기에 있다고 생각한다. 하지만 사실은 그 반대다. 이 예술이 불구인 것은 모든 사람들(비평, 사료 편찬, 이방인들은 물론 동포들 역시)이 그것을 국가 가족이라는 커다란 사진 위에 붙이고는 바깥으로 나가도록 내버려두지 않는 까닭이다. 곰브로비치의 경우를 보자. 그의 작품을 논하는 외국인 논평자들은 쓸데없이,(게다가 제대로 알지도 못하면서) 폴란드적인 고상함이니 폴란드적인 바로크니 하는 등등에 대한 담론으로 그의 작품을 설명하느라 진을 뺀다. 프로귀디스가 말했듯이* 그들은 그를 "폴란드화하고 또 폴란드화하면서" 국가적 소맥락 속에 그를 되밀어 넣는 것이다. 하지만 곰브로비치 소설의 새로움이나 그 가치를 우리에게 알려 주는 것은 폴란드적인 고상함에 대한 인식이 아니라 현대 세계 소설에 대한 인식(즉 대맥락에 대한 인식)이다.

---

* 원주: 라키스 프로귀디스, 『비평을 초월하는 작가』, 갈리마르, 1989.

12

아, 작은 나라들. 이들 나라에서는 열렬한 친밀감 속에서 모두가 모두를 시샘하고 모두가 모두를 감시한다. "가족들이여, 나는 그대들을 증오한다!" 지드는 이런 말도 했다. "너의 가족, 너의 방, 너의 과거보다 더 위험한 건 없어. (……) 그것들을 떠나야 해." 입센, 스트린드베리, 조이스, 세페리스 등은 이를 알았다. 그들은 삶 대부분을 가족 권력으로부터 동떨어진 외국에서 보냈다. 천진한 애국자 야나체크로서는 생각조차 할 수 없는 일이었다. 그래서 그는 그 대가를 지불했다.

물론 모든 현대 예술가들이 몰이해와 증오를 맛보았다. 하지만 그들 주변엔 그들을 옹호해 주고, 처음부터 그들의 예술을 제대로 이해해 줄 것을 요구한 제자와 이론가와 연주자 들이 있었다. 브르노의 한 시골에서 일생을 보낸 야나체크에게도 그에게 충실한 이들, 종종 자랑할 만한 연주자들(야나체크

사중주단은 그런 전통의 마지막 전승자들 중 하나다.)이 있었지만 영향력이 너무나 미약했다. 세기 초부터 체코 공식 음악학은 그를 멸시했다. 음악에서 스메타나 외에 다른 신을 몰랐고, 스메타나의 법 외에 다른 법을 몰랐던 국가주의 이론가들은 야나체크의 이질성이 거슬렸다. 프라하 음악학 교황으로 만년에, 그러니까 1948년 장관직에 올라 스탈린주의 체코슬로바키아에서 문화의 전능한 주인이 된 네예들리 교수, 그가 자신의 호전적인 노망기 속에 간직한 것은 오직 거대한 두 열정뿐이었다. 스메타나를 축복하고 야나체크를 증오하는 것 말이다. 야나체크가 살아생전 받은 가장 유효한 지지는 막스 브로트의 지지였다. 1918년부터 1928년까지 그의 모든 오페라를 독일어로 번역함으로써, 막스 브로트는 그의 작품들에게 국경을 열어 주었고 시기심 많은 가족의 독점적 권력으로부터 해방해 주었다. 1924년에는 야나체크에 관한 최초의 연구서도 썼다. 그는 체코인이 아니었기에 야나체크에 관한 최초의 연구서는 독일어로 쓴 것이다. 두 번째 책은 프랑스어로 쓰여 1930년 파리에서 간행되었다. 최초의 온전한 체코어 저작은 브로트의 책이 나온 지 삼십구 년이 지나서야 세상에 선을 보였다.* 프

---

* 원주: 야로슬라프 포겔, 『야나체크』(프라하, 1963. W. W. 노턴 앤드 컴퍼니 출판사에서 1981년에 영역본 출간.) 정직하고 세밀한 연구서이나, 여러 판단에 있어 국가적 민족주의적 지평의 한계 안에 머무른다. 국제 무대에서 야나체크와 가장 가까운 두 작곡가는 버르토크와 베르크다. 한데 전자에 대해선 전혀 언급이 없고 후자에 대해서만 겨우 몇 마디뿐이다. 이 두 작곡가에 대한 참조 없이 어떻게 야나체크를 현대 음악의 지도에 위치시킨단 말인가?

란츠 카프카는 야나체크를 위한 브로트의 투쟁을, 과거 프랑스에서 드레퓌스를 위해 벌어진 투쟁에 비교했다. 야나체크의 모국에서 야나체크에게 쏟아진 적의가 어느 정도였는지를 말해 주는 놀라운 비교다. 1903년에서 1916년까지 프라하 국립극장은 그의 첫 번째 오페라 「예누파」의 상연을 줄기차게 거부했다. 같은 시기 더블린에서는, 1905년에서 1914년까지 조이스의 동포들이 그의 첫 산문 『더블린 사람들』을 거부하여 1912년에는 교정쇄들을 불살라 버리기까지 했다. 야나체크 이야기가 조이스 이야기와 다른 점은 결말의 퇴폐성이다. 그는 십사 년 동안이나 자신을 퇴짜 놓은, 십사 년 동안이나 자신의 음악을 멸시하기만 한 오페라 단장의 지휘로 자신의 「예누파」가 초연되는 것을 보아야 했다. 그는 감사를 강요받았다. 이 수치스러운 승리(악보가 수정과 삭제와 덧칠로 벌겋게 되었었다.) 후에야, 사람들이 그를 보헤미아 땅에 용납해 주었다. 분명 "용납"이라고 했다. 가정에서는 천덕꾸러기 자식을 끝내 없애 버리지 못하면 어머니의 너그러운 마음으로 그를 깎아내린다. 보헤미아에서 지금 이루어지는 논의가 그렇다. 그에게 우호적이지만, 그를 세계 음악의 맥락에서 뽑아내어 지역적인 문제들의 틀 속에 가둔다. 민속에 대한 열정이니, 모라비아인 다운 애국심이니, 여성과 자연과 러시아에 대한 예찬, 슬라브족의 민족성에 대한 예찬 등, 그 밖에 다른 헛소리들을 떠들어 대면서 말이다. 가족이여, 나는 그대들을 증오한다. 오늘날까지 그의 어떤 동포도 그의 작품의 미학적 새로움을 분석한 중요한 음악학 연구서 하나 쓰지 않았다. 그의 기이한 미학을 세계에 이해시킬 수 있을, 야나체크 음악 해석을 전문으로 하는 유력한 학파 하나 없다. 그의 음악을 알리기 위한 전략도 없다. 그의 작품 디스크 전집도 없다. 그가 쓴 음악 비평과 이론적 글 들을 모은 전집도 없다.

하지만 이 작은 나라에 그보다 더 위대한 예술가가 있었던 적은 없다.

13

넘어가자. 나는 그의 인생 마지막 십 년을 생각한다. 독립한 조국, 마침내 갈채받게 된 그의 음악, 그 자신도 한 젊은 여인에게 사랑받은 시기다. 그의 작품들은 점점 대담하고 자유롭고 유쾌해진다. 피카소의 노년 같다. 1928년 여름, 사랑하는 여인이 그의 두 아이를 데리고 작은 시골집으로 그를 보러 온다. 아이들이 숲속에서 길을 잃자 그가 찾아 나서서 사방으로 뛰다가 고열과 오한이 나 폐렴에 걸리고, 병원으로 옮겨졌다가 며칠 뒤에 죽는다. 그녀가 그와 함께 거기 있다. 열네 살 때부터 나는 그가 병원 침대 위에서 섹스를 하다 죽었다고 쑥덕대는 소리를 들어 왔다. 있음 직하지 않은 일이지만, 헤밍웨이가 즐겨 말했듯 진실보다 더욱 진실한 이야기다. 만년의 사슬 풀린 행복을 그보다 더 멋지게 완성하는 것이 어디 있겠는가?

이는 그의 국가라는 가정에도 그를 사랑한 사람들이 있기

는 했다는 증거다. 이 전설이야말로 그의 무덤 위에 놓인 화환
인 까닭이다.

8부　　안개 속의 길들

8부　　안개 속의 길들

아이러니란 무엇인가?

『웃음과 망각의 책』 4부에서, 여주인공 타미나는 비비라는 한 젊은 여성 글쓰기광을 위해 뭔가 봉사해 줄 필요를 느낀다. 그녀의 호감을 얻기 위해 타미나는 그녀 뜻에 따라 바나카라는 한 시골 작가와의 면담을 주선해 준다. 바나카는 그 여성 글쓰기광에게 오늘의 진짜 작가들은 소설이라는 용도 폐기된 예술을 포기해 버렸다고 설명한다. "아시다시피 소설이란 인간의 착각의 결실입니다. 타인을 이해할 수 있다는 착각 말입니다. 하지만 우리가 서로에 대해 무엇을 압니까? (……) 우리가 할 수 있는 건 자기 자신에 대한 보고서를 제출하는 것뿐입니다. (……) 나머지는 전부 거짓이에요." 그리고 바나카의 철학 교수 친구는 이렇게 말한다. "제임스 조이스 이후로 이미 우리는 우리 삶의 가장 큰 모험이 모험의 부재라는 사실을 압니다. (……) 호메로스의 '오디세이아'가 내면으로 옮아왔지요. 내면화된 겁니다." 이 책이 간행되고 얼마 후 나는 위 말들을 어느 프랑스 소설의 제사(題詞)에서 발견했다. 무척 기분 좋기도 했지만 그만큼 당혹스럽기도 했는데, 왜냐하면 내가 보기에 바나카와 그 친구의 말은 단지 기교를 부린 망언에 지나지 않기 때문이다. 당시, 그러니까 1970년대에 나는 내 주변 어디에서나 그런 말들을 들었다. 구조주의와 정신분석학의 잔존물을 짜깁기한 그 범세계적인 수다를 말이다.

체코슬로바키아에서 『웃음과 망각의 책』 4부가 따로 소책자로 편집 간행된 후(이십 년간 출간이 금지된 나의 텍스트들 가운데 처음으로 출간되었다.) 누가 내게 신문 기사를 하나 오려 보냈다. 평문을 쓴 비평가는 내게 만족했으며, 그가 탁월하다고 판단한 구절들을 나의 지성을 말해 주는 증거로 인용했다. "제임스 조이스 이후로 이미 우리는 우리 삶의 가장 큰 모험이 모험의 부재라는 사실을 압니다." 등등. 당시 나는 마치 오해의 당나귀를 타고 고국으로 돌아가는 나의 모습을 보는 것처럼 이상한 짓궂은 즐거움을 느꼈다.

이 오해는 이해할 수 있다. 사실 나는 바나카와 그의 철학 교수 친구를 웃음거리로 만들려고 했던 게 아니다. 나는 그들에 대한 나의 거리감을 알린 게 아니다. 오히려 나는 최대한 그것을 감추고자 했다. 당시 모든 사람들이 존중하고 열심히 모방하던 지적 담론의 고상함을 그들 견해에 부여함으로써 말이다. 만약 내가 그 담론의 과도한 점들을 과장하여 그들의 말을 웃음거리로 만들었다면, 소위 풍자라는 것을 한 결과가 될 것이다. 풍자라는 것은 설(設)을 주장하는 기법에 속한다. 자기

자신의 진실을 확신하고서, 자신이 맞서 싸우기로 한 것을 조
롱한다. 소설가와 등장인물들의 관계는 결코 풍자적이지 않
다. 그 관계는 아이러니적이다. 한데 정의상 은밀한 아이러니
는 어떻게 모습을 드러내는가? 맥락에 의해서다. 바나카와 그
의 친구가 하는 말은 그 말을 상대화하는 말들과 행동들과 몸
짓들의 공간에 있다. 타미나를 둘러싼 작은 시골 세계는 천진
한 자기중심주의가 두드러진다. 모두가 그녀에게 진정으로
호감을 갖고 있으나 아무도 그녀를 이해하려 하지 않는다. 이
해한다는 것이 뭘 의미하는지조차 몰라서다. 타인을 이해한
다는 건 착각일 뿐이므로 소설 예술은 용도 폐기되었다고 바
나카가 말할 때, 그는 유행하는 하나의 미학적 태도만 표명하
는 게 아니라, 그 자신과 그가 속한 사회 전체의 그런 결핍 상
태 역시 자신이 미처 의식하지 못한 채 표명하는 것이기도 하
다. 타인을 이해하고자 하는 욕구의 결핍, 실세계에 대한 자기
중심적 맹목성을 말이다.

아이러니가 뜻하는 바는 이렇다. 소설에서 보이는 어떤 단
언도 그것만 따로 고려될 수는 없으며, 그 각각은 다른 단언
들, 다른 상황들, 다른 몸짓들, 다른 관념들, 다른 사건들과의
모순적이고 복합적인 대조 속에 있다는 것이다. 오직 느린 독
서, 두 번 세 번 거듭 읽는 독서만이 소설에 내재하는 모든 아
이러니 관계들을 드러낼 수 있으며, 이것들이 드러나지 않는다
면 소설은 이해되지 않은 채로 남게 될 것이다.

체포 과정에서 보이는 K의 기이한 행동

K는 아침잠에서 깨어나 아직 침대에 누운 채, 아침 식사를 가져오게 하기 위해 벨을 누른다. 하녀 대신 낯선 사람들, 정상적으로 옷을 차려입은 정상적인 사람들이 들이닥치는데, 그들이 대뜸 보여 주는 그 행실이 너무나 대담해서 K는 그들의 힘, 그들의 권력을 느끼지 않을 수 없다. 그래서 그는 인권 침해를 당한 입장이면서도 그들을 쫓아낼 수가 없으며 다만 정중하게 이렇게 묻는 게 고작이다. "당신들은 누구십니까?"

시작부터 K의 행동거지는 침입자들의 놀라운 뻔뻔스러움에 굴복하려는 나약함(그들이 온 것은 그가 체포되었음을 알리기 위해서다.)과, 우습게 보일지도 모른다는 두려움 사이를 오락가락한다. 예컨대 그는 이렇게 단호히 말한다. "나는 여기 남아 있고 싶지도 않고, 당신들이 자기소개도 없이 내게 함부로 말을 거는 것도 싫습니다." 이 말들을 아이러니 관계들을 무시한 채 문자 그대로 받아들인다면(나의 독자가 바나카의 말을 그렇게 받아들였듯이) 우리에게 K는(『소송』을 영화로 옮긴 오슨 웰스에게서처럼) 폭력에 ‒ 반항하는 ‒ 인간이 될 것이다. 하지만 이 텍스트를 주의 깊게 읽어 보면 소위 이 반항하는 인간이 침입자들에게 끊임없이 복종하고 있음을 알게 된다. 비단 자신들을 소개하지 않을 뿐 아니라 그의 아침 식사까지 먹어 치우며 계속 그를 잠옷 바람으로 서 있게 만드는 그들에게 말이다.

이 기묘한 굴욕의 무대가 끝날 무렵(그가 그들에게 손을 내밀지만 그들은 악수를 거절한다.) 그 사내들 중 하나가 K에게 말한다. “내 생각엔 당신이 은행에 들르고 싶어 할 것 같습니다만?” “은행에요?” 하고 K가 반문한다. “나는 내가 체포된 줄 알았습니다!”

이는 또다시 폭력에 ‒ 반항하는 ‒ 인간 아닌가! 그는 빈정대고 있지 않은가! 도발하고 있지 않은가! 게다가 카프카의 설명이 이 점을 분명히 해 준다.

“K는 자신의 반문에 일종의 도전을 담았다. 왜냐하면 비록 자신이 청한 악수가 거절당했지만 그는 특히 그 감시원이 몸을 일으킨 뒤부터, 그 사람들로부터 점점 더 독립됨을 느꼈던 까닭이다. 그는 그들과 함께 놀고 있었다. 그는 그들이 떠날 경우, 건물 입구까지 그들을 뒤쫓아 가 그들에게 체포를 자청할 뜻을 품고 있었다.”

참으로 미묘한 아이러니 아닌가. K는 항복하지만 자신을 뭔가 ‘그들과 함께 노는’ 강자로, 우롱하듯 자신의 체포를 진지하게 생각하는 척하면서 그들을 조소하는 그런 강자로 여기고 싶어 한다. 그는 항복하지만 곧바로 자신의 항복을, 자신의 존엄을 지킬 수 있을 거라고 생각되는 방식으로 연기(演技)하는 것이다.

사람들은 처음에는 비극적인 표현이 각인된 얼굴로 카프카를 읽었다. 그러다가 카프카가 『소송』 1장을 친구들에게 읽어주었을 때 친구들의 폭소를 자아냈다는 사실을 알게 되었다. 그제야 사람들은 웃음을 터뜨리려고 용을 쓰기 시작했지만, 정확히 무엇 때문에 그래야 하는지는 알지 못했다. 사실 이 장의 무엇이 그렇게 재미있는가? K의 행동이다. 하지만 그의 행동의 무엇이 그리 코믹하단 말인가?

이 의문은 프라하 영화 학교 시절을 생각나게 한다. 어느 친구와 나는 선생들 모임이 있을 때마다 언제나 어떤 악의적인 공감의 눈길로 한 동료를 바라보곤 했다. 오십 대 작가로, 섬세하고 정확한 사람이지만 어찌해 볼 수 없을 만큼 엄청나게 비겁하다고 생각되던 동료였다. 우리는 다음과 같은 상황을 꿈꾸었지만 (애석하게도!) 영원히 실행에 옮기지 못했다.

우리들 가운데 누가, 모임 도중에 느닷없이 그에게 말을 던진다. "무릎 꿇어!"

그는 처음에는 우리가 뭘 원하는지 이해하지 못할 것이다. 좀 더 정확히 말하면 즉각 이해를 하겠지만, 자신의 그 명석한 소심함으로, 짐짓 이해하지 못하는 체하며 시간을 좀 벌 수 있으리라 여길 것이다.

우리는 어조를 높일 수밖에 없다. "무릎 꿇어!"

이쯤 되면 그는 더는 이해하지 못하는 체할 수가 없을 것이다. 금방 복종할 마음의 준비는 되지만, 해결해야 할 문제가 딱 하나 남아 있다. 어떻게 여기, 모든 동료들이 보는 앞에서, 비굴해지지 않고 무릎을 꿇을 것인가? 그는 무릎 꿇는 행위에 동반시킬 재미난 문구 하나를 필사적으로 찾으려 할 것이다. 그러다 결국 이렇게 말할 것이다. "친애하는 동료들이여, 그렇다면 나의 무릎 아래에 깔개를 하나 깔아 주지 않으시렵니까?"

"입 다물고 무릎 꿇어!"

그는 두 손을 맞잡고 머리를 왼쪽으로 살짝 수그린 채 무릎을 꿇으며 말할 것이다. "친애하는 동료들이여, 만약 여러분이 르네상스기 회화를 깊이 연구했다면, 라파엘로가 아시시의 성 프란치스코를 바로 이런 모습으로 그렸음을 알 겁니다."

날마다 우리는 우리의 그 동료가 자신의 존엄을 구하는 데 쓸 다른 많은 재치 있는 문구들을 만들어 보면서 이 재미난 장면의 새로운 버전들을 상상해 보곤 했다.

요제프 K에 대한 두 번째 소송

오슨 웰스와는 달리, 카프카의 초기 해석자들은 결코 K를 독재에 반항하는 무고한 사람으로 간주하지 않았다. 막스 브로트가 보기에 요제프 K는 의심할 바 없이 유죄다. 그가 무슨 짓을 했는가? 브로트에 의하면(『프란츠 카프카 작품에서의 절망과 구원』(1959년)) 그는 자신의 Lieblosigkeit, 즉 애정결핍 때문에 유죄다. "Joseph K liebt niemand, er liebelt nur, deshalb muss er sterben." 요제프 K는 아무도 사랑하지 않는다, 단지 연애만 한다, 그러므로 그는 죽어야 한다.(이 기막힌 망언을 영원히 기억해 두자!) 곧이어 브로트는 Lieblosigkeit의 두 가지 증거를 제시한다. 소설에서 떨어져 나간 한 미완성 장(지금은 흔히 부록으로 실리곤 한다.)에 의하면, 요제프 K는 이미 삼 년 전부터 어머니를 보러 가지 않았다. 그는 어머니에게 돈만 보내며, 어느 사촌을 통해 어머니의 안부만 묻는다.(묘하게도 『이방인』의 뫼르소와 유사하다. 그 역시 어머니를 사랑하지 않는다고 비난받았다.) 두 번째 증거는 뷔르스트너라는 아가씨와 그의 관계다. 브로트에 의하면 그것은 "더없이 저열한 성욕(die niedrigste Sexualität)"으로 맺어진 관계다. "성욕에 눈이 먼 요제프 K는 여성을 인간 존재로 보지 않는다."

에두아르트 골드스튁케르라는 체코인 카프카 연구자도 1964년에 간행된 프라하 판(版)『소송』 서문에서 K를 매섭게 비난했는데, 차이점이라면 그 어휘가 브로트처럼 신학적 성격을 띤 게 아니라 마르크스주의 사회학의 성격을 띤다는 점이다. "요제프 K는 자신의 삶이 기계화되고 자동화되고 소외되도록 허용했기에, 사회라는 기계의 상투화된 리듬에 적응되도록 허용했기에, 그리하여 인간적인 모든 것이 박탈되도록 허용했기에 유죄다. K는 카프카가 전 인류가 따라야 할 법칙으로 여기는 것, 즉 '인간이 되라.'라는 법칙을 위반한 것이다." 골드스튁케르는 온갖 가공의 범죄를 자신에게 뒤집어씌운 끔찍한 스탈린주의 소송에 시달리다가 1950년대에 사 년간 감옥살이를 한 적이 있다. 이런 의문이 든다. 소송의 희생자인 당사자가 십여 년이 지나서, 자기만큼이나 죄가 없는 다른 한 피고인에게 어찌 또 소송을 제기할 수 있었을까?

알렉상드르 비알라트에 의하면(『소송의 비밀 이야기』, 1947) 카프카 소설에 나오는 소송은 카프카가 자기 자신, 즉 자신의 또 다른 자아인 K를 심리하는 소송이다. 카프카는 펠리체와의 약혼을 파기했으며, 미래의 장인은 "이 죄인을 심판하기 위해 특별히 시간을 내어 말뫼에서 왔다. 그 장면이 펼쳐진(1914년

7월) 아스카니 호텔 방은 카프카에게는 법정과 같았다. (……)
바로 그다음 날 그는 『유형지에서』와 『소송』을 써 나가기 시
작했다. 우리는 K의 죄를 모르며, 현행 도덕도 그것을 용서한
다. 하지만 그의 '무죄'는 악마적이다. (……) K는 우리 것과는
잣대가 전혀 다른 불가사의한 정의의 법칙들을 불가사의한
방식으로 위반했다. (……) 판사도 카프카 박사고, 피고도 카
프카 박사다. 그는 유죄를 악마적인 무죄로 변론한다."

첫 번째 소송(카프카가 자신의 소설에서 이야기하는 소송)에서
법정은 죄를 적시하지 않고 K를 고소한다. 카프카 연구자들은
이처럼 이유를 밝히지도 않고 어떤 이를 고소하는 데 대해 놀
라지 않으며, 그런 놀라운 창의력의 아름다움을 평가하거나
그 지혜를 숙고하려 들지도 않는다. 그러기는커녕 그들은 그
들 자신이 K에게 제기하는 새로운 소송에서 검사역을 자청하
여 피고의 진짜 과오를 밝혀내려 한다. 사랑을 하지 못한다며
브로트는 그를 고소한다! 자신의 인생이 기계화되는 것에 동
의했다며 골드스튁케르는 그를 고소한다! 약혼을 파기했다
고 비알라트는 그를 고소한다! 그들의 한 가지 공적만은 인정
해 주어야 한다. K에 대한 그들의 소송이 첫 번째 소송 못지않
게 카프카적이라는 점 말이다. 첫 번째 소송에서 K가 아무 이
유 없이 기소당했다면 두 번째 소송에서는 아무거나로 기소당
한 셈이며, 결과적으로 이 둘은 동일하다. 두 경우 모두 이것
하나만은 분명하기 때문이다. K가 어떤 과오를 범해서 유죄가
아니라, 기소를 당해서 유죄라는 점 말이다. 그는 기소당했고,
따라서 죽어야 한다.

죄의식 부여

카프카의 소설들을 이해하는 방법은 단 하나, 그것들을 소설 읽듯이 읽는 것뿐이다. K라는 등장인물에게서 저자의 초상을 찾는다거나 K의 말들에서 암호화된 신비로운 메시지를 찾으려 들 게 아니라 등장인물들의 행동거지, 그들의 말, 그들의 생각을 주의 깊게 좇으면서 눈앞에 상상해 보는 것 말이다. 이렇게 『소송』을 읽어 보면 처음부터 우리는 기소에 대한 K의 이상한 반응에 어리둥절하게 된다. 아무런 나쁜 짓도 하지 않았으면서(혹은 자기가 나쁜 짓을 했는지도 모르는 채) 곧바로 K는 죄 지은 사람처럼 행동하기 시작한다. 그는 죄의식을 느낀다. 사람들이 그를 유죄로 만든 것이다. 사람들이 그에게 죄의식을 갖게 한 것이다.

과거 우리는 '유죄'와 '죄의식을 갖다' 사이에서 하나의 단순 관계밖에 보지 않았다. 유죄인 자가 죄의식을 느끼는 것으로 말이다. 사실 '죄의식을 갖게 하다'라는 말은 비교적 최근에 생겨났다. 이 말은 정신분석학과 그 용어들이 혁신되면서 1966년 프랑스에서 처음 사용되었다. 이 동사에서 유래하는 명사('죄의식 부여')는 이 년 뒤인 1968년에 만들어졌다. 하지만 이미 오래전에, 당시까지 탐구된 적 없는 이 죄의식 부여 상황이 카프카의 소설에서 K라는 등장인물을 바탕으로 제시되고 묘사되고 전개되었으며, 그 발전 단계들은 다음과 같다.

1단계. 잃어버린 존엄을 되찾기 위한 헛된 투쟁. 터무니없이 기소당했으나 아직 자신의 무죄를 의심치 않는 한 사내, 그는 자신이 마치 유죄인 듯 행동하는 걸 보고 난처해한다. 죄가 있는 사람이 아니면서 죄가 있는 것처럼 행동하는 데는 뭔가 창피스러운 점이 있으며, 이를 그는 애써 감추려고 한다. 소설 첫 장면에 제시된 이 상황은 바로 다음 장에 나오는 거대한 아이러니를 담은 어리석은 행동에 집약되어 있다.

웬 낯선 목소리가 K에게 전화를 한다. 오는 일요일, 도시 외곽 어느 저택에서 심문을 받아야 한다는 것이다. 망설임 없이 그는 거기 가기로 결심한다. 굴복해서? 두려움 때문에? 천만에, 자기기만은 저절로 작동한다. 그가 거기에 가고자 하는 것은 터무니없는 소송("소송이 시작되었고, 그는 첫 공판이 곧 마지막 공판이 되도록 정면으로 대응해야 했다.")으로 자꾸만 그의 시간을 좀먹는 골치 아픈 일들을 끝장내기 위해서인 것이다. 한 시간 뒤, 그의 지배인이 같은 일요일에 그를 집으로 초대한다. 이 초대는 K의 미래를 위해 중요하다. 그렇다면 그는 그 황당무계한 소환을 단념할까? 아니다. 그는 오히려 지배인의 초대를 사양한다. 인정하긴 싫지만, 이미 그의 정신은 온통 소송에 사로잡혔기 때문이다.

그래서 그는 일요일에 거기로 간다. 그는 전화로 그에게 주소를 일러준 목소리가 깜박 잊고 시각을 얘기해 주지 않았음을 깨닫는다. 그래도 문제 될 건 없다. 그는 다급함을 느끼고서 도시 전체를 가로질러 뛰어간다.(그렇다, 말 그대로 그는 뛴다. 독어로는 er lief다.) 어떤 시각이 정해진 게 아닌데도 그는 제때 도착하기 위해 달린다. 가능한 최대한 일찍 도착해야 할 이유가 있었다고 하자. 그런 경우라면 뛰어갈 게 아니라 같은 거리를 지나가는 전차를 타면 되지 않는가? 이유는 이렇다. 그가 전차를 타지 않는 것은 "지나치게 시간을 잘 지킨다는 증거를 남겨 위원회에 저자세로 보일 생각이 추호도 없었기"때문이다. 법정을 향해 뛰어가긴 하지만 절대 굴하지 않는 긍지에 찬 인간으로 뛰어가는 것이다.

2단계. 힘겨루기. 마침내 그는 사람들이 기다리는 어느 홀에 당도한다. "그러니까 당신은 도장공이로군요." 하고 예심판사가 말하자 K는 홀을 가득 채운 대중 앞에서, 그의 우스꽝스러운 착각에 힘차게 응수한다. "아닙니다, 난 큰 은행의 수석 대리입니다." 그러고는 장황한 사변으로 법정의 무능을 힐난한다. 청중의 박수갈채가 터지자 그는 스스로를 강자로 느끼고는, 피고인에서 고소인이 된 자의 익히 알려진 상투화(카프카의 아이러니에 기가 찰 만큼 무감각한 웰스는 바로 이 상투화에 걸려든다.)대로 예심판사들에게 대든다. 그가 첫 번째 충격을 맛보는 것은 모든 참가자들의 옷깃에 배지가 달린 것을 보고서, 자신이 매료시켰다고 생각한 청중이 "듣고 염탐하기 위해 이곳에 모인 (……) 법정 공무원들"로만 구성되어 있음을 깨달았을 때다. 그가 자리를 뜨자 예심판사가 문간에서 기다리고 있다가 경고한다. "당신은 심문(審問)이 피고인에게 관례적으로 제공하는 특혜를 스스로 차 버렸습니다." 그러자 K가 외친다. "비열한 작자들! 당신들의 그 모든 심문을 당신들에게 선물로 드리겠어요!"

이 장(章)은 K의 이 반항에 찬 외침으로 끝나는데, 위의 장면은 바로 뒤에 이어지는 내용과의 아이러니 관계를 통해 보지 않으면 전혀 이해할 수 없다. 뒷장은 이렇게 시작된다. "그다음 주에 K는 날마다 새로운 소환을 기다렸다. 그는 설마 사람들이 심문에 대한 자신의 거부를 곧이곧대로 받아들였으리라고는 상상할 수 없었으며, 토요일 저녁이 되도록 아무런 통지가 없자 자신이 같은 시각 같은 장소에 암묵적으로 소환된 거라고 가정했다. 그가 일요일에 다시 그곳에 간 것은 그래서다……."

3단계. 소송의 사회화. 어느 날 K의 숙부가 조카의 피소 소식에 놀라 시골에서 도착한다. 한 가지 주목할 점은, 소송이 더없이 은밀하고 비밀스러운 것 같은데 모두가 알고 있다는 사실이다. 또 하나 주목할 점은, 아무도 K가 정말 유죄인지 의심조차 하지 않는다는 것이다. 이미 사회는 그의 기소를 기정사실로 받아들여 거기에 암묵적인 찬동(혹은 비(非)반대)의 무게까지 덧붙이고 있다. 오히려 이런 경악에 찬 분노의 외침을 기대해야 할 상황 아닌가. "어찌 너를 기소할 수 있단 말이야? 대체 무슨 죄목으로?" 하지만 숙부는 놀라지 않는다. 다만 그는 이 소송이 일가 전체에 안겨 줄 결과에 질렸을 뿐이다.

4단계. 자아비판. 기소장 작성을 거부하는 소송에 맞서 자신의 입장을 변호하기 위해 결국 K는 스스로 자신의 과오를 찾아 나선다. 그것은 어디에 숨어 있는가? 분명 그의 삶의 이력 어디엔가 있을 것이다. "그는 지극히 하찮은 사건들과 행동들에 이르기까지 자신의 인생 전체를 기억에 되살려, 모두 펼쳐 놓고 구석구석을 살펴보아야 했다."

이러한 상황은 결코 비현실적이지 않다. 순박한 어떤 여성을 상상해 보자. 자꾸 불운에 쫓기다 보면 그녀는 자기도 모르게 이렇게 생각하게 된다. 대체 내가 무슨 잘못을 했지? 그러고는 신의 노여움을 이해하기 위해, 자신의 과거를 들춰 자신이 과거에 한 행동들은 물론이요 자신의 말들과 남모르는 생각들까지 살펴보게 될 것이다.

공산주의 정치 규율은 이런 태도를 가리키기 위해 자아비판이라는 말을 만들었다.(그런 정치적인 의미로 프랑스에서 쓰인 것은 1930년경이다. 카프카는 이 말을 사용하지 않았다.) 사람들이 쓰는 이 말의 용도는 그 어원과 정확히 일치하지는 않는다. 여기서 문제는 자기를 비판하는 것(과오를 수정할 의도로 좋은 면과 나쁜 면을 분리하는 것)이 아니라, 고소인을 돕기 위해, 그의 고소를 받아들이고 승인하기 위해 자신의 과오를 찾는 것이다.

5단계. 희생자와 사형집행인의 동일시. 마지막 장에서 카프카의 아이러니는 소름끼치는 정점에 도달한다. 프록코트를 걸친 사내들이 K를 찾아와 그를 거리로 인도해 간다. 처음에는 반항하지만 그는 곧 이렇게 중얼거린다. "이제 내가 할 수 있는 단 한 가지 일은 (……) 내 추론의 명철함을 끝까지 유지하는 일이야. (……) 일 년간의 소송을 통해 내가 알아낸 게 전혀 없다는 사실을 지금 드러내야 할까? 아무것도 이해하지 못한 명청이처럼 떠나가야 할까?"

이어 그는 저 멀리서 순경들이 서성이는 모습을 본다. 그들 가운데 한 명이 뭔가 수상쩍어 보이는지 이편 무리 쪽으로 접근한다. 이때 K는 그 자신의 주도로, 두 사내를 억지로 이끌어 그들과 함께 뛰기까지 한다. 그를 기다리고 있는 처형식을 어쩌면 교란할 수도 있고, 어쩌면 — 누가 알겠는가? — 저지할지도 모를 그 순경들을 피하기 위해서 말이다.

마침내 그들은 목적지에 당도한다. 사내들이 그의 목을 딸 준비를 할 때, 한 가지 생각(그의 마지막 자아비판)이 K의 뇌리를 스친다. "그의 의무는 그 자신이 그 칼을 집어 (……) 자신의 몸에 찔러 넣는 것이었다." 그러고는 자신의 나약함을 한탄하며 말한다. "그는 자신의 역량을 모두 발휘하지 못했다. 그는 이 모든 일을 해야 하는 당국의 짐을 덜어 주지 못했다. 이 최종 과오의 책임은 그렇게 할 여력을 쓰지 못하게 한 자에게 있었다."

얼마 동안 인간은
그 자신과 동일한 자로 간주될 수 있는가?

    도스토옙스키의 소설에 등장하는 인물들의 정체성은 어느 정도 직접적으로 그들의 행동을 결정짓는 그들의 개인적 이데올로기에 있다. 키릴로프는 자신이 자유의 지고한 표현으로 간주하는 자살 철학에 완전히 빠진 인물이다. 키릴로프는 곧 인간이 된 사유다. 하지만 실생활에서 인간은 정말 자기 개인 이데올로기의 그런 직접적인 투사일까? 『전쟁과 평화』에 나오는 톨스토이의 등장인물들(특히 피에르 베주호프와 안드레이 볼콘스키) 역시 지성이 매우 풍부하고 발달된 이들이지만, 이 지성이 변화를 거듭하고 다양한 형태를 보이므로, 인생 단계마다 달라지는 그들 이념에 입각해서 그들을 정의하기란 불가능하다. 톨스토이는 우리에게 인간이라는 존재에 대한 또 다른 개념을 제공한다. 어떤 여정, 구불구불한 길 같은 존재, 연속되는 단계들이 상이할 뿐 아니라 종종 앞선 단계들의 완전한 부정을 나타내는 그런 여행과 같은 존재로 말이다.

나는 길이라고 했으나, 길의 이미지는 어떤 목표를 떠올리는 까닭에 이 말은 자칫 우리를 엉뚱한 쪽으로 끌고 갈 위험이 있다. 죽음이라는 우연에 의해 갑작스럽게 중단될 뿐인 이 길들이 대체 어떤 목표를 향해 간단 말인가? 물론 피에르 베주호프도 결국에는 이상적인 최종 단계처럼 보이는 입장에 도달하기는 한다. 그때 그는 인생에서 언제나 어떤 의미를 찾고자 하고, 이런저런 명분을 위해 싸우는 것이 부질없음을 깨달았다고 생각한다. 신은 도처에, 모든 삶에, 나날의 삶 속에 있으며, 그러므로 살도록 주어지는 모든 것을 살고 사랑으로 그것을 살기만 하면 된다. 그래서 그는 행복한 마음으로 아내와 가정에 전념한다. 목표에 도달한 것인가? 결국 여행의 모든 선행 단계들을 그저 계단 같은 것으로 만들어 버리는 정상에 오른 것인가? 만약 그렇다면 톨스토이의 소설은 본질적인 아이러니를 상실한 채, 소설화된 도덕 강론 같은 것이 되어 버릴 것이다. 그렇지 않다. 팔 년 뒤에 일어난 일을 요약하는 「에필로그」에서, 우리는 페테르부르크에서 어떤 반(半)지하 정치활동에 투신하기 위해 한 달 보름간 가정과 아내를 떠나는 베주호프를 보게 된다. 또다시 그는 자신의 삶에서 어떤 의미를 추구하고, 어떤 명분을 위해 싸울 준비를 하는 것이다. 길은 끝이 없으며 목표라는 것을 모른다.

우리는 어떤 여정의 여러 단계들이 서로 아이러니 관계 속에 있다고 말할 수 있을 것이다. 아이러니의 왕국에서는 평등이 지배한다. 여정의 어떤 단계도 다른 어떤 단계보다 도덕적으로 우월하지 않다는 뜻이다. 조국에 쓸모 있는 사람이 되기 위해 일하는 볼콘스키는 지난날 자신의 인간혐오증이라는 과오를 만회하고 싶어 하는가? 아니다. 자아비판의 문제가 아니다. 길의 각 단계마다 그는 자신의 태도를 정하기 위해 모든 지적, 도덕적 힘을 집중했으며 그도 이를 안다. 그러니 어찌 그가 자신이 될 수 없었던 것이 되지 않았다고 자신을 비난할 수 있겠는가? 그의 인생 여러 단계들을 도덕적 관점에서 심판할 수 없듯이, 진정성의 관점에서도 그것들을 심판할 수 없다. 어떤 볼콘스키가 그 자신에게 가장 충실했는지를 결정한다는 건 불가능하다. 공적 생활에서 멀어진 그인지, 아니면 그런 생활에 전념한 그인지 말이다.

그 여러 단계들이 이토록 서로 모순된다면, 어떻게 그것들의 공통분모를 결정할 수 있는가? 무신론자인 베주호프와 신자인 베주호프를 단 한 명의 동일인물로 보게 하는 공통 본질은 무엇인가? '나'의 안정된 본질은 어디에 있는가? 또한 볼콘스키 1호에 대한 볼콘스키 2호의 도덕적 책임은 무엇인가? 나폴레옹의 적인 베주호프는 나폴레옹 예찬자였던 과거의 베주호프에 대해 책임이 있는가? 어떤 인간이 그 자신과 동일한 존재로 간주될 수 있는 기간은 얼마나 되는가?

오직 소설만이, 인간이 아는 가장 큰 미스터리의 하나로 꼽을 수 있을 이 미스터리를 구체적으로 탐색할 수 있으며, 가장 먼저 그런 일을 한 사람이 바로 톨스토이가 아닌가 싶다.

디테일들의 공모

톨스토이의 등장인물들의 변신은 오랜 진화로서가 아니라 돌연한 계시로 나타난다. 베주호프는 무신론자에서 놀라울 만큼 쉽게 신자로 변신한다. 아내와의 결별에 따른 마음의 동요, 그리고 간이우체국에서 그에게 말을 걸어 온 어느 프리메이슨 여행객과의 만남만으로도 그런 변신이 가능하다. 이 쉬운 변신은 어떤 피상적인 변덕에 기인하는 것이 아니다. 오히려 가시적 변화란 어떤 무의식적인 숨은 과정을 통해 준비되었다가 어느 날 문득 백일하에 드러나는 것임을 미루어 짐작하게 한다.

아우스터리츠 전투에서 중상을 입은 안드레이 볼콘스키는 혼수상태에서 다시 삶에 눈뜬다. 바로 그때 뛰어난 한 젊은이의 세계 전체가 뒤집어진다. 합리적이고 논리적인 성찰에 의해서가 아니라, 죽음과의 대면과 하늘을 향한 오랜 응시 덕분이다. 톨스토이의 등장인물들이 경험하는 결정적 순간들에서 중요한 역할을 하는 것은 이런 디테일들(하늘을 향한 응시 같은)이다.

훗날, 깊은 회의주의에서 빠져나온 안드레이는 다시 능동적인 생활로 돌아선다. 이 변화 직전 그는 강을 건너는 나룻배 위에서 피에르와 장시간 토론했다. 당시 피에르는(당시 그의 진화 단계에서는) 적극적이고 낙관적인 이타주의자로, 안드레이의 염세적인 회의주의와 대립했다. 하지만 토론 때는 오히려 유치한 면모를 보이며 진부한 생각들만 지껄였고, 지적으로 뛰어났던 쪽은 안드레이였다. 피에르의 말보다 더 중요했던 것은 토론 뒤의 침묵이었다. "나룻배를 떠나며 그는 피에르가 가리킨 하늘을 향해 눈을 들었고, 아우스터리츠를 떠난 후 처음으로 자신이 전장에서 응시했던 그 깊고 영원한 하늘을 다시 보았다. 그의 영혼 속에 어떤 자애로움과 환희가 되살아난 것 같은 느낌이었다." 이 느낌은 짧았고 금방 사라져 버렸지만, 안드레이는 "지난날 자신이 꽃피우지 못했던 그 느낌이 자기 안에 계속 살고 있었다는 것"을 알고 있었다. 그러다 많은 세월이 흐른 어느 날, 마치 불똥들의 발레처럼, 디테일들(떡갈나무 잎사귀들을 향한 시선, 우연히 들은 젊은 아가씨들의 즐거운 얘기들, 뜻밖의 추억들)의 공모가 그 느낌("그의 내부에 살고 있던")을 지펴 그를 불타오르게 한 것이다. 어제까지도 행복한 은둔 생활을 하던 안드레이는 돌연 "가을에 페테르부르크로 가서, 일자리도 구해야겠다고 결심한다. (……) 그러고는 뒷짐을 진 채 방 안을 서성이면서, 때로는 두 눈썹을 찡그리고 때로는 미소를 지으면서, 자신의 삶을 완전히 바꿔 버린 그 모든 생각들을 다시 떠올려 보았다. 사리에도 어긋나고 설명도 할 수 없으며 범죄처럼 은밀한 그 생각들에는 이상하게도, 피에르, 영광, 창가의 아가씨, 떡갈나무, 아름다움, 사랑 등이 뒤섞여 있었다. 그때 만약 누가 들어왔다면, 그가 유난히 딱딱하고 매섭고 예리하고 불쾌하고 논리적인 사람으로 보였을 것이다. (……) 마치 그는 자신의 내부에서 이루어진 이 비논리적인 은밀한 작업에 대해, 과잉 논리로 누군가에게 복수를 하려는 사람 같았다.”(특히 의미심장한 말들을 강조했다.)(돌이켜 보자. 톨스토이의 다음 소설에서, 안나 카레니나의 자살 결심을 촉발하는 것도 마주친 얼굴들의 추함, 기차 객실에서 우연히 들은 말들, 뜻밖의 추억 같은 디테일들의 공모다.)

안드레이 볼콘스키의 내면세계에 일어난 또 하나의 큰 변화는 이렇다. 보로디노 전투에서 치명상을 입고 군대 막사 수술대 위에 누워 있던 그는 돌연 평화와 화해의 기이한 느낌, 다시는 그를 떠나지 않을 어떤 행복감에 젖는다. 그런 행복한 상태는 무대가 이례적으로 잔혹한 곳이기에 더욱더 이상하다.(그래서 더 아름답다.) 마취를 모르던 시대의 외과수술에 대해 알려 주는 소름끼치도록 분명한 디테일들로 가득한 곳이기에 말이다. 이 이상한 상태에서 가장 이상한 것, 그것은 이 상태가 예기치 못한 어떤 비논리적인 추억에 의해 촉발되었다는 점이다. 간호사가 그의 옷을 벗겼을 때 “안드레이는 먼 옛날 유년기의 날들을 회상했다.” 그리고 몇 문장 뒤, “그 모든 고통들이 지나간 후, 안드레이는 오래전부터 맛보지 못한 안락감을 느꼈다. 그의 인생 최고의 순간들, 특히 누군가가 그의 옷을 벗겨 주고, 그를 작은 침대에 눕히고, 유모가 자장가를 불러 주던 유년 초, 머리를 베개에 묻은 채, 살아 있다는 느낌에 행복해하던 유년 초의 순간들 —— 그 순간들이 그의 상상 속에서 과거가 아니라 현실로 모습을 나타냈다." 안드레이가 옆 수술대에서, 나타냐를 유혹하는 자신의 라이벌, 의사 손에 한쪽 다리가 잘려 나가고 있던 아나톨 쿠라긴을 알아본 것은 나중의 일이다.

이 장면에 대한 일반적인 독법은 이렇다. "부상당한 안드레이는 한쪽 다리가 잘린 연적을 본다. 이 광경은 안드레이의 마음을 그에 대한 연민은 물론 인간 전체에 대한 거대한 연민으로 가득 채웠다." 하지만 톨스토이는 이런 돌연한 계시들이 이처럼 분명하고 논리적인 원인들에 기인하지 않는다는 것을 알고 있었다. 모든 것, 그의 새로운 변신과, 사물에 대한 그의 새로운 비전 등을 촉발한 것은 순간적으로 떠오른 하나의 기이한 이미지(간호사가 해 주듯 누군가가 그의 옷을 벗겨 주던 유년기의 추억)였다. 안드레이 자신도 곧 이 기적 같은 디테일을 잊어버렸을 테지만, 자신들의 인생을 '읽는' 것만큼이나 서툴고 부주의하게 소설을 읽는 독자 대부분 역시 아마 이 디테일을 즉각 잊어버렸을 것이다.

또 하나의 큰 변화는 나폴레옹을 죽이기로 결심하는 피에르 베주호프의 변화로서, 이 결심은 다음 에피소드 뒤에 이루어진다. 그는 프리메이슨 친구들을 통해, 『묵시록』 13장에 나폴레옹이 그리스도의 적으로 적시되어 있음을 알게 된다. "지성이 있는 사람은 '야수'의 숫자를 헤아려야 한다. 그것은 인간의 숫자이며 그 숫자는 666이다……." 나폴레옹 황제(l'empereur Napoléon)라는 프랑스어 단어 알파벳을 숫자로 옮기면 666이 된다. "이 예언은 피에르를 경악시켰다. 종종 그는 과연 누가 '야수', 즉 나폴레옹의 권세에 종지부를 찍게 될지 생각해 보았다. 그는 같은 셈법으로 이 물음에 대한 답을 찾아보고자 했다. 먼저 그는 알렉산드르 황제(l'empereur Alexandre)라는 조합을 숫자로 옮겨 보고, 이어 러시아 국가(la nation russe)를 또 그렇게 해 보았다. 하지만 총합은 666보다 많거나 적었다. 그러던 어느 날 베주호프(Bezúokhov)는 자신의 이름을 프랑스어로 써 봐야겠다는 생각을 떠올리고, 피에르 베주호프 백작(comte Pierre Bésouhoff)을 적용해 보았지만 원하는 숫자를 얻지 못했다. 그는 s 대신 z를 넣고, 전치사 de와 관사 le를 덧붙여도 보았지만 그래도 만족스러운 결과를 얻지 못했다. 그때 그의 머릿속에, 만약 이 물음에 대한 답이 정말 그의 이름에 있다면 국적을 덧붙여야 한다는 생각이 떠올랐다. 그래서 그는 러시아인 베주호프(le Russe Bésuhof)라고 적어 보았다. 이 숫자들의 합은 671로 5가 더 많았다. 5에 해당하는 알파벳은 e, empereur(황제) 앞의 관사(le)에서 생략된 바로 그 문자다. 문법에는 맞지 않지만, 그의 이름 앞에 있는 관사에서 e를 제거하자, 그가 그토록 찾던 답이 마침내 주어졌다. l'Russe Bésuhof – 666. 이 발견은 그를 크게 뒤흔들어 놓았다."

피에르가 666이라는 수를 얻기 위해 자신의 이름으로 하는 이 모든 철자 변화들에 대한 톨스토이의 꼼꼼한 묘사는 견딜 수 없을 만큼 익살맞다. l'Russe라니, 참으로 기막힌 철자 개그 아닌가. 의심할 바 없이 총명하고 호의에 찬 한 사내의 중대하고 용기 있는 결단이 참으로 이런 어리석은 소행에서 비롯될 수 있단 말인가?

여러분은 인간을 어떻게 생각하는가? 여러분은 자신을 어떻게 생각하는가?

시대정신에 부응하는 것으로서의
견해 수정

어느 날 한 부인이 환하게 빛나는 얼굴로 내게 알린다. "자, 이제 레닌그라드는 없어요! 상트페테르부르크로 돌아가는 거예요!" 하지만 개명된 도시와 거리들, 그런 것은 나를 전혀 감격시키지 못했다. 나는 그 부인에게 막 그렇게 말해 주려다가 마지막 순간에 냉정을 되찾았다. 역사의 매력적인 행보에 눈이 부신 그녀의 시선에서 진즉에 나는 어떤 부조화를 간파했으나, 언쟁을 하고 싶은 마음은 없었다. 바로 그 순간 아마도 그녀가 까맣게 잊어버렸을 일화 하나가 떠올랐기에 더욱 그랬다. 그 부인은 러시아 침공 뒤인 1970년인가 1971년에, 프라하에 있던 나의 아내와 나를 방문한 적이 있다. 그때 우리는 추방자로서 힘든 상황에 있었다. 그녀의 방문은 우리에 대한 연대감의 증거였으며 그 보답으로 우리는 그녀를 즐겁게 해 주려고 했다. 아내가 그녀에게 모스크바의 호텔에 묵고 있는 어느 미국인 부호의 재미난 이야기(게다가 묘하게도 예언적인)를 들려주었다. 사람들이 그 부호에게 묻는다. "레닌을 뵈러 영묘에는 벌써 다녀오셨습니까?" 그러자 그가 대답한다. "10달러를 주고 그를 호텔로 모셔오게 했지요." 아내의 얘기에 방문객의 얼굴이 찌푸려졌다. 좌파인 그녀는(지금도 여전히 좌파다.) 러시아의 체코슬로바키아 침공을 자신이 소중히 여기는 이념들의 배반으로 보았고, 그녀가 동정하고 싶은 그 희생자들이 바로 그 버림받은 이념들을 조롱하는 것은 용납할 수 없는 일이라고 생각한 것이다. 그녀는 "내겐 재미없는 얘기예요." 하고 차갑게 말했고, 우리는 오로지 박해받는 처지 덕에 절교만은 면할 수 있었다.

이런 이야기는 부지기수다. 견해 수정은 정치하고만 관계 있는 것이 아니라 풍습 일반과도 관계 있다. 처음에 상승했다가 곧 기울고 만 여성 운동이라든가, '누보로망'에 대한 예찬과 뒤이은 경멸, 방종한 포르노그래피로 대체된 혁명적 청교도주의, 반동적이고 신식민주의적이라고 비난당했다가 곧바로 그 비방자들에 의해 진보의 깃발처럼 펼쳐졌던 유럽에 대한 관념 등등. 나는 이렇게 자문해 본다. 그들은 과연 과거의 그 태도들을 기억하는가? 그들은 그들 변화의 내력을 기억에 간직하고 있는가? 사람들이 견해를 바꾼다고 해서 화를 내는 건 아니다. 베주호프는 과거에 나폴레옹 예찬자였다가 그의 잠정적 암살자가 되었지만, 어느 베주호프건 나는 그에게 호감을 느낀다. 1971년에 레닌을 숭배했던 여성은 1991년에 레닌그라드가 더는 레닌그라드가 아니라는 사실을 기뻐할 권리가 없는가? 물론 그녀에겐 그럴 권리가 있다. 하지만 그녀의 변화는 베주호프의 변화와는 다르다.

베주호프나 볼콘스키가 자신을 개인으로 확인하는 것은 바로 그들의 내면세계가 바뀔 때다. 그들은 보는 이를 놀라게 한다. 자신을 다른 사람으로 만든다. 그들의 자유가 불타오르고, 더불어 그들 자아의 정체성도 불타오른다. 시적인 순간들이다. 너무나 강렬하게 그 순간들을 사는 까닭에, 온 세상이 경이로운 디테일들의 행렬을 이끌고 그들을 만나러 뛰어온다. 톨스토이의 세계에서 인간은 스스로를 변화시키는 힘과 환상과 지성을 가질수록 그만큼 더 그 자신이 되고, 그만큼 더 개인이 된다.

그런 반면, 레닌이나 유럽 등등에 대해 태도를 바꾸는 이들은 그들의 비(非)개인성에서 본색이 드러난다. 이 변화는 그들이 창조한 것도 그들이 고안한 것도 아니요 변덕도, 경악도, 성찰도, 광기도 아니다. 거기에는 시가 없다. 다만 그것은 역사의 변화하는 정신에 지극히 통속적으로 자신을 맞추는 것일 뿐이다. 그래서 그들은 그런 점을 깨닫지도 못한다. 결국 그들은 언제나 똑같은 사람으로 머문다. 자신들이 속한 사회 안에서 언제나 생각해야 할 것을 생각하면서, 언제나 현실 속에 머문다. 그들은 그들 자아의 어떤 본질에 다가가기 위해 변하는 것이 아니라, 다른 사람들에게 휩쓸리기 위해 변하며, 이 변화는 그들을 변하지 않고 남을 수 있게 해 준다.

나는 이를 다르게 표현할 수도 있다. 그들은 생각을 바꾸는 보이지 않는 법정의 뜻에 맞도록 자신들의 생각을 바꾼다고 말이다. 그러므로 그들의 변화는 그 법정이 내일 진실이라고 선언할 것에 거는 도박과 다르지 않다. 체코슬로바키아에서 보낸 나의 젊은 시절을 생각해 본다. 처음에 공산주의에 매혹되었다가 빠져나온 우리는 공식 강령에 대항하는 한 걸음 한 걸음을 용기 있는 행위로 느꼈다. 우리는 신자들의 박해에 항의했고, 추방된 현대 예술을 옹호했고, 허튼 선전에 이의를 제기했으며, 러시아에 대한 우리 의존을 비판했다. 그렇게 하면서 우리는 대단치는 않으나 그래도 뭔가 위험을 감수했으며 이 (작은) 위험은 우리에게 쾌적한 도덕적 만족감을 주었다. 그러던 어느 날 끔찍한 생각 하나가 나의 뇌리에 떠올랐다. 만약 이 항거들이 어떤 내면의 자유, 어떤 용기에 의한 것이 아니라, 그늘 속에서 진즉부터 자신의 재판을 준비해 오던 또 다른 법정의 환심을 사려는 욕구에 따른 거라면?

창문들

『소송』에서의 카프카보다 더 멀리 갈 수는 없다. 그는 지극히 반(反)시적인 세계의 지극히 시적인 이미지를 창조했다. "지극히 반시적인 세계"란 개인의 자유를 위한 자리, 개인의 독창성을 위한 자리가 없어진 세계, 인간이란 것이 단지 관료 체제, 기술, 역사 같은 초인간적인 힘들의 도구에 불과한 세계를 뜻한다. "지극히 시적인 이미지"란 이 세계의 반(反)시적인 특성과 그 본질을 변화시키는 일 없이, 카프카가 시인으로서의 거대한 상상력으로 이 세계를 탈바꿈시키고 개조했다는 뜻이다.

K는 자신에게 강제된 소송 상황에 완전히 빨려들었다. 그에겐 다른 뭔가를 생각할 겨를이 전혀 없다. 하지만 그런 출구 없는 상황 속에서도 문득 잠깐씩 열리는 창문들이 있다. 이 창문들을 통해 달아날 수는 없다. 창문들은 빠끔히 열렸다가 금

방 다시 닫혀 버린다. 하지만 적어도 볼 수는 있다. 어떤 빛의 공간을, 바깥 세계의 시를, 어떤 일이 있어도 언제나 하나의 가능성으로 존재하는, 궁지에 몰린 그의 인생에 한 가닥 은은한 빛을 보내는 시를.

예를 들면 K의 시선들이 그런 짧은 출구들이다. 그가 일차 심문에 응하기 위해 도시 외곽의 그 거리에 도착한다. 좀 전까지만 해도 그는 제때 도착하기 위해 뛰고 있었다. 이제 그가 걸음을 멈춘다. 거리에 선 채, 잠시 소송을 잊은 채 주변을 둘러본다. "거의 모든 창문마다 사람들이 있었다. 윗도리를 벗은 사내들이 팔꿈치를 괴고 담배를 피우거나, 창문 난간에 기댄 어린아이들을 조심스럽고 다정하게 붙들고 있었다. 다른 창문들에는 시트와 침대 커버, 솜이불 더미가 수북하게 쌓여 있었고 이따금 그 너머로 머리카락이 헝클어진 여자 머리가 지나가곤 했다." 이어 그는 안마당으로 들어섰다. "멀지 않은 곳, 웬 맨발 사내가 상자에 앉아 신문을 읽고 있었다. 두 소년이 손수레 양쪽 끝에서 시소를 타고 있었다. 펌프 앞에는 캐미솔 차림의 연약한 어린 소녀가 선 채로, 항아리에 물이 차는 동안 K를 바라보고 있었다."

이 문장들은 플로베르의 묘사를 생각나게 한다. 간결함, 시각적 충만, 상투성을 찾아볼 수 없는 디테일 감각 등이 그렇다. 이러한 묘사의 힘은 어느 정도로 K가 현실에 갈증을 느끼는지, 조금 전까지만 해도 소송에 대한 근심에 가려져 있던 세계를 얼마나 그가 게걸스레 마시고 있는지 느끼게 해 준다. 유감스럽게도 이 휴지(休止)는 짧다. 곧이어 K는 항아리에 물을 채우던 캐미솔 차림의 연약한 어린 소녀를 바라보는 눈을 잃는다. 소송의 급류가 그를 휩쓸고 가는 것이다.

이 소설의 몇몇 성애 상황 역시 찰나적으로 열리는 창문들이다. 아주 잠깐씩, K는 어떤 식으로든 자신의 소송과 관계된 여자들만 만난다. 예를 들면 이웃집 여인 뷔르스터너 양을 체포 사건이 일어난 방에서 만나는 것이다. 불안한 마음으로 K는 무슨 일이 일어났는지 그녀에게 얘기해 주며 결국 문 근처에서 그녀를 포옹하는 데 성공한다. "그는 그녀를 붙잡았고, 마침내 찾아낸 샘에 달려들어 마구 샘물을 핥아 대는 굶주린 짐승처럼 그녀의 입술에, 얼굴에 키스를 해 댔다." 여기서 나는, 자신의 정상적인 삶을 잃어버린 채 이제 창문을 통해서만 잠깐씩 그 삶과 소통할 수 있게 된 사람에게 의미심장한 이 '굶주린'이란 말을 강조한다.

첫 번째 심문 때, K는 변론을 시작하지만 곧 한 가지 기이한 사건에 방해를 받는다. 법정에는 집행관의 부인이 있었는데, 깡마르고 못생긴 학생 하나가 청중 속에서 그녀를 땅바닥에 눕히고 섹스를 하는 데 성공한 것이다. 양립할 수 없는 사건들의 이 믿기지 않는 만남,(도무지 사실 같지 않고 그로테스크한 카프카의 빼어난 시다!) 이 역시 소송에서 멀리 떨어진 풍경으로 통하는 창문이다. K가 몰수당한 유쾌한 통속성, 유쾌한 통속적 자유로 통하는 창문이다.

카프카의 이 시는, 역시 체포와 소송 이야기를 다루지만 완전히 대비되는 또 한 편의 소설을 떠올리게 한다. 수십 년간 반(反)전체주의 전문가들에게 늘 참고문헌으로 애용된 책, 오웰의 『1984』다. 가상 전체주의 사회의 무시무시한 초상화이고자 하는 이 소설에는 창문이 없다. 이 소설에서는 항아리에 물이 차기를 기다리는 연약한 어린 소녀를 보는 일이 없다. 이 소설은 시에 물 샐 틈 없이 닫혀 있다. 소설이라고? 소설을 가장한 정치사상이다. 이 사상 역시 물론 명철하고 정당하지만 일그러져 있다. 소설적 가장이 그 사상을 부정확하고 개략적으로 만들어 버리기 때문이다. 소설적 형식이 오웰의 사상을 흐려 버린다면, 이에 대해 뭔가 보상해 주는 것이 있는가? 여기서 소설 형식은 사회학도 정치학도 다룰 수 없는 인간적인 상황들의 미스터리를 밝혀 주는가? 아니다. 이 소설에서는 상황이나 등장인물이 광고 포스터처럼 진부하기만 하다. 그렇다면 최소한 좋은 이념들을 대중화한다는 구실로 정당화될 수는 있지 않을까? 그것도 아니다. 왜냐하면 소설화된 이념들은 더는 이념으로 작용하지 않고 바로 소설로 작용하며, 『1984』의 경우 그것들은 나쁜 소설로 작용하면서 나쁜 소설이 끼칠 수 있는 온갖 악영향을 끼치는 까닭이다.

오웰 소설의 악영향은 어떤 현실을 순전히 정치적인 측면으로 감쪽같이 축소하는 데 있으며, 또한 바로 그 측면을 그 측면의 완전히 부정적인 일면으로 축소하는 데 있다. 나는 전체주의 악에 대한 투쟁의 선전에 유용하다는 이유로 이러한 축소를 용서해 주길 거부한다. 왜냐하면 인생을 정치로 축소하고 또 정치를 선전으로 축소하는 것이 바로 전체주의 악이기 때문이다. 본의 아니게 오웰의 소설은 전체주의 정신에, 선전 정신에 가담한다. 이 소설은 어떤 혐오스러운 사회의 삶을

그 죄악들의 단순한 열거로 축소한다.(축소하는 방법도 가르쳐
준다.)

공산주의가 끝나고 일이 년쯤 지나 체코인들과 얘기를 나
누었을 때, 으레 나는 어느 대화에나 등장하는 상투어, 그들의
모든 성찰, 그들의 모든 추억의 필수 머리말이 되어 버린 상투
어들을 듣곤 했다. "공산주의 공포가 끝난 지 사십 년 후"라거
나 "공포의 사십 년", 특히 "잃어버린 사십 년" 같은 표현들이
다. 나는 나의 대화 상대들을 살펴본다. 그들은 강제 이주당하
지도 않았고, 수감되지도 않았고, 직장에서 쫓겨나지도 않았
고, 백안시된 일도 없다. 그들 모두는 그들 조국, 그들 아파트,
그들 직장에서 그들 삶을 살았으며, 그들의 휴가, 그들의 우
정, 그들의 사랑을 누렸다. 그들은 "공포의 사십 년"이란 표현
으로 그들 삶을 오직 정치적 국면으로만 축소한다. 한데 과연
그들은 그 흘러간 사십 년 정치사를 정말 무차별적인 단 하나
의 공포 더미로만 체험했을까? 포르만의 영화를 관람하고, 흐
라발의 책을 읽고, 반체제적인 소극장들을 드나들고, 온갖 농
담을 주고받고, 즐겨 권력을 조롱하며 보낸 세월들은 모두 잊
어버렸는가? 그들이 하나같이 잃어버린 사십 년을 말하는 건
삶의 추억을 오웰화(化)해 버렸기 때문이며, 그래서 그들의 삶
은 그들의 기억과 그들의 머릿속에서 가치를 상실해 버렸거
나 완전히 말소되어 버린(잃어버린 사십 년) 것이다.

K는 자유를 극단적으로 빼앗긴 상황에서도, 항아리에 물이
서서히 차오르길 기다리는 연약한 어린 소녀를 볼 수 있다. 이
런 순간이 바로, K의 소송과 동떨어진 어떤 풍경을 향해 잠시

열리는 창문과 같다고 나는 말했다. 어떤 풍경? 이 은유를 나는 이렇게 언명하고 싶다. 카프카 소설 속 열린 창문들은 톨스토이의 풍경으로 통한다고. 더없이 잔혹한 순간들에도 등장인물들이 결정의 자유 — 시의 원천인 계산 불가능성을 삶에 제공하는 — 를 잃지 않는 세계로 통한다고 말이다. 톨스토이의 지극히 시적인 세계는 카프카의 세계 반대편에 있다. 하지만 그 세계는 한 자락 향수(鄕愁) 같은, 감지하기 어려운 한 줄기 산들바람 같은 빠끔히 열린 창문 덕택에 K의 이야기 속에 들어가 거기에 현재로 머문다.

법정과 소송

실존철학자들은 일상어의 단어들에 철학적 의미를 불어넣는 것을 즐겼다. 나로서는 불안이나 수다 같은 말을, 하이데거가 이 말들에 부여한 의미를 생각하지 않고 내뱉기 어렵다. 이 점에 있어서는 소설가들이 철학자들을 앞섰다. 등장인물들의 상황을 살피면서, 종종 그들은 개념어의 성격을 갖는, 사전에 규정된 의미를 넘어서는 키워드들로써 그들 특유의 용어 사전을 만들어 간다. 바로 그렇게 크레비용 피스는 계기라는 말을 연애 놀음의 개념어(槪念語)(여인이 유혹될 수 있는 일시적 기회)로 사용하며, 그의 시대와 다른 작가들에게 물려준다. 도스토옙스키의 굴욕, 스탕달의 허영도 마찬가지다. 『소송』 덕에 카프카는 현대 세계를 이해하는 데 없어서는 안 될 개념어를 최소한 두 개는 물려주고 있다. 바로 법정과 소송이다. 그는 이 말을 우리에게 물려준다. 말하자면 우리가 그 말들을 이용하도

록, 우리 자신의 경험에 따라 그 말들을 생각하고 또 생각하도
록 우리 처분에 맡기는 것이다.

여기서 법정은 정부의 법을 어긴 자들을 처벌하기 위한 법
기관을 말하는 게 아니다. 카프카가 부여한 의미에서의 법정
은 심판하는 힘이요, 또한 힘이기에 심판하는 힘을 말한다. 법
정에 정당성을 부여하는 것은 바로 힘, 다른 무엇도 아닌 힘
이다. 두 불청객이 자기 방으로 들어오는 것을 보았을 때, K는
첫눈에 그 힘을 알아보고 굴복한다.

법정이 제기한 소송은 언제나 절대적이다. 즉 어떤 행위 하
나, 정해진 어떤 범죄 하나(절도, 사기, 강간)에만 관계되는 것이
아니라 피고인의 인격 전체와 관계된다. K는 자신의 과오를
찾기 위해 자기 인생 전체의 "지극히 사소한 사건들"까지 뒤진
다. 베주호프가 이 시대에 살았다면, 아마 그는 나폴레옹에 대
한 사랑 때문에는 물론 증오 때문에도 고소당했을 것이다. 또
한 소송은 절대적이어서, 공적인 생활은 물론 사생활에도 관
계되기에 그의 주벽 때문에도 고소당했을 것이다. 브로트는
K가 여자들에게서 "더없이 저열한 성욕"만 본다는 이유로 그
에게 사형선고를 내리지 않았는가. 1951년에 프라하에서 벌어
진 정치 소송들이 생각난다. 피고인들의 전기가 엄청난 부수
로 인쇄되어 살포됐었다. 내가 난생처음으로 포르노 책자를
읽은 게 바로 그때다. 초콜릿을 뒤집어쓴(가난이 극에 달한 시기
에!) 한 여자 피고인의 알몸을 곧 교수형에 처해질 다른 피고
인들이 혀로 핥아 댔다는 막장 파티 이야기. 공산주의 이념이
점차 붕괴되기 시작할 무렵, 카를 마르크스에게 제기된 소송

(오늘날 러시아 등지에서 벌어진 그의 조각상 해체로 절정에 달한 소송) 역시 그의 사생활에 대한 공격으로 시작되었다.(내가 읽은 최초의 안티마르크스 책은 하녀와의 성관계 이야기다.) 『농담』에서 세 학생으로 구성된 법정은 루드비크가 여자 친구에게 보낸 문장 하나 때문에 그를 심판한다. 그는 깊이 생각하지 않고 급히 쓴 문장이라며 변명한다. 그의 변명에 그들은 이렇게 대답한다. "이로써 우리는 적어도 너 안에 숨어 있는 것을 알게 됐어." 피고인이 말하고 중얼거리고 생각하는 모든 것, 그가 자기 안에 숨기고 있는 모든 것이 법정의 처분에 맡겨지기 때문이다.

소송은 피고인 삶의 경계들 안에 머무르지 않는다는 점에서도 절대적이다. 숙부가 K에게 말한다. 네가 만약 소송에 지면 "너는 사회에서 지워지게 돼. 너의 친인척 전부와 함께 말이야." 어떤 유대인의 유죄는 모든 시대 유대인들의 유죄를 내포한다. 고급 혈통의 영향력에 관한 공산주의 교의는 부모와 조부모의 과오까지 피고인의 과오에 포함한다. 식민지 개발이라는 죄목으로 유럽에 소송을 제기한 사르트르는 식민지 개척자들을 고소하는 게 아니라 유럽을, 전 유럽을, 모든 시대의 유럽을 고소한다. "식민지 개척자는 우리 개개인의 내면에" 있고, "우리 모두가 식민지 착취로 득을 보았으므로, 우리에게 인간이란 곧 공범을 의미"하기 때문이다. 소송 정신은 어떤 시효 대상도 모른다. 먼 과거가 오늘의 사건 못지않게 생생하게 살아 있다. 한 번 죽었더라도 빠져나가지 못한다. 무덤에도 정보원들이 있다.

소송의 메모리는 실로 엄청나지만, 범죄 아닌 모든 것의 망각으로 정의될 수 있는 아주 특별한 메모리다. 소송은 피고자의 전기를 범죄 기록으로 축소한다. 빅토르 파리아스(그의 책『하이데거와 나치즘』은 범죄 기록의 전형적 예다.)는 철학자 하이데거의 사춘기에서 그의 나치즘의 뿌리를 찾아내지만 그의 재능의 뿌리가 어디에 있는지에 대해서는 조금도 신경 쓰지 않는다. 공산주의 법정들은 피고인의 이념적 전향을 처벌하려고 그의 모든 작품을 블랙리스트에 넣는다.(예를 들면 루카치와 사르트르의 책들이 그런 식으로 금서 처분을 받았다. 그들의 친(親)공산주의 저작들까지도 말이다.) "어째서 우리의 거리들에 아직도 피카소, 아라공, 엘뤼아르, 사르트르 같은 이름들이 붙어 있는가?" 하고 탈(脫)공산주의 열기에 취한 파리의 한 신문이 자문한다. 그야 그들 작품의 가치 때문 아닌가! 그렇게 대답하고 싶지만, 유럽을 고발한 소송에서 사르트르는 가치라는 것이 무엇을 표상하는지 분명히 말했다. "우리의 소중한 가치들은 날개를 잃고 있다. 그것들을 가까이에서 들여다보면, 피 묻지 않은 가치는 하나도 찾아볼 수 없을 것이다." 더러워진 가치는 더는 가치가 아니다. 소송 정신은 모든 것을 도덕으로 축소한다. 모든 작업, 예술, 작품에 대한 절대적 허무주의다.

불청객들이 그를 체포하러 오기 전부터 이미 K는 맞은편 저택에서 "아주 이상한 호기심으로" 그를 살피는 한 노부부를 인지한다. 이처럼 소설 시작부터, 고대의 수위 합창단이 게임에 합세한다.『성』의 아말리아는 고소당하거나 선고받은 적이 한 번도 없지만, 보이지 않는 법정이 그녀 탓에 감정 상했다는 사실이 명백히 알려져, 그것만으로도 마을 주민 모두가 그녀를 멀찌감치 피한다. 법정이 한 나라에 소송 체제를 강제하면, 그 나라 국민 전체가 소송의 거대 책략들에 가담하여 소송의 효율성을 백배로 증가시킨다. 국민 모두가 자신이 언제라도 고소당할 수 있다는 사실을 알며, 그래서 미리부터 자아비판을 되새김질한다. 자아비판이란 고소인에 대한 피고인의 굴종이요, 자기 자아의 포기다. 개인으로서의 자신을 폐기하는 한 방식이다. 1948년에 공산주의 혁명이 일어나자, 부유한 집안 출신의 한 체코 아가씨가 유복한 자녀로 누린 특혜들에 대해 죄책감을 느꼈다. 자신의 죄를 뉘우치기 위해 그녀는 공개 석상에서 자신의 아버지를 부인할 정도로 열렬한 공산주의자가 되었다. 공산주의가 사라진 지금, 그녀는 다시 심판받고 있으며 또다시 죄책감을 느낀다. 결국 소송 두 번과 자아비판 두 번이라는 분쇄기를 거친 그녀에게 남은 것은 부인당한 한 인생의 사막뿐이다. 그 사이, 옛날에 아버지(부인된) 소유였던 몰수된 옛집들을 모두 돌려받았지만, 오늘날 그녀는 그저 하나의 폐기된 존재, 두 번이나 폐기된 존재, 스스로 자기 자신을 폐기한 존재일 뿐이다.

사실 사람들은 정의를 구현하기 위해서가 아니라 피고인을 없애려고 소송을 제기한다. 브로트가 말하지 않았는가. 아무도 사랑하지 않는 자, 연애밖에 모르는 자는 죽어야 한다고. 그래서 K의 목이 잘렸고 부하린이 교수형에 처해졌다. 죽은 이들에게 소송을 제기할 때도, 그들을 한 번 더 죽이기 위해서다. 그들의 책을 불태워 없앰으로써, 교과서에서 그들의 이름

을 삭제함으로써, 그들의 기념비를 훼손함으로써, 그들의 이
름이 붙은 거리를 개명함으로써 말이다.

금세기에 대한 소송

약 칠십여 년 전부터 유럽은 소송 체제 아래 살고 있다. 금세기 위대한 예술가들 가운데 고소당한 이들이 몇인가……내게 뭔가를 의미했던 이들만 얘기해 보도록 하자. 1920년대부터 혁명 윤리의 법정에 걸려든 이들이 있었다. 부닌, 안드레이예프, 메이예르홀트, 필니아크, 베프리크,(러시아의 유대인 음악가요, 현대 예술의 잊힌 순교자다. 그는 감히 스탈린에 맞서 쇼스타코비치의 금지된 오페라를 옹호했고, 사람들은 그를 강제수용소에 처넣었다. 나는 부친이 즐겨 연주하시던 그의 피아노곡들을 기억한다.) 만델스탐, 할라스.(『농담』의 루드비크가 좋아한 시인이다. 그의 우울증이 반(反)혁명적이라는 이유로 사후에 소송에 걸려들었다.) 그리고 나치 법정에 걸려든 이들이 있었다. 브로흐,(그의 사진이 나의 작업 테이블 위에 걸려 있는데, 거기서 그는 입에 파이프를 문 채 나를 바라본다.) 쇤베르크, 베르펠, 브레히트, 토마스 만과 하인리히 만, 무질, 반추라,(내가 가장 좋아하는 체코 산문가다.) 브루노 슐츠 등이다. 전체주의 제국들은 피로 물든 그 소송들과 함께 사라져 버렸지만, 소송 정신이 유물로 남아 보복을 한다. 그렇게 소송에 걸려든 이들이 있다. 친(親)나치로 고소된 이들로 함순, 하이데거,(파토치카를 필두로, 체코의 반체제 사상 전체가 그에게 갚아야 할 빚이 있다.) 리하르트 슈트라우스, 고트프리트 벤, 폰 도데러, 드리외 라 로셀, 셀린(1992년, 그러니까 전쟁이 끝난 지 반세기가 지났으나 아직 화를 삭이지 못한 한 도지사는 그의 저택을 역사기념물로 분류하길 거부한다.) 등이 있다. 무솔리니를 지지했던 사람들로 피란델로, 말라파르테, 마리네티, 에즈라 파운드(미군은 몇 달 동안이나 그를 이탈리아의 뜨거운 태양 아래 우리에 짐승처럼 가두어 두었었다. 크리스티안 다비드손은 레이캬비크에 있는 자신의 작업실에서, 내게 그의 대형 사진을 보여 주며 말했다. "오십 년 전부터 그는 내가 가는 곳마다 나와 함께합니다.") 등이 있다. 뮌헨 평화주의자들로 지오노, 알랭, 모랑, 몽테를랑, 생존 페르스,(뮌헨 주재 프랑스 대표단 일원이었던 그는 가장 가까이에서 내 조국의 굴욕에 참여했다.) 그리고 공산주의자들과 이들에 동조했던 이들로 마야콥스키,(오늘날 누가 그의 사랑의 시, 그의 그 놀라운 은유들을 기억하는가?) 고리키, G. B. 쇼, 브레히트,(이로써 두 번째 소송을 치르게 되었다.) 엘뤼아르,(검 두 개를 그려 자신의 서명을 대신했던 죽음의 천사.) 피카소, 레제, 아라공,(내가 어려움을 겪던 시절에 내게 손을 내밀어 준 그를 어찌 잊을 수 있겠는가?) 네즈발,(그의 유화 자화상이 내 서재 옆에 걸려 있다.) 사르트르 등이 있다. 어떤 이들은 이중으로 소송을 치른다. 처음에는 혁명을 배반했다는 이유로 고소당했다가 나중에는 혁명에 봉사했다는 이유로 고소당한 이들로는 지드,(그는 옛 공산주의 국가들에게 온갖 악의 상징이다.) 쇼스타코비치,(그는 자신의 난해한 음악을 속죄하기 위해 체제의 필요성에 부응하여 망언을 늘어놓은 적이 있다. 그는 예술의 역사에게, 비생산성은 곧 무효한 것이라고 주장했으나, 바로 그 비생산성이 법정에게는 중요하다는 사실을 알지 못했다.) 브르통, 말로,(어제는 혁명 이념을 배반했다고 기소되었지만, 내일은 그런 이념을 가진 죄로 기소당할 수 있을 것이다.) 티보르 데리(부다페스트 학살 이후 수감된 이 작가의 몇몇 산문은 내가 보기에 스탈린주의에 대한 최초의 위대한 문학적 — 선전적이지 않은 — 항변이다.) 등이 있다. 금세기 가장 우아한 꽃, 1920~1930년대 현대 미술은 3중으로 고소당했다. 먼저 나치 법정에 의해 Entaretete Kunst, 즉 '퇴폐 예술'로 고발당했고, 이어 공산주의 법정에 의해 '인민에게 생소한 엘리트 형식주의'로 고발당했으며, 마지막으로는 대승을 거둔 자본주의 법정에 의해 혁명의 환상에 젖은 예술로 고발당했다.

소비에트 러시아의 국수주의자, 선전시의 작자, 스탈린이 직접 '우리 시대의 가장 위대한 시인'이라 불렀던 자, 그런 마야콥스키가 지금도 거대한 시인으로, 가장 위대한 시인의 한 사람으로 남아 있는 일이 어떻게 가능한가? 사람을 열광케 하는 능력과, 바깥 세계를 또렷이 보지 못하게 하는 감동의 눈물을 지닌 서정시, 누구도 건드릴 수 없는 이 여신은 어느 운명의 날, 잔혹 행위들을 미화하는 자가 되고 그런 행위들의 '담대한 하녀'가 되도록 예정되어 있던 존재 아닐까? 이십삼 년 전, 스무 살이 안 된 청년 시인 야로밀이 스탈린 체제의 열렬한 봉사자가 되는 소설『삶은 다른 곳에』를 쓸 때 나를 매료한 물음들이 바로 이것이다. 나는 여러 비평가들이 한편 이 소설을 칭찬하면서도 나의 주인공을 가짜 시인으로, 심지어 개자식 취급까지 하는 걸 보고 깜짝 놀랐다. 내가 보기에 야로밀은 진정한 시인이요 영혼이 순결한 사람이었다. 그렇지 않았다면 나는 나의 소설에 어떤 흥미도 느끼지 못했을 것이다. 그렇다면 이 오해의 책임은 내게 있는가? 내가 표현을 잘못 했는가? 나는 그렇게 생각하지 않는다. 진짜 시인이면서 동시에 (야로밀이나 마야콥스키처럼) 명명백백한 잔학 행위에 가맹한다는 것은 스캔들이다. 프랑스인들은 정당화될 수 없고 용납될 수 없는 어떤 사건, 논리에 어긋나나 그런데도 실재하는 어떤 사건을 가리킬 때 이 말을 쓴다. 우리 모두는 무의식적으로 스캔들을 피하고자 하며, 그런 일이 없었던 것처럼 만들려고 한다. 그래서 우리는 금세기 여러 잔학 행위와 결탁한 문화계의 거인들이 개자식들이었다고 말하는 편을 선호하는 것이다. 하지만 이는 사실이 아니다. 어쩌면 예술가들이나 철학자들이 애써 정직하고 용감한 사람이고자 하고, 올바른 편, 진실의 편에 서는 데 신경 쓰는 것은 그들의 허영심 때문 아닐까. 사람들이 자신들을 보고, 관찰하고, 심판한다는 것을 알기에 말이다. 이 점은 스캔들을 더욱더 용서할 수 없고 이해할 수 없는 것으로 만든다. 들어올 때만큼이나 멍청하게 이 세기를 빠져나가고 싶지 않다면, 소송의 안이한 도덕주의를 버리고 이 스캔들을 잘 생각해 보아야 한다. 그것을 끝까지 생각해 보아야 한다. 비록 이 숙고가 인간에 대한 우리 모든 확신을 의문시하게 한다 할지라도 말이다.

하지만 여론의 관례주의는 자신을 법정으로 여기는 힘이며, 이 법정은 그런 깊은 숙고들로 시간을 낭비하려 하지 않는다. 법정은 소송을 심리하기 위해 존재한다. 판사들과 피고인들 사이에 패는 시간의 골이 깊어질수록, 언제나 적은 경험이 많은 경험을 심판한다. 미숙아들이 셀린의 방황을 심판한다. 바로 그 방황 덕에 셀린의 작품이, 그들이 이해만 한다면 그들을 좀 더 어른스럽게 만들어 줄 그런 실존적 지식을 담고 있는 줄은 모른 채 말이다. 사실 문화의 힘은 바로 여기에 있다. 그 힘은 잔학 행위를 실존적 지혜로 전환함으로써 그런 행위의 대가를 치른다. 소송 정신이 금세기 문화를 끝장내는 데 성공했더라면, 우리 뒤에는 다만 어린이 합창단이 노래하는 잔혹 행위들에 대한 추억만 남게 될 것이다.

죄의식을 부여할 수 없는 자들이 춤춘다

록이라 불리는(흔히, 그리고 모호하게) 음악이 이십여 년 전부터 일상 생활의 음향 분위기를 온통 지배하고 있다. 이 음악은 20세기가 혐오스러워하며 자신의 역사에 구역질을 느끼던 바로 그때 이 세계를 사로잡았다. 자꾸만 한 가지 의문이 든다. 이 일치는 우연일까? 아니면 금세기 마지막 소송들과 록이라는 엑스터시의 이 만남에 어떤 숨은 의미가 있을까? 엑스터시의 아우성 안에서 금세기는 자신을 망각하고 싶은 걸까? 공포 속에 가라앉아 버린 자신의 유토피아들을 잊어버리고 싶은 걸까? 자신의 예술을 잊어버리고 싶은 걸까? 그 섬세함과 괜한 복잡성으로 민중을 자극하고 민주주의를 모독하는 예술을?

록이란 말은 모호하다. 그래서 나는 이 음악을 내 생각대로 묘사하는 편을 택한다. 우선 사람의 목소리가 악기들보다 우위에 있으며, 고음이 저음보다 우위에 있다. 강약법에는 콘트라스트가 없으며, 노래를 아우성으로 변화시키는 한결같은 포르티시모다. 재즈에서처럼, 리듬은 소절 두 번째 박자를 강조하지만 그 방식이 더 상투적이고 더 시끄럽다. 하모니와 멜로디는 너무나 단순해서 이 음악의 유일한 창조적 구성 요소인 음향의 색조를 중시한다. 세기 전반의 유행가들이 가엾은 대중을 울린 (또한 말러와 스트라빈스키의 음악적 아이러니를 황홀하게 만든) 멜로디들을 지녔다면, 이 록이라는 음악은 그런 감상성의 원죄로부터 면제되어 있다. 이 음악은 감상적이지 않다. 엑스터시요, 한 순간의 엑스터시의 연장이다. 엑스터시란 시간에서 뽑힌 한 순간, 기억 없는 짧은 한 순간, 망각에 에워싸인 순간이므로, 멜로디의 모티프는 전개될 공간이 없으며, 단지 전개도 결론도 없이 그저 되풀이되기만 할 뿐이다.(록은 멜로디가 지배적이지 않은 유일한 '경(輕)'음악이다. 사람들은 록의 멜로디를 흥얼거리지 않는다.)

이상한 일이다. 음 재생 기술 덕택에 이 엑스터시 음악은 도처에서 끊임없이 울린다. 엑스터시 상황들을 벗어나 울린다. 엑스터시의 음향 이미지가 우리 권태의 일상적 장식이 되어 버린 것이다. 우리를 어떤 광연(狂宴), 어떤 신비로운 체험에도 초대하지 않는 이 세속화된 엑스터시는 우리에게 무엇을 말하려고 하는가? 그것을 받아들이라고, 익숙해지라고, 그 특권적 지위를 존중하라고, 그것이 명하는 도덕을 준수하라고 말하려는 것 같다.

엑스터시의 도덕은 소송의 도덕과는 정반대다. 그것의 보호 아래 이제는 모든 사람이 자신이 원하는 모든 것을 한다.

이미 사람들은 누구나 유년기에서부터 대학에 입학할 때까지 자신의 엄지손가락을 마음껏 빨 수 있으며, 누구도 이 자유를 포기하려 들지 않을 것이다. 지하철에서 여러분 주위를 둘러보라. 앉았건 섰건 사람들은 저마다 손가락을 자기 얼굴의 어느 한 구멍, 귀나 입이나 코 속에 들이밀고 있다. 아무도 다른 사람이 본다고 느끼지 않으며, 모두가 코를 청소하는 자신의 모방할 수 없는 유일한 자아를 말하기 위해 책을 쓸 생각을 한다. 아무도 타인에게 귀 기울이지 않으며, 록을 춤추듯 모든 사람이 글을 쓰고 각자 자기 글을 쓴다. 혼자, 자기에 대해, 자기 자신에 집중하여, 그렇지만 다른 모든 사람들과 똑같은 동작을 하면서 말이다. 이 획일화된 자기중심주의 상황에서는, 죄의식이 더는 옛날과 같은 역할을 하지 않는다. 법정들은 여전히 일하지만, 오로지 과거에만 혼이 팔려 있다. 금세기의 심장만 겨냥한다. 노년이나 죽은 세대들만 겨냥한다. 카프카의 등장인물들에게 죄의식이 부여된 것은 아버지의 권위에 의해서다. 『선고』의 주인공이 강에 투신하는 것은 아버지의 사랑을 잃어버렸기 때문이다. 그런 시대는 끝났다. 록의 세계에서는 그런 죄의식의 무게를 아버지가 짊어지게 되었고, 이미 오래전부터 그는 모든 것을 허락하고 있다. 죄의식을 부여할 수 없는 자들이 춤춘다.

최근에 두 젊은이가 신부님 한 분을 살해했다. 텔레비전의 논평을 들어 본다. 한 신부님이 관용을 베푸는 떨리는 목소리로 말한다. "자신의 임무를 수행하다 희생된 그 신부님을 위해 기도해야 합니다. 그분은 특히 젊은이들을 위하셨습니다. 하

지만 불행한 두 젊은이를 위해서도 기도해야 합니다. 그들 역
시 희생자들입니다. 자신들 충동의 희생자들입니다.”

　사상의 자유, 말, 입장, 농담, 성찰, 위험한 이념, 지적 선동
등의 자유가 전반적 관례주의 법정의 감시를 받으며 점차 줄
어들수록 충동의 자유가 확대되고 있다. 사상의 원죄들에 대해
서는 엄벌을 권하나, 감동의 엑스터시 상태에서 범해진 죄과
들에 대해서는 용서를 권한다.

안개 속의 길들

로베르트 무질의 동시대인들은 그의 책들보다는 그의 지성을 훨씬 예찬했다. 그들의 견해에 의하면 그가 소설이 아니라 에세이를 써야 했다는 것이다. 이 견해를 반박하는 데는 단 하나의 부정적 증거만으로도 충분하다. 무질의 수필들을 읽어 보기만 하면 된다. 얼마나 무겁고 따분하고 매력 없는가? 왜냐하면 무질은 오직 자신의 소설 안에서만 훌륭한 사색가인 까닭이다. 그의 사상은 구체적인 등장인물의 구체적 상황이라는 양식을 필요로 한다. 말하자면 그것은 소설적인 사상이지 철학적인 사상이 아닌 것이다.

필딩의 『톰 존스』는 18개 부(部)로 구성되었으며, 각 부 첫 장은 모두 짧은 에세이다. 18세기에 처음으로 이 책을 번역한 프랑스어 번역자는 프랑스인의 취향에 맞지 않는다는 이유로 에세이들을 모조리, 통째 빼 버렸다. 투르게네프는 『전쟁과 평화』에서 역사 철학을 논한 톨스토이의 에세이적인 단락들을 비난했다. 그러자 톨스토이 자신도 의구심을 품기 시작했으며, 사람들의 충고에 따라 세 번째 판에서는 그 단락들을 빼 버렸다. 다행히도 그는 나중에 그것들을 다시 넣었다.

소설적인 대화와 사건이 있듯이 소설적인 성찰이 있는 법이다. 『전쟁과 평화』에 나오는 긴 성찰들은 소설을 떠나서는, 예컨대 학술지에는 있을 수 없는 것들이다. 물론 일부러 유치한 은유와 비유를 많이 쓴 언어 때문이기도 하지만, 다른 무엇보다도 특히 톨스토이가 역사에 대해 말할 때, 여느 역사가와는 달리 사건들에 대한 정확한 묘사나 사회, 정치, 문화 생활에 끼칠 그 사건들의 영향, 어떤 사건의 역할 등에 대한 평가에 관심을 두지 않기 때문이다. 그의 관심은 인간 실존의 새로운 차원으로서의 역사에 있다.

역사가 모든 개개인의 구체적 경험이 된 때는 19세기 초, 그러니까 『전쟁과 평화』가 얘기하는 나폴레옹 전쟁 기간이다. 이 전쟁은 유럽인 개개인에게 자기 주변 세계가 자신의 삶 속에 비집고 들어와 삶을 변화시키고 계속 뒤흔드는 그런 부단한 변화에 사로잡혀 있음을 대번에 깨우쳐 주었다. 19세기 이전에는 전쟁이나 폭동이 페스트나 지진 같은 자연재해로 느껴졌다. 사람들은 역사적 사건들에서 단일성도 지속성도 알아채지 못했으며 그것들의 뜀박질을 굴절할 수 있으리라고 생각하지 않았다. 디드로의 운명론자 자크는 어느 연대에 배속되었다가 어느 전투에서 중상을 입었다. 그의 인생 전체가 그 상흔을 지녀 죽는 날까지 그는 다리를 절뚝이게 된다. 한데 그게 어느 전투였는가? 소설은 이에 대해 말하지 않는다. 왜 그런 얘기를 하겠는가? 전쟁은 모두 다 마찬가지였다. 18세기 소설들에서는 역사적 순간이 아주 개략적으로 결정되어 있을 뿐이다. 모든 전쟁이 다 마찬가지로 보이지 않고 소설 등장인물들이 날짜가 명시된 시간 속에서 사는 것은 다만 19세기 초, 스콧이라든가 발자크의 등장 이후부터다.

톨스토이는 오십 년을 후퇴해 나폴레옹 전쟁으로 되돌아간다. 그의 경우, 역사에 대한 새로운 인식은 얘기되는 사건들의 특성을 파악(대화들을 통해서, 묘사에 의해서)하는 데 점점 더 적합해진 소설의 구조를 통해서만 나타나는 게 아니다. 그가 다른 무엇보다도 관심을 두는 것은 인간이 역사와 맺는 관계(인간이 역사를 지배하거나 혹은 역사에서 벗어날 수 있는지, 인간이 역사로부터 자유로울 수 있는지 아닌지)이며, 이 문제를 그는 직접적으로 다룬다. 자기 소설의 테마로, 그가 소설적 성찰은 물론 모든 수단을 동원해 검토하는 테마로 다루는 것이다.

톨스토이는 역사가 위인들의 의지와 이성에 따라 만들어진다는 생각에 반론을 편다. 그에 의하면, 역사는 자신의 법칙에 따라 저절로 이루어지며 인간은 그 법칙을 보지 못한다. 위인들은 "역사의 무의식적 도구였으며, 그들로서는 의미를 알 수 없는 하나의 작품을 수행했다." 좀 더 가서는 이렇게 말한다. "그들 각각은 저마다 자신의 목표를 추구했지만 결국 신의 섭리에 따라 단 하나의 어떤 거대한 결과에 협력했으며, 이 결과에 대해서는 나폴레옹이건 알렉산드르건 아니면 다른 어떤 배우건, 어느 누구도 전혀 알지 못했다." 또 이렇게도 말한다. "인간은 의식적으로는 자기 자신을 위해 살지만, 인류 전체의 역사적 목표 추구에 무의식적으로 참여한다." 여기서 다음과 같은 엄청난 결론이 도출된다. "역사란 곧 인류의 무의식적이고 총체적이고 집단적인 삶이다……."(키워드들을 강조한 이는 나다.)

톨스토이는 이 같은 역사 개념에 따라 등장인물들이 활동하는 형이상학적 공간을 그린다. 역사의 의미도 미래 흐름도 모른 채, 그들 자신의 행동(이를 통해 그들은 "그들로서는 의미를 알 수 없는" 사건들에 "무의식적으로" 참여한다.)의 객관적 의미조차 모른 채, 그들은 마치 안개 속으로 나아가듯 그들 삶 속으로 나아간다. 어둠 속이 아니라 안개 속이다. 어둠 속에서는 아무것도 보지 못한다. 맹목적이요, 어둠에 내맡겨지고, 자유롭지 않다. 안개 속에서는 자유롭다. 하지만 이 자유는 안개 속에 있는 자의 자유다. 그는 50미터 전방을 볼 수 있고, 대화 상대의 모습을 분명히 구분할 수 있으며, 길가에 늘어선 나무들의 아름다움을 즐길 수도 있고, 근처에서 일어나는 일을 관찰하고 그에 반응할 수도 있다.

인간은 안개 속을 나아가는 자다. 그러나 과거의 사람들을 심판하기 위해 뒤돌아볼 때는 그들의 길 위에서 어떤 안개도 보지 못한다. 그들의 먼 미래였던 그의 현재에서는 그들의 길이 아주 선명하게 보이고, 펼쳐진 길 전체가 눈에 들어온다. 뒤돌아볼 때, 인간은 길을 보고, 나아가는 사람들을 보고, 그들의 잘못을 본다. 안개가 더는 거기에 없다. 하지만 모든 이들, 하이데거, 마야콥스키, 아라공, 에즈라 파운드, 고리키, 고트프리트 벤, 생존 페르스, 지오노 등, 모든 이들이 안개 속을 걸어갔으며, 우리는 이렇게 자문해 볼 수 있다. 누가 더 맹목적인가? 레닌에 대한 시를 쓰면서 레닌주의가 어떤 귀결에 이를지 몰랐던 마야콥스키인가? 아니면 수십 년 시차를 두고 그를 심판하면서도 그를 감쌌던 안개는 보지 못하는 우리인가?

마야콥스키의 맹목은 영원한 인간 조건에 속한다. 마야콥스키가 걸어간 길 위의 안개를 보지 않는 것, 그것은 인간이 뭔지를 망각하는 것이요, 우리 자신이 누구인지를 망각하는 것이다.

9부   이보시오, 여긴

당신 집이 아니오

만년에 스트라빈스키는 자신의 음악 전체를 담은 믿을 만한 음반을 남기기 위해 자신의 모든 작품을, 피아니스트나 오케스트라 지휘자로서 자신이 직접 실연한 대형 레코드 전집으로 모으기로 결심했다. 자신이 직접 연주자 역할을 맡으려 한 이 의지는 종종 신경질적인 반응을 불러일으켰다. 에르네스트 앙세르메는 1961년 간행된 책에서 집요하게 그를 조롱하려 했다. 오케스트라를 지휘할 때 스트라빈스키는 "완전히 겁에 질려, 혹시 넘어질세라 악보대를 단(壇)에 바싹 붙이고, 자신이 훤히 암기하는 악보에서 시선을 떼지 못하며, 박자를 헤아리기까지 한다!" 그는 자신의 음악을 "곧이곧대로, 노예처럼" 연주한다. "연주자일 땐 모든 환희가 그를 떠난다."

그는 왜 이렇게 빈정거렸을까?

스트라빈스키의 서간집을 펼쳐 본다. 그가 앙세르메와 편지를 주고받은 것은 1914년부터다. 스트라빈스키가 쓴 편지 백마흔여섯 통. 친애하는 앙세르메, 친애하는 벗에게, 친애하는 친구, 친애하는 벗에게, 친애하는 에르네스트. 긴장의 그늘 이라곤 없다. 그러다 갑자기 천둥이 친다.

"1937년 10월 14일, 파리,

친애하는 벗에게, 급히 몇 자 적습니다.

콘서트에서 연주되는 「카드놀이」에서 그런 삭제를 해야 할 이유가 전혀 없습니다. (……) 이런 장르의 작품들은 무용 조곡들로, 형식이 전적으로 교향악적이어서 청중에게 어떤 설명도 해 줄 필요가 없습니다. 이어지는 소곡들의 교향악적 전개를 방해할 수 있는, 무대의 사건을 보여 주는 묘사적 요소들이 전혀 없기 때문에 말입니다.

내게 그런 삭제를 요구해야겠다는 이상한 생각이 당신 머리에 떠오른 것은, 아마 「카드놀이」를 구성하는 소곡들의 연속이 당신에게는 다소 따분하게 여겨져서일 겁니다. 정말 그건 나로서는 어쩔 수 없는 일이지요. 한데 다른 무엇보다도 놀라운 것은 당신이 나에게, 얼마 전 베네치아에서 직접 이 곡을 지휘하고 돌아온 나에게, 게다가 청중이 이 곡을 얼마나 기쁘게 맞았는지 당신에게 전해 주기까지 한 나에게 그런 삭제를 해야 한다고 애써 설득한다는 점입니다. 아마도 당신은 내가 당신에게 해 준 얘기를 잊어버렸거나, 아니면 나의 관찰과 비평 감각을 대수롭지 않게 여기는 듯합니다. 다른 한편, 정말이지 나는 당신의 청중이 베네치아의 그 청중들보다 덜 똑똑하다고는 생각하지 않습니다.

당신은 청중이 좀 더 잘 이해하도록 곡을 얼마든지 변형할 수도 있는데, 그런 당신이 내게 곡 일부를 삭제하자고 제안하는 걸 어떻게 생각해야 할지 모르겠습니다. 청중들의 이해나 성공이라는 점에서 「관악 교향곡」처럼 위험이 따르는 작품을 연주하면서도 대중을 두려워하지 않았던 당신이 말입니다!

요컨대 나는 「카드놀이」 곡 일부를 삭제하는 것을 허용할 수 없습니다. 마지못해 하느니 차라리 아예 곡을 연주하지 않는 편이 낫다고 생각합니다.

더 덧붙일 말은 없으며, 이 점만큼은 분명히 해 두는 바입니다."

앙세르메는 10월 15일, 다음과 같이 답한다.

"제가 요청 드리는 것은 다만 45의 두 번째 소절부터 58의 두 번째 소절까지 행진곡에서의 짧은 삭제를 용인해 주셨으면 하는 것입니다."

이에 스트라빈스키는 10월 19일자 편지에서 다음과 같이 답한다.

"(……) 유감입니다만, 난 「카드놀이」에서의 어떤 삭제에도 동의할 수 없습니다.

당신이 내게 요구하는 터무니없는 삭제는 곡 전체에서 나름대로 형식과 구성적 의미를 갖는 나의 짧은 행진곡을 불구로 만듭니다.(당신이 옹호한다고 주장하는 구성적 의미를 말입니다.) 당신은 오직 중앙부와 전개부가 나머지 부분에 비해 못마땅하다는 이유로 나의 행진곡을 재단하려고 합니다. 내가 보기에 그것은 충분한 이유가 못 되며, 나는 당신에게 이렇게 말해 주고 싶습니다. '이보시오, 여긴 당신 집이 아니오.' 나는 당신에게 이렇게 말한 적이 없습니다. '자, 여기 내 악보가 있으니 이걸로 당신 마음 내키는 대로 하시오.'라고.

다시 한 번 말합니다. 「카드놀이」를 악보 그대로 연주하든가, 아니면 아예 연주하지 마십시오.

당신은 지난 10월 14일자의 내 편지가 이 점에 있어 매우 단호했음을 이해하지 못한 것 같습니다."

그 후에는 서로 간결하고 쌀쌀맞은 편지 몇 통만 오고갔을 뿐이다. 1961년, 앙세르메는 스위스에서 방대한 음악 이론서를 간행하는데, 이 책의 긴 장 하나가 온통 스트라빈스키 음악의 무감각에 대한(또한 오케스트라 지휘자로서의 그의 무능에 대한) 공격에 바쳐진다. 1966년에야 (그들이 그렇게 다툰 지 이십구 년이 지나서야) 우리는 앙세르메의 화해 편지에 대한 스트라빈스키의 다음과 같은 짧은 답신을 읽게 된다.

"친애하는 앙세르메,

당신 편지에 감동했습니다. 이제 우리 두 사람 모두 생을 마감할 날을 생각하지 않을 수 없는 나이가 되었습니다. 나도 증오라는 괴로운 짐을 짊어진 채 생을 마감하고 싶지는 않습니다."

전형적인 상황에 전형적인 문구. 서로 등을 진 친구들이 만년에 이르러 바로 이런 식으로, 차갑게, 서로에 대한 적의에 줄을 그어 버리곤 한다. 그렇다고 친구로 되돌아가는 것도 아니면서 말이다.

우정을 폭발시켜 버린 언쟁의 초점은 분명하다. 스트라빈

스키의 저작권, 말하자면 도덕적 저작권이다. 누가 자신의 작
품에 손대는 것을 참지 못하는 저자의 분노와, 저자의 오만을
참지 못하고 그의 권력에 한계선을 긋고자 하는 해석자의 모
욕감이 맞선 것이다.

2

레너드 번스타인의 연주로 「봄의 제전」을 들어 본다. 「봄의 윤무」 중 유명한 서정적 악절이 수상쩍어 보인다. 악보를 펼쳐 본다.

이것이 번스타인의 해석에서는 아래와 같이 된다.

　나의 번역자들과의 옛 경험을 통해 내가 알게 된 것은, 그들이 작품을 변형한다면 결코 대수롭잖은 디테일이 아니라 언제나 본질적인 것을 변형한다는 사실이다. 이는 비논리적인 주장이 아니다. 어떤 예술 작품의 본질적인 것은 그 새로움(새로운 형식, 새로운 문체, 사물을 보는 새로운 방식)에 있으며, 놀이해에 맞닥뜨리는 것은 당연히 바로 이 새로움인 것이다. 위에 인용한 악절의 참신한 매력은 멜로디의 서정성과, 기계적인 동시에 괴상하게 변칙적인 리듬 사이의 긴장에 있다. 만약 그 리듬이 시계처럼 정밀하게 정확히 지켜지지 않는다면, 그것을 루바토로 연주한다면, 각 악절 끝마다 마지막 음정을 늘인다면,(번스타인이 그렇게 했다.) 긴장은 사라지고 그 악절은 진부해지고 만다.

3

　야나체크에 관한 한 연구서에서, 야로슬라프 포겔은 코바로비치가 「예누파」 총보에 가한 가필(加筆)을 논한다. 그 자신 오케스트라 지휘자인 그는 그 가필을 인정하고 옹호한다. 놀라운 태도다. 왜냐하면 비록 코바로비치의 가필이 효율적이고 적합하고 이치에 맞다 할지라도 이는 원칙상 용납될 수 없으며, 창작자의 버전과 가필자(검열자, 각색자)의 버전 사이에서 심판 노릇을 하려는 생각 자체가 변태적이다. 물론『잃어버린 시간을 찾아서』의 어느 문장을 누군가가 더 잘 쓸 수도 있을 것이다. 한데 그렇게 개선된 프루스트를 읽고 싶어 할 미친 작자를 어디에서 찾는단 말인가?

　게다가, 코바로비치의 가필은 전혀 적합하지도 이치에 맞지도 않다. 가필이 적절하다는 증거로 포겔은 마지막 장면, 즉 살해된 아내가 발견되고, 계모가 체포되고, 예누파가 라카와

단둘이 있는 장면을 인용한다. 예전에 라카는 슈테바에 대한 질투심 때문에, 예누파의 얼굴에 칼자국을 낸 적이 있다. 이제 예누파는 그를 용서한다. 그가 그녀에게 상처를 준 건 사랑 때문이다. 그녀가 사랑 때문에 과오를 범했듯이 말이다.

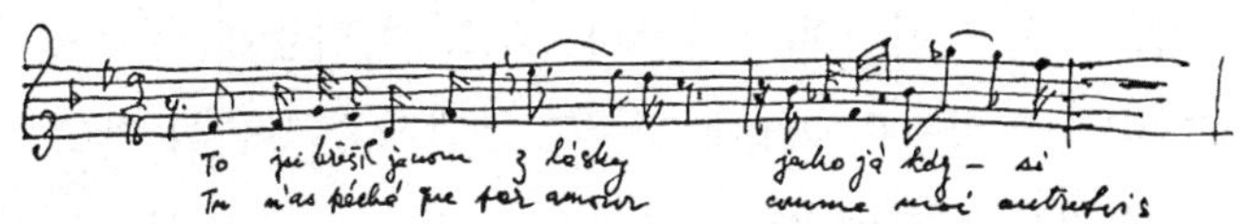

네가 과오를 범한 건 사랑 때문일 뿐, 예전에 내가 그랬듯이

슈테바에 대한 사랑을 암시하는 이 "예전에 내가 그랬듯이"는 마치 작은 외침처럼, 고음으로 빠르게 상승하다가 뚝 끊어진다. 마치 예누파가 곧바로 잊어버리고 싶은 것을 상기한 듯 말이다. 코바로비치는 이 악절의 멜로디를 확장해(포겔이, 그는 "그것을 활짝 펼친다."라고 말하듯) 이렇게 변형한다.

너의 과오는 사랑 때문일 뿐, 너의 과오는 사랑 때문일 뿐, 예전에 내가 그랬듯이

포겔은 이렇게 묻는다. 예누파의 노래가 코바로비치의 가필 덕에 더욱 아름다워지지 않았는가? 그러면서도 이 노래는 여전히 완벽하게 야나체크의 노래 아닌가? 그렇다. 누가 야나체크를 모방하고자 한다면 이보다 더 잘할 수는 없을 것이다. 그렇다 하더라도 이 덧붙은 멜로디는 터무니없다. 야나체크의 악보에서는 예누파가 자신의 "과오"를 다급히, 무서운 듯 상기하나, 코바로비치에게서는 그 추억에 눈시울이 젖고, 그 추억에 머물며, 그에 감동한다.(그가 고친 노래는 '사랑', '나', '예전에' 같은 말들을 늘인다.) 그녀는 라카 앞에서, 라카의 연적인 슈테바에 대한 향수를, 모든 불행의 원인인 슈테바에 대한 사랑을 노래하는 것이다! 야나체크의 열렬한 지지자인 포겔, 어찌 그가 그런 심리적 난센스를 옹호할 수 있었단 말인가? 야나체크의 미학적 반항이 오페라에 유행하는 바로 그런 심리적 비현실성에 대한 거부에 뿌리내리고 있음을 알면서 어찌 이를 승인할 수 있었단 말인가? 누군가를 사랑하면서 동시에 이만큼이나 그를 곡해하는 일이 어찌 가능하단 말인가?

4

하지만 이 점에서만은 포겔이 옳다. 이 오페라를 좀 더 관례적인 것으로 만들어 오페라가 성공하는 데 기여한 것이 코바로비치의 가필이라는 점 말이다. "약간만 변형하도록 허락해 주십시오, 선생님. 그러면 사람들이 선생님을 좋아할 겁니다." 하지만 선생이 그런 대가를 치르고 사랑받길 거절하는 때가 있다. 사랑보다는 이해를 바라는 때가 있다.

저자에겐 자신을 있는 그대로 이해시키는 어떤 수단들이 있는가? 1930년대의 헤르만 브로흐. 파시스트 국가가 된 독일에서 잘려 나간 오스트리아에서는 물론, 훗날의 고독한 이민 생활에서도 그에게는 그런 수단들이 그리 많지 않았다. 자신의 소설 미학을 제시한 강연 몇 차례와 친구들, 독자들, 편집자들, 번역자들에게 보낸 편지 정도다. 그는 책 표지에 실리는 작은 문구들까지 몹시 신경 쓸 만큼 무엇 하나 소홀히 하지 않았다. 편집자에게 보낸 한 편지에서, 그는 자신의 소설을 후고 폰 호프만슈탈이나 이탈로 스베보와 비교하는 문구를 『몽유병자들』 표지에 넣자는 편집자의 청에 항의한다. 그러고는 차라리 조이스나 지드와 비교하자고 편집자에게 도로 제안한다.

이 제안에 잠시 머물러 보자. 사실 브로흐-스베보-호프만 슈탈이란 맥락과 브로흐-조이스-지드라는 맥락 차이는 무엇 인가? 전자는 모호하고 넓은 의미에서의 문학적인 맥락이다. 두 번째 맥락은 특히 소설적인 맥락이다.(브로흐가 요구하는 것은 『위폐범들』의 저자 지드와의 비교다.) 첫 번째 맥락은 소맥락, 즉 지 역적인, 중앙유럽적인 맥락이다. 두 번째 맥락은 대맥락, 즉 국 제적인, 세계적인 맥락이다. 브로흐는 자신을 조이스와 지드 곁에 둠으로써, 자신의 소설이 유럽 소설의 맥락 안에서 인식 되길 주장한다. 그는 『몽유병자들』이 『율리시스』나 『위폐범 들』처럼 소설 형태를 혁신하는, 또 다른 소설 미학을 창조하 는 작품이며, 또한 이 미학이 소설 자체의 역사라는 배경을 고 려해야만 이해될 수 있음을 의식한 것이다.

브로흐의 요구는 비중 있는 모든 작품에 유효하다. 나는 이 점을 아무리 되풀이해도 지나치지 않다고 생각한다. 어떤 작 품의 가치와 의미는 오직 국제적인 대맥락 안에서만 평가될 수 있다는 점 말이다. 이 진실은 비교적 고립된 편인 모든 예 술가들에게 특히 소중하다. 어느 프랑스 초현실주의자나 '누 보로망' 작가, 19세기 어느 자연주의자 등은 모두 한 세대의, 세계적으로 알려진 문학 운동의 지지를 받았으며, 어찌 보면 그들의 미학적 프로그램이 그들의 작품을 앞섰다고 말할 수도 있다. 하지만 곰브로비치, 그는 어디에 있는가? 어떻게 그의 미학을 이해해야 하는가?

그는 서른다섯 살 때인 1939년에 조국을 떠난다. 그가 예술가의 신분증으로 들고 가는 책은, 폴란드에서는 겨우 알려지긴 했지만 외부에는 전혀 알려지지 않은 독창적 소설『페르디두르케』한 권뿐이다. 그는 유럽에서 멀리 떨어진 아르헨티나에 상륙한다. 그는 상상하기 힘들 만큼 혼자다. 아르헨티나 주요 작가들은 한 번도 그에게 접근하지 않았다. 폴란드 반공 이민은 그의 예술에 호기심을 거의 느끼지 않는다. 그의 그런 상황은 십사 년 동안이나 변하지 않으며, 그러다 1953년경에『일기』를 쓰고 간행하기 시작한다. 일기에서 그의 삶에 대해 대단한 뭔가를 알게 되는 것은 아니다. 일기는 무엇보다도 그의 입장 제시요, 끊임없는 미학적 철학적 자기 설명이요, 그의 '전략' 매뉴얼이다. 아니, 그의 유언이라고 하는 편이 더 낫다. 그때 이미 그가 죽음을 생각했다는 얘기가 아니라, 그가 자신과 자신의 작품에 대한 그 자신의 이해를 결정적인 최종 의사로 널리 알리고자 했다는 얘기다.

그는 자신의 입장을 다음 세 가지 주된 거부로 규정한다. 그는 우선 폴란드 이민의 정치적 참여에 따르기를 거부한다.(그가 친(親)공산주의 공감대를 느껴서가 아니라 참여 예술의 원칙에 정나미가 떨어져서다.) 그리고 폴란드 전통을 거부한다.(폴란드를 위해 뭔가 가치 있는 일을 하려면 오직 '폴란드 국민성'에 대립함으로써만이, 폴란드의 소설적 유산의 압박을 떨쳐 버림으로써만이 가능하다는 게 그의 입장이다.) 끝으로, 그는 1960년대 서구 모더니즘을 거부한다. 이 모더니즘이 메마르고, '현실에 대해 비겁하고', 소설 예술 영역에서 무기력하며, 학문적이고, 속물적이고, 자기 이론화에 젖었다는 것이다.(곰브로비치가 덜 현대적이어서가 아니라, 그의 모더니즘이 다르다.) 중요하고 결정적이면서도 끈질기게 곡해되어 온 것이 특히 이 세 번째 '유언 조항'이다.

『페르디두르케』는『구토』가 발표되기 일 년 전인 1937년에 간행되었지만, 곰브로비치는 무명이요 사르트르는 유명하다. 어찌 보면『구토』는 소설사에서 곰브로비치가 차지해야 할 자리를 빼앗은 것이라 할 수도 있다. 『구토』에서는 실존철학이 소설의 옷을 껴입고 있으나(마치 대학 교수가 조는 학생들을 재미있게 해 주기 위해 강의를 소설 형태로 해 주기로 한 것처럼) 곰브로비치는 희극 소설의 옛 전통(라블레, 세르반테스, 필딩의 연장선에서)을 되살리는 진짜 소설을 썼으며, 그래서 그가 사르트르 못지않게 심취했던 실존적 문제들이 그의 작품에서는 진지하지 않고 재미있는 모습으로 나타난다.

내가 보기에『페르디두르케』는 발자크 이전 소설의 옛 체험을 되살리면서, 또한 예전에 철학에 예약된 것으로 간주되던 영역을 점유하면서, 소설사의 제3기를 개척한 주요 작품들(『몽유병자들』,『특성 없는 남자』등과 더불어) 가운데 하나다.『페르디두르케』가 아니라『구토』가 이 새로운 방향의 모범이 되었다는 사실은 유감스러운 결말을 낳았다. 철학과 소설의 신혼 초야가 서로 따분해하는 가운데 지나가 버린 것이다. 발표된 지 이십 년, 삼십 년 뒤에야 발견된 곰브로비치의 작품이나, 브로흐와 무질의 작품(물론 카프카의 작품도 마찬가지다.)은 이미 한 세대를 매혹하여 하나의 운동을 창출할 힘을 얻을 수 없었다. 여러 면에서 그들과 상반되는 다른 미학 학파에 의해 해석되었기 때문에, 비록 존중받고 사랑받기까지 했으나 이해되지는 못했다. 금세기 소설사에서 가장 큰 전환점이 그렇게 간과되어 버린 것이다.

5

앞에서 말했듯이, 야나체크의 경우도 바로 그랬다. 막스 브로트는 카프카에 봉사하듯 사심 없는 열의로 그에게 헌신했다. 그는 내가 태어난 조국에서 살았던 역사상 가장 위대한 두 예술가에게 봉사하는 영예를 누렸다. 카프카와 야나체크. 둘 다 과소평가받았고, 둘 다 파악하기 어려운 미학을 지녔으며, 둘 다 사회의 편협함에 희생되었다. 카프카에게 프라하는 하나의 거대한 장애를 의미했다. 그는 독일 문단과 출판계로부터 고립되어 있었으며, 이것이 그에게는 치명적이었다. 그의 편집자들은 잘 알지 못하는 이 저자에게 거의 신경을 쓰지 않았다. 독일의 어느 유명 출판인의 아들인 요아힘 운젤트는 이 문제를 한 권의 책으로 다뤄, 카프카가 미완성 소설들을 남긴 이유가 아마도 바로 이것이었을 거라고 말한다.(나는 이를 매우 현실적인 생각이라고 본다.) 저자로서는 자신의 원고를 출판할 구체적 전망이 없으면 그 원고에 마지막 손질을 할 까닭이 없고, 그 원고를 책상에서 잠시 치워 버리고 다른 일로 넘어가지 않을 이유가 전혀 없는 것이다.

독일 사람들에게 프라하는 체코인들에게 브르노가 그렇듯 하나의 작은 지방 도시에 불과하다. 카프카와 야나체크, 결국 둘은 모두 촌사람이었다. 카프카가 낯선 주민들이 사는 나라에서 거의 무명이었다면, 야나체크는 같은 나라에서 자국민들에게 싸구려 예술가 취급을 당했다.

카프카학(學) 창설자의 미학적 무능을 이해하고 싶다면 그가 야나체크에 대해 쓴 연구서를 읽어 보아야 할 것이다. 물론, 과소평가된 선생을 많이 도와주었을 게 분명한 열의에 찬 저작이다. 한데 어찌 그리 신통찮고 어찌 그리 유치하단 말인가? 우주니 사랑이니 연민이니 신의 음악이니 극도로 민감한 영혼이니 부드러운 영혼이니 몽상가의 영혼 등등, 말들은 거창하지만 구조적인 분석이나, 야나체크 음악의 구체적 미학을 파악하기 위한 시도는 전혀 찾아볼 수 없다. 브로트는 이 시골 작곡가를 프라하 음악학계가 혐오한다는 사실을 알고서, 야나체크가 국민적 전통에 속하는 작곡가이며 체코 국가 이념의 우상인 위대한 스메타나에 전혀 손색없는 작곡가임을 증명하고자 했다. 이처럼 정신이 온통 지방적이고 한정된 체코 논란에 팔려 있었기 때문에, 세계 음악 전체가 그의 책에서 빠져나가 버렸으며, 역사상 모든 위대한 작곡가들 가운데 오직 스메타나만 언급되는 결과를 빚었다.

아, 막스, 막스! 성급하게 적지에 뛰어들어서는 안 된다는 걸 왜 몰랐단 말인가! 거기서 만나는 사람은 적의에 찬 군중, 매수된 심판들뿐이라는 것을! 브로트는 야나체크를 대맥락 속에 둘 수 있는 비체코인이라는 자신의 지위를 이용하지 않았다. 야나체크가 옹호될 수 있고 이해될 수 있는 유일한 맥락인 유럽 음악이라는 국제적 맥락 속에 말이다. 오히려 브로트는 그를 국가적 지평 안에 가두었고, 그를 현대 음악으로부터 단절시켰으며, 그의 고립을 봉인해 버렸다. 최초의 해석들은 작품에 들러붙는 법이며, 작품은 그것들을 쉬 떨쳐 내지 못한다. 카프카에 관해 쓴 글 어디에서나 늘 브로트의 사상이 묻어나듯이, 야나체크는 그의 동포들이 그에게 부과했고 브로트가 인가한 이 지방인화 탓에 영원히 고통 받을 것이다.

수수께끼 같은 브로트. 그는 야나체크를 사랑했다. 다만 정의감뿐, 다른 어떤 뒷생각에 끌려서가 아니었다. 그는 본질적인 것, 야나체크의 예술 때문에 그를 사랑했다. 하지만 그는 그 예술이라는 것을 이해하지 못했다.

아마 나는 영원히 이 브로트라는 신비의 끝에 이르지 못할 것이다. 한데 카프카는? 그는 브로트를 어떻게 생각했는가? 1911년 일기에서 그는 이렇게 얘기한다. 어느 날, 두 사람은 석판화로 브로트의 초상화 연작을 완성한 빌리 노바크라는 입체파 화가를 만나러 갔다. 피카소의 화법에 따라, 첫 번째 그림은 실물에 충실했지만 다른 그림들은 점점 더 모델에서 멀어지다 결국 극도의 추상화에 이르렀다고 카프카는 말한다. 브로트는 당황했다. 그는 그 그림들을 좋아하지 않았다. 다만 사실적으로 그린 첫 번째 그림만은 무척 마음에 들어 했는데,

왜냐하면 그것은 "실물과 비슷하기도 하지만, 입과 눈 부근이 고상하고 차분한 모양새여서……."라고 카프카는 익살맞게 적었다.

브로트는 입체파 그림을 잘 이해하지 못한 만큼이나 카프카와 야나체크를 이해하지 못했다. 그들을 사회적 고립에서 해방하기 위해 온갖 노력을 기울이다가 그들의 미학적 고독을 굳혀 버렸다. 그들을 위한 그의 헌신이 의미하는 바는 이렇다. 그들을 사랑한 사람, 따라서 그들을 이해하는 데 누구보다 나은 위치였던 사람조차 그들의 예술에는 이방인이었다는 것.

6

자신의 모든 작품을 없애기로 한 카프카의 결심이 왜 사람들을 놀라게 하는지 나는 놀랍기만 하다. 그런 결심을 애초부터 터무니없는 일로 여기는 것 같다. 어떤 이유로도 저자는 자신의 마지막 여행길에 자신의 작품을 가져가서는 안 된다고 생각하는 것 같다.

사실 저자는 총결산의 순간, 더는 사람들이 자신의 책들에 애착을 느끼지 않는다는 사실을 확인하게 될 수도 있다. 그래서 실패의 슬픈 유물을 이 세상에 남기고 싶지 않을 수 있는 것이다. 물론 당신들은 그건 잘못된 생각이라고, 우울증에 빠져 그러는 거라고 그의 생각에 반대할 테지만, 당신들의 그런 권고는 무의미하다. 자신의 작품 속에서 자기 집에 있는 사람은 그이지 당신들이 아니니 말이다!

그럴듯한 또 다른 이유를 생각해 볼 수 있다. 자신의 작품은 사랑하지만 이 세상을 사랑하지 않는 경우다. 그는 작품을 이 세상에 남겨, 자신이 혐오스럽게 여기는 미래의 처분에 맡겨야 한다는 생각을 참을 수가 없는 것이다.

아니면 또 이렇게 생각해 볼 수도 있다. 저자가 여전히 자신의 작품을 사랑하고 또 세상의 미래에 대해서는 관심조차 없지만, 그 자신이 겪은 대중과의 여러 경험을 통해 예술의 vanitas vanitatum, 즉 예술의 운명인 불가피한 몰이해, 일생 동안 그를 괴롭힌 몰이해(과소평가를 말하는 게 아니다. 지금 나는 오만한 예술가들 얘기를 하는 게 아니다.)를 깨달아, 죽어서도 이것 때문에 괴로워하고 싶지 않아서라고 말이다.(사실 예술가가 자기 작업의 공허함을 제대로 깨닫지 못하는 것이나, 자신의 작품과 자기 자신의 망각을 제때 계획하지 못하는 것은 아마도 인생이 짧아서일 것이다.)

이런 이유들이라면 고개를 끄덕일 만하지 않을까? 물론이다. 하지만 그런 이유들이 카프카의 것은 아니었다. 그는 자기가 쓴 글의 가치를 의식했고, 이 세상에 대해 공공연한 혐오를 품었던 것도 아니며, 너무나 젊었고 거의 무명이었기에, 대중과의 접촉도 거의 없어 좋지 않은 경험을 한 일도 없었다.

7

카프카의 유언. 법률적 의미로는 딱히 유언이라 할 수도 없다. 사실은 두 통의 사적인 편지다. 발송된 적이 없기에 진짜 편지라 할 수도 없다. 카프카의 유언 집행인 브로트는 친구가 죽은 후인 1924년에, 서랍에서 다른 서류 더미들과 함께 그 편지들을 찾아냈다. 잉크로 쓰인 한 통은 브로트의 주소가 적힌 채 접혀 있었고, 다른 한 통은 연필로 좀 더 상세하게 기록되어 있었다. 「『소송』 초판 후기」에서 브로트는 이렇게 설명한다. "⋯⋯1921년, 나는 나의 친구에게, 내가 유언장을 썼으며 거기서 어떤 것들을 없애 버리고(dieses und jenes vernichten) 어떤 것들은 재검토해 달라는 등의 부탁을 해 놓았다고 말했다. 그러자 카프카는, 나중에 그의 책상에서 찾아낸 그 잉크로 적은 쪽지를 보여 주며 말했다. '나의 유언은 아주 간단하네. 자네에게 부탁하네만 모두 불살라 버리게.' 나는 그때 내가 한 대답을 아직도 정확히 기억한다. '(……) 자네에게 미리 말해 두지만 난 그렇게 하지 않을 거야.'" 브로트는 이 추억을 환기하며 자신이 친구의 유언에 따르지 않은 것을 정당화한다. 그는 이렇게 얘기를 계속한다. 카프카는 "내가 그의 단어 하나하나를 광적으로 숭배했다는 것을 알고 있었다." 그러므로 그는 내가 그의 유언을 따르지 않으리라는 것을 알고 있었으며, "만약 그의 의사가 궁극적이고 절대적인 진심이었다면 당연히 다른 유언 집행인을 선택했을 것이다." 정말 그렇게 확실한 일인가? 브로트 자신도 자신의 유언에서 카프카에게 "어떤 것들은 없애 버리라."라고 요구하지 않았는가? 그렇다면 카프카라고 해서 그에게 동일한 봉사를 요구한 것이 비정상적이라고 생각할 까닭이 없지 않은가? 또한 브로트가 자신의 유언대로 하지 않으리란 걸 정말 알고 있었다면, 어째서 카프카는 1921년에 그런 대화를 나눈 후, 두 번째 편지를 연필로 써서 자신의 의사를 더욱 자세하고 분명하게 밝혔단 말인가? 하지만 넘어가자. 우리는 두 젊은 친구가 이에 대해 주고받은 말을 영원히 알지 못할 것이다. 더욱이 그들에게 이 문제는 절박하지도 않았다. 당시에는 둘 중 어느 쪽도, 특히 카프카는 더욱더, 자신이 불멸의 작가로 남을 것을 특별히 걱정해야 할 처지가 아니었으니 말이다.

흔히 사람들은 말한다. 만약 카프카가 자신이 쓴 것을 정말 없애 버리고 싶었다면 자신이 직접 그렇게 했을 거라고. 하지만 어떻게? 그가 쓴 편지들은 수신인들의 소유였다.(그 자신은 자신이 받은 어떤 편지도 간직하지 않았다.) 그렇다면 일기들은? 그렇다, 일기들은 불살라 버릴 수도 있었다. 하지만 그것들은 글쓰기 작업 일기들이었고(일기라기보다는 일지라고 하는 편이 옳다.) 글을 쓰는 한 그에게 유용했으며, 그는 마지막 날까지 글을 썼다. 그의 미완성 산문들도 마찬가지다. 손을 볼 수 없을 만큼 미완성이나, 그건 다만 죽었을 경우의 얘기다. 살아 있는 한 그는 언제라도 그 글들에게 되돌아갈 수 있었다. 작가에게는 망친 단편이라 해도 무용하다고 할 수 없으며, 다른 단편을 쓰기 위한 소재로 이용될 수 있다. 작가는 자신이 죽어 가는 상태가 아닌 한 자신이 쓴 것을 없앨 이유가 전혀 없는 것이다. 하지만 죽어 가는 상태일 때 카프카는 자신의 집에 없었다. 그는 요양원에 있었고 아무것도 없앨 수 없었으며, 그가 믿을 건 오직 친구의 도움뿐이었다. 친구가 그리 많지 않았기에, 결국 단 한 명의 친구뿐이었기에, 그는 그 친구에게 기댔던 것이다.

사람들은 이렇게도 말한다. 자기 자신의 작품을 없애려 한다는 건 병적인 행동이라고. 그렇다면 파괴자 카프카의 의사에 따르지 않는 것은 또 다른 카프카, 창조자 카프카에게 충실한 셈이 된다. 바로 여기서 우리는 그의 유언을 둘러싼 전설의 가장 큰 거짓, 즉 카프카는 자신의 작품을 없애고 싶어 하지 않았다는 거짓과 만난다. 그는 두 번째 편지에서 너무나 분명하게 자신의 의사를 표명한다. "내가 쓴 모든 것들 가운데, 유효한(gelten) 것은 다음 책들뿐이다. 『선고』, 『화부』, 『변신』, 『유형지에서』, 『시골 의사』, 그리고 「단식 광대」라는 단편 하나.(『관찰』 몇 부 정도는 남겨도 무방하다. 나는 누구에게도 그것들을 폐기처분하는 수고를 끼치고 싶지는 않다. 하지만 단 한 부도 재판되는 일이 있어서는 안 된다.)" 그러므로 카프카는 자신의 작품을 부인하지 않을 뿐 아니라, 남아야 할 것(재인쇄할 수 있는 것)과 자신의 내적 요구에 부합하지 않는 것을 분리하면서 총결산을 내렸다. 그의 판단에는 어떤 슬픔이나 엄격함은 몰라도, 광기나 절망에 의한 맹목은 전혀 찾아볼 수 없다. 그는 이미 인쇄된 책들은 모두 유효하다고 보며, 다만 첫 작품집인 『관찰』만은 미숙한 작품(이를 부인하기는 어려울 것이다.)으로 여긴 듯 예외로 두었다. 출간되지 않은 모든 것이 그가 거부한 것에 해당하는 것도 아니다. "유효한" 저작들 속에 「단식 광대」, 즉 편지를 쓸 때까지만 해도 원고 상태로만 존재하던 단편도 꼽은 까닭이다. 나중에 그는 책 한 권으로 만들기 위해 다른 단편 세 편(「첫 번째 시련」, 「작은 여인」, 「요제피네, 여가수 혹은 쥐의 종족」)을 덧붙인다. 그는 요양원에서, 죽음의 침상 위에서 이 책의 교정을 보았다. 이야말로 카프카가 자신의 작품을 없애 버리려 한 저자라는 전설과 전혀 무관함을 말해 주는 비장한 증거다.

결국 자신의 글들을 없애 주길 바란 그의 소망은 분명하게 한정된 다음 두 범주의 글들에만 해당된다.

첫 번째 범주, 유난히 간곡하게 부탁한 이 범주에는 사적인 글들, 즉 편지와 일기가 들어간다.

두 번째 범주에는 그가 잘 써 내지 못했다고 판단한 장편과 단편 들이 들어간다.

8

나는 맞은편 집 창문을 바라본다. 저녁 무렵 불이 켜진다. 한 사내가 방으로 들어온다. 고개를 숙인 채 서성거린다. 이따금 손을 머리카락 속에 밀어 넣는다. 그러다 문득, 그는 방이 환하게 밝혀 있고 누군가가 그를 볼 수 있음을 깨닫는다. 다급한 몸짓으로 그가 커튼을 친다. 하지만 그렇다고 해서 그가 위조 화폐를 만들고 있었던 건 아니다. 바로 그 자신, 방 안을 서성이는 그의 걸음걸이, 허술한 옷차림, 머리카락을 어루만지는 모양새 외에 숨길 건 아무것도 없었다. 그의 평안은 남에게 보이지 않을 수 있는 그의 자유에 달린 것이다.

수줍음은 현대라는 이 시대, 서서히 우리에게서 멀어져 가는 이 개인주의 시대의 주요 개념들 가운데 하나다. 수줍음은 자신의 사생활을 지키기 위한, 창문에 커튼을 치도록 요구하기 위한, A에게 보낸 편지를 B가 읽어서는 안 된다는 점을 강조하기 위한 즉각적인 피부 반응이다. 성년으로 접어드는 기본적인 상황들 가운데 하나, 부모와 빚는 최초의 갈등들 가운데 하나는 바로 자신의 편지와 수첩을 간수하기 위한 서랍, 자물쇠 달린 서랍에 대한 권리 요구다. 우리는 수줍음의 반항을 통해서 성년기로 들어선다.

파시스트 혹은 공산주의 혁명의 옛 유토피아는 비밀 없는 삶, 공적인 삶과 사적인 삶이 하나 되는 그런 삶이다. 브르통이 중시한 초현실주의의 꿈은 유리 집이다. 인간이 만인의 눈 아래에서 생활하는 커튼 없는 집이다. 아, 투명성의 아름다움! 이 꿈이 성공적으로 구현되는 유일한 사회는 전적으로 경찰에 의해 통제되는 사회다.

나는 『참을 수 없는 존재의 가벼움』에서 이에 관해 얘기했다. '프라하의 봄'의 주역인 얀 프로하즈카는 1968년 러시아 침공 이후 요주의 인물이 되었다. 당시 그는 또 다른 거물 반체제 인사인 바츨라프 체르니 교수와 자주 어울렸으며, 그와 함께 마시고 떠들어 대는 것을 즐겼다. 그들의 모든 대화 내용이 비밀리에 녹음되고 있었지만, 나는 두 친구가 그런 사실을 알고도 무시했던 게 아닌가 하고 생각한다. 그러던 어느 날, 1970년인가 1971년, 경찰은 프로하즈카의 권위를 실추시키기 위해 그들의 대화 내용을 라디오 방송으로 유포했다. 경찰의 그런 소행은 대담하고 전례 없는 일이었다. 그러자 놀라운 일이 벌어졌다. 거의 성공할 뻔했던 것이다. 프로하즈카의 권위는 대번에 곤두박질쳤다. 사실 우리는 남이 듣지 않는 곳에서는 온갖 얘기들을 떠들어 댄다. 친구들 험담을 하고, 상소리를 하고, 깊이 생각하지 않고 악취미 농담을 지껄이며, 했던 말을 또 하고, 터무니없는 과장으로 충격을 주어 상대를 즐겁게 해 주고, 공인하지 않은 이단적인 생각들을 떠벌리곤 한다. 물론 우리 모두가 프로하즈카처럼, 듣지 않는 데서는 친구들 험담을 하기도 하고 상소리를 지껄이기도 한다. 사적인 곳에서는 공적인 곳에서와는 다르게 행동한다는 것, 이는 누구에게나 지극히 자명한 체험이요 개인 삶의 토대이기도 하다. 한데 이상하게도 이 자명한 이치는 무의식의 차원에만 머물러 표면화되지 않은 채, 시종 투명한 유리 집의 서정적 꿈에 가려져 있으며, 이것이 옹호해야 할 가치 중의 가치로 이해되는 일은 드물다. 그래서 사람들은 진짜 스캔들은 프로하즈카의 과격한 말들이 아니라 불법침범당한 그의 삶이라는 걸 나중에야 (그래서 더욱 격분하여) 깨닫게 된다. 그들은 사인과 공인이 본질적으로 다른 두 세계이며 이 차이를 존중하는 것이야말로 인간이 자유인으로 살 수 있는 필요불가결한 조건이라는 것, 이 두 세계를 구분하는 커튼은 절대 건드려서는 안 되는 것이요 커튼을 찢는 자들이야말로 범죄자들임을 (충격적으로) 깨닫게 된다. 더구나 커튼을 찢은 자들이 혐오스러운 체제에 종사하는 이들이었기에, 모든 사람들이 하나같이 그들을 유난히 더 경멸스러운 범죄자로 간주했던 것이다.

도청장치들이 가득한 그 체코슬로바키아를 떠나 프랑스에 도착했을 때, 어느 잡지에서 나는 위중해진 암을 치료받던 자크 브렐이 병원 앞에서 사진사들에 쫓기다가 얼굴을 가린 채 찍힌 커다란 사진을 보았다. 문득 나는 내가 조국에서 피

해 달아났던 악과 똑같은 악을 대면한 느낌이 들었다. 프로하
즈카의 사적 대화를 유포하는 것과 얼굴을 숨기는 죽어 가는
가수를 촬영하는 것이 내게는 동일한 세계에 속하는 것 같았
다. 타인의 사생활을 유포하는 것, 이것이 습관이 되고 규칙이 되
는 순간부터 우리는 과연 개인이 생존할 것이냐 멸할 것이냐가
중대 관건이 되는 그런 시대로 들어서게 되는 거라는 생각이
들었다.

9

아이슬란드에는 나무가 거의 없으며, 거기 있는 나무들은 모두 묘지에 있다. 마치 나무 없는 주검이 없고, 주검 없는 나무가 없는 것 같다. 목가적인 중앙 유럽에서처럼 무덤가에 나무를 심는 게 아니라 무덤 한가운데에 심어, 행인으로서는 저 아래에서 주검을 꿰뚫는 뿌리들을 상상하지 않을 수가 없다. 나는 엘바르 D와 함께 레이캬비크 묘지 안을 산책하고 있다. 나무가 아직 무척 어린 한 무덤 앞에서 그가 걸음을 멈춘다. 그의 친구를 매장한 게 겨우 일 년 전이다. 그가 큰 목소리로 친구에 대한 추억을 늘어놓기 시작한다. 아마도 친구의 사생활에는 성적인 것과 관계된 한 가지 비밀이 있었던 것 같다. "비밀이란 으레 호기심을 자극하게 마련이어서, 아내와 딸들, 주변 사람들이 얘길 좀 해 달라고 졸라 대더군요. 그 후 아내와의 관계가 나빠졌을 정도로 말입니다. 저는 그녀의 그 공격적인 호기심을 용서할 수가 없었고, 그녀는 저의 침묵을 자기를 믿지 않는 증거라며 용서하지 않았지요." 그러고 나서 그가 웃으면서 말한다. "저는 아무것도 밝히지 않았습니다. 밝힐 게 전혀 없었으니까요. 저는 친구의 비밀을 아예 알려고 하지 않았고 그래서 그게 뭔지 모른답니다." 나는 그의 얘기에 매료되었다. 어렸을 적부터 나는 친구란 비밀을 공유하는 사람이요, 우정의 이름으로 그것들을 알려고 할 권리를 갖는 사람이라는 얘기를 들어 왔다. 이 아이슬란드 사람에게는 우정이 그런 게 아니다. 그에게 우정은 친구가 사생활을 숨기고 있는 문 앞에서 문지기가 되는 것이다. 절대 그 문을 열어 보지 않는 사람, 누구에게도 그 문을 열도록 허락하지 않는 사람이 되는 것이다.

10

나는 『소송』의 대미를 생각한다. 두 사내가 자신들이 도살 중인 K의 얼굴 위로 몸을 숙이고 있다. "흐릿해져 가는 두 눈으로 K는 뺨이 닿을 듯, 얼굴 바로 가까이에서, 두 사내가 결말을 지켜보고 있는 모습을 본다. '개 같군!' 하고 K가 말한다. 수치가 그의 죽음 뒤에도 남을 것 같았다."

『소송』의 마지막 명사는 수치다. 낯선 얼굴 두 개가 거의 닿을 듯, K의 얼굴 바로 가까이에서, K의 가장 내밀한 상태, 그의 단말마를 지켜본다. 이 마지막 명사, 이 마지막 이미지에 바로 이 소설의 기본 상황이 집약되어 있다. 누가 어떤 순간에도 자신의 침실에 들어설 수 있고, 자신의 아침 식사를 먹어 치울 수 있고, 밤낮없이 소환에 응할 준비가 되어야 하고, 자신의 창문을 가리고 있는 커튼이 몰수되는 것을 보아야 하고, 보고 싶은 사람을 마음대로 만날 수 없고, 자신이 더는 자기 자신의 것이 아니게 되어, 개인으로서의 지위를 상실해 버리는 상황 말이다. 인간이 주체에서 객체로 변하는 것, 사람들은 이를 수치로 느낀다.

나는 카프카가 브로트에게 자신의 편지들을 없애 버리라고 요청한 이유가 출간이 두려워서였다고는 생각하지 않는다. 그런 생각이 그의 머리에 떠올랐을 가능성은 별로 없다. 그의 소설들에 무관심했던 편집자들이 그의 편지들에 관심을 가질 리 있겠는가? 그것들을 없애 버리도록 그를 충동질한 것은 바로 수치였다. 아주 기본적인 수치, 한 작가로서의 수치가 아니라 단순한 한 개인으로서의 수치, 내밀한 것들이 가족이건 남이건 다른 사람들의 시선 아래 함부로 굴러다니는 데 대한 수치, 객체로 전환되는 데 대한 수치, '그의 죽음 뒤에도 남을' 것 같은 수치 말이다.

한데도 브로트는 그 편지들을 간행했다. 예전에 그는 그 자신의 유언장에서, "어떤 것들은 없애 버리라."라고 카프카에게 요청했다. 한데 그 자신은 이것저것 가리지 않고 모조리 간행한다. 카프카가 차마 아버지에게 보낼 결심을 하지 못했던, 그러나 브로트 덕택에 수취인만 제외하고 누구라도 읽을 수 있게 된, 그의 서랍에서 발견된 그 슬픈 긴 편지까지 말이다. 내가 보기에 브로트의 무분별은 변명의 여지가 전혀 없다. 그는 친구를 배신했다. 그의 행동은 친구의 의사에 반하는, 친구의 의사와 정신에 반하는, 그가 잘 아는 친구의 수줍은 천품에 반하는 것이었다.

11

　소설이라는 것과 회고록 – 전기 – 자서전이라는 것, 이 둘 사이에는 본질적인 차이가 있다. 전기의 가치는 밝혀낸 새로운 사실들의 정확성과 참신함에 있다. 소설의 가치는 당시까지 가려져 있던 실존 그 자체의 여러 가능태들을 드러내는 데 있다. 달리 말하면 소설은 우리 각자의 내면에 숨어 있는 것을 발견한다. 우리는 어떤 소설의 절묘함에 대해 흔히 하는 찬사로, 책 속 등장인물이 꼭 나 같다고 하거나, 저자가 나를 알고 내 얘기를 하는 것 같은 느낌이 든다고 말한다. 아니면 항의하듯, 이 소설은 마치 나를 공격하고, 발가벗기고, 모욕하는 것 같다고도 한다. 일견 유치해 보이지만 이런 판단들을 절대 우습게 보아서는 안 된다. 그런 얘기들은 소설이 소설로 읽혔다는 증거다.

　바로 그래서 모델 소설(실재하는 인물들을 알릴 의도로 가공의 이름으로 그들에 대해 얘기하는)은 가짜 소설이요, 미학적으로 수상적고, 도덕적으로 깨끗하지 않다. 가르타라는 이름 아래 숨은 카프카! 여러분이 저자에게 반박한다. 사실과 다르지 않습니까! 저자가 대답한다. 난 회고록을 쓴 게 아닙니다. 가르타는 가상의 인물이란 말입니다! 여러분이 다시 반박한다. 가상의 인물치고는 영 사실 같지 않고, 엉성하고, 재능 없이 쓴 글입니다! 저자가 대답한다. 하지만 그는 여느 작중인물과는 좀 달라요. 이 인물 덕택에 나는 나의 친구 카프카에 관한 새로운 사실들을 알릴 수 있었단 말입니다! 여러분이 대답한다. 그 사실들이 부정확하단 말입니다! 저자가 대답한다. 난 회고록을 쓴 게 아니에요. 가르타는 가상의 인물입니다! 등등.

 물론 모든 소설가는 좋건 싫건 자신의 삶에서 영감을 긷는다. 그의 순수한 몽상에서 탄생한 완전히 꾸며 낸 등장인물들도 있고, 어떤 모델에서 때로는 직접적으로, 대개는 간접적으로 영감을 얻은 등장인물들도 있고, 어떤 사람에게서 관찰한 단 하나의 디테일에서 탄생하는 등장인물들도 있다. 하지만 이들 모두는 저자의 자기성찰, 즉 그 자신에 대한 그의 인식에 많은 영향을 받는다. 상상력의 작업은 그런 영감과 관찰 내용들을 소설가가 본래의 그것들을 잊어버릴 정도까지 탈바꿈시킨다. 그렇다 하더라도 소설가는 책을 펴내기에 앞서, 그것들을 간파하게 할 수도 있는 열쇠들을 찾지 못하게 하는 일을 생각해야 한다. 그렇게 하는 것이 어떤 소설 작품에서 자신들의 삶의 조각을 발견하고 놀랄 그 인물들에 대한 최소한의 예의라는 점에서도 그렇지만, 독자의 수중에 들어가는 그 열쇠들

(진짜건 가짜건)이 독자를 오직 빗길로 인도할 뿐이라는 점에서
도 그렇다. 소설에서 독자는 실존의 알려지지 않은 면면 대신
저자의 실존의 알려지지 않은 면면을 찾아 나서게 될 것이다.
그러면 소설 예술의 모든 의미가 사라져 버린다. 예를 들면 거
대한 만능열쇠 꾸러미로 무장하고서 헤밍웨이의 일대 전기를
서술한 미국인 교수가 그랬듯이 말이다.

그는 자신의 해석 능력으로 헤밍웨이 작품 전체를 한 권의
모델 소설로 탈바꿈시켰다. 저고리를 까뒤집듯 작품 안팎을
뒤집어 놓았다. 책들은 즉시 안쪽으로 들어가 보이지 않게 되
어 버리고, 사람들은 까뒤집힌 면에서 그의 생의 사건들,(진짜
건 아니면 가설에 불과하건) 하찮고, 고약하고, 진부하고, 터무니
없고, 저속한 온갖 사건들을 탐욕스레 관찰한다. 작품은 해체
되고, 가상 등장인물들은 저자의 생의 인물들로 탈바꿈하며,
전기 저자는 작가에게 도덕 소송을 제기한다. 어느 단편에 심
술궂은 어머니가 등장하면, 헤밍웨이는 여기서 자신의 어머
니를 비방하고 있다고 말한다. 또 다른 단편에 잔인한 아버지
가 나오면, 헤밍웨이가 어렸을 때 아버지가 마취도 않고 편도
선 절제 수술을 받게 한 일을 여기서 복수하는 거라고 말한다.
「빗속의 고양이」에 등장하는, "자기중심적이고 무기력한 남편
에 대해" 불만을 털어놓는 익명의 여성은 바로 헤밍웨이의 아
내 해들리라고 말한다. 「여름 사람들」에 등장하는 여성은 더
스패서스의 아내로 보아야 하는데, 헤밍웨이는 그녀를 유혹하
려 했다가 일이 성사되지 않자, 이 단편에서 등장인물이라는
허울 아래 그녀와 섹스를 함으로써 저열하게 그녀를 능욕한다

는 것이다. 『강 건너 숲속으로』에서 바에 들르는 몹시 추하게 생긴 낯선 남자에 대해서는, 헤밍웨이는 이렇게 싱클레어 루이스의 추함을 묘사했으며 루이스는 "이 잔인한 묘사에 크게 상처 받고, 소설이 출간된 지 삼 개월 후에 죽었다."라고 말한다. 이런 식으로 밀고에 밀고가 끝없이 이어진다.

소설가들은 언제나 이 전기적 광기에 저항해 왔으며, 마르셀 프루스트는 이 광기의 대표적 원형이 생트뵈브와 그의 신조, "문학은 인간의 흔적과 구분되지 않거나, 적어도 분리될 수 없다……."라고 생각한다. 어떤 작품을 이해하려면 먼저 인간을 알아야 하다고 생트뵈브는 분명히 말한다. 즉 "그의 글의 성격과 무관해 보이는" 의문들일지라도, 일정 수의 의문들에 대한 답을 알아야 한다는 것이다. 이를 테면 "그는 종교를 어떻게 생각했는가? 그는 자연 경관에 어떤 영향을 받았는가? 그는 여성 문제에, 돈 문제에 어떻게 처신했는가? 그는 부유했는가, 가난했는가? 그의 생활 체제, 그의 일상생활 방식은 어떠했는가? 그의 악덕이나 약점은 무엇이었는가?" 등의 물음들이다. 마치 경찰 수사 같은 이런 방법은 비평가가 "가능한 모든 정보들로 무장하고서, 작가의 서신들을 대조하고 그를 알았던 사람들을 심문하도록……" 요구한다고 프루스트는 말한다.

하지만 "가능한 모든 정보들로" 무장했어도 생트뵈브는 당시 어떤 위대한 작가도, 발자크도 스탕달도 보들레르도 알아보지 못했다. 그들의 삶을 연구하느라 그들의 작품을 놓칠 수밖에 없었다. 프루스트가 말하듯, "책이란 우리가 습관을 통해, 사회를 통해, 우리의 악덕을 통해 표출하는 자아와는 다른 자아의 산물”이요, “작가의 자아는 오직 책을 통해서만 나타나기” 때문에 말이다.

프루스트의 『생트뵈브 논박(論駁)』에는 근본적 중요성이 있다. 강조해 두자. 프루스트는 생트뵈브가 과장을 한다고 비난하지 않는다. 그는 그의 방법의 한계를 규탄하는 게 아니다. 그의 판단은 절대적이다. 그는 그 방법이 저자의 또 다른 자아를 보지 못하고, 저자의 미학적 의사를 보지 못하며, 예술과 양립할 수 없고, 예술을 공격하고, 예술에 적대적이라는 것이다.

12

　카프카의 작품은 프랑스에서 네 권으로 간행되었다. 2권에는 소설들과 이야기체 글 조각들, 다시 말해서 카프카가 생전에 간행한 모든 것과, 그의 서랍에서 찾아낸 모든 것, 즉 출판되지 않은 미완성 소설들, 초안들, 초고들, 삭제했거나 버린 글들이 담겼다. 이 글들을 어떤 순서로 배치할 것인가? 편집자는 두 가지 원칙을 따른다. 1) 성격, 장르, 완성도를 구분하지 않고 모든 이야기체 산문들을 동일 구도에 두고 2) 연대순으로, 즉 글들이 탄생한 순서대로 배치하는 것이다.

　그래서 이 책에서는 카프카 자신이 구성해서 출판한 단편집 세 권(『관찰』, 『시골 의사』, 『단식 광대』) 중 어느 것도 카프카가 부여한 형태대로 제시되지 않았다. 그 단편집들은 그냥 사라져 버렸다. 그것들을 구성했던 산문들 각각은 연대순 원칙에 따라 다른 산문들(초안들, 글 조각들 등) 속에 분산되어 버렸다. 카프카의 산문 팔백 쪽이, 모든 것이 모든 것 속에 용해되는 하나의 흐름, 오직 물만이 가능한 형태 없는 흐름, 흘러가면서 좋은 작품과 시시한 작품, 완성작과 미완성작, 수작과 졸작, 초고와 작품을 다 함께 이끌고 가는 물 같은 것이 되어 버렸다.

이미 브로트는 자신이 카프카의 말 하나하나를 "광신적 숭배"로 보살핀다고 선언했다. 카프카 작품의 편집자들도 저자가 손댄 모든 것에 대한 절대적 숭배를 표명한다. 한데 이 절대적 숭배의 미스터리를 잘 이해해야 한다. 그것이 결국은 저자의 미학적 의사에 대한 절대적 부정이기도 하다는 점 말이다. 미학적 의사는 저자가 쓴 것에 의해서도 표명되지만 그가 삭제한 것에 의해서도 표명되는 까닭이다. 어떤 단락을 삭제하는 일은 저자에게 그것을 쓴 것 이상의 창조력과 교양과 재능을 요구한다. 그러므로 저자가 삭제한 것을 간행한다는 건 그가 간직하기로 한 것을 금서 처분하는 것과 동일한 폭력 행위인 것이다.

한 편의 작품이라는 소우주에서 행한 삭제들에서 유효한 것은 전작(全作)이라는 대우주에서 행한 삭제들에서도 유효하다. 여기서도 역시 총결산의 순간, 저자는 자신의 미학적 요구에 따라 마음에 들지 않는 것을 떼어 버리는 일이 흔하다. 그래서 클로드 시몽은 자신의 초기 저작들의 재판을 더는 허용하지 않는다. 포크너는 "인쇄된 책들 이외의 그 무엇도", 즉 쓰레기통 털이들이 그의 사후에 찾아낼 어떤 것도 흔적으로 남기고 싶지 않다는 뜻을 분명히 선언했다. 그는 카프카와 같은 요구를 했으며, 같은 결과를 얻었다. 사람들이 온갖 것을 뒤져 내어 간행했던 것이다. 세이지 오자와가 지휘한 말러의 「교향곡 1번」을 구입해 본다. 4악장으로 된 이 교향곡은 애초에는 5악장이었으나, 첫 연주 이후 말러가 두 번째 악장을 결정적으로 삭제해 버렸으므로 어떤 인쇄된 악보에서도 이를 찾아볼 수 없다. 오자와가 그 악장을 교향곡에 다시 끼워 넣었다. 그래서 우리는 말러가 두 번째 악장을 삭제한 것이 대단히 명철한 판단이었음을 누구나 이해할 수 있게 되었다. 더 계속해야 할까? 리스트는 끝이 없다.

프랑스에서 카프카의 전작을 간행한 그 방식을 충격으로 받아들이는 이는 없다. 그것은 시대정신에 부합한다. 편집자는 이렇게 설명한다. "카프카가 고스란히 읽힌다. 그의 다양한 표현 양식들 가운데 어느 것도 다른 것보다 더 큰 권위를 요구할 수 없다. 우리 후세는 그렇게 하기로 결정했으며, 이는 우리가 확인하고 받아들여야 할 판단이다. 때로 우리는 좀 더 멀리 나아가기도 한다. 장르들 간의 어떤 서열도 거부할 뿐 아니라, 장르들이 존재한다는 사실 자체를 부정하며, 카프카는 어디서건 똑같은 언어를 말한다고 주장한다. 마침내 그와 더불어, 체험과 문학적 표현의 완벽한 일치라는, 도처에서 추구되고 언제나 희구되어 온 일이 실현되는 것인지도 모른다."

"체험과 문학적 표현의 완벽한 일치." 이는 생트뵈브의 슬로건, "문학은 저자와 분리될 수 없다."의 한 변형이다. 이는 "인생과 예술의 단일성"을 생각하게 하는 슬로건이요, 괴테가 한 말로 잘못 알려진 유명한 문구, "인생은 예술 작품 같은 것"

을 상기시킨다. 이 마력적인 표현들은 자명한 이치임과 동시에(물론 인간이 만든 것은 인간과 분리될 수 없다.) 진실에 반하는 것이요(분리될 수 없건 있건, 창작은 인생을 초월한다.) 서정적 상투화("도처에서 추구되고 언제나 희구되어 온" 인생과 예술의 단일성이 어떤 이상적 형태, 마침내 되찾은 잃어버린 낙원, 유토피아로 나타난다.)이기도 하다. 그것들은 특히 예술의 자율적 지위를 거부하려는 욕망, 예술이 솟아나온 곳, 즉 저자의 삶 속으로 예술을 되밀어 넣고, 그 삶 속에 예술을 희석하고, 그리하여 예술의 존재 이유를 부인(인생이 예술 작품이라면, 예술 작품들이 무슨 소용이겠는가?)하려는 욕망을 드러낸다. 자신의 단편들을 어떤 순서로 묶어 펴낼 것인지에 대한 카프카의 결정을 사람들은 일소에 부친다. 유효한 유일의 순서는 삶 그 자체에 의해 결정되는 까닭이다. 모호한 미학으로 우리를 혼란스럽게 하는 예술가 카프카야 어찌 됐건 신경 쓰지 않는다. 사람들이 원하는 건 체험과 글이 하나 된 카프카, 아버지와의 관계가 힘들었고 여자들을 어떻게 다루어야 할지 모르던 카프카인 까닭이다. 헤르만 브로흐는 사람들이 자신의 작품을 스베보와 호프만슈탈과 함께 소(小)맥락 속에 넣는 것에 항의했었다. 가엾은 카프카, 그에게는 이 소맥락조차 주어지지 않았다. 그에 대해 얘기할 때 사람들은 호프만슈탈도, 만도, 무질도, 브로흐도 돌이켜보지 않는다. 사람들이 그에게 남겨 둔 유일한 맥락은 펠리체, 아버지, 밀레나, 도라라는 맥락뿐이다. 그는 소설사와 동떨어진, 예술과는 너무나 동떨어진, 자신의 전기라는 소-소-소-맥락 속으로 되돌려 보내진 것이다.

13

현대는 인간을, 개인을, 생각하는 자아를 모든 것의 토대로 삼았다. 이 새로운 세계관으로부터 새로운 예술 작품관도 유래한다. 예술 작품은 유일한 개인의 독창적 표현이 된다. 현대의 개인주의가 자신을 실현하고 확인하고 표현하고, 자신의 가치를 인정받고, 자신의 영광, 자신의 기념비를 발견하는 것은 바로 예술 안에서다.

만약 예술 작품이 개인에게서, 그의 단일성에서 발현하는 것이라면, 유일한 존재인 저자에게 자신의 배타적 발현인 그 작품에 대한 모든 권리가 있는 것은 당연하다. 이 권리는 수세기 동안 오랜 과정을 거친 뒤 프랑스 대혁명을 통해 법적인 결정적 형태를 갖추게 되는데, 대혁명은 문학적 소유권을 "모든 소유권 가운데 가장 개인적인, 가장 신성한 권리"로 인정했다.

내가 모라비아의 민속 음악에 그 멜로디 표현들의 아름다움과 은유들의 독창성에 매료됐던 때가 생각난다. 그 노래들은 어떻게 탄생했는가? 집단적으로? 아니다. 이 예술에는 개개의 창작자들, 마을 시인들과 작곡가들이 있었다. 하지만 그들에게는 자신들의 작품이 한 번 세상에 방출된 후에는 그것을 뒤쫓으며, 수정과 왜곡 등의 끊임없는 변형에 맞서 작품을 보호할 어떤 가능성도 없었다. 당시 나는 예술적 소유권이 없는 그런 세상을 일종의 낙원으로 여기던 사람들 편에 아주 가까웠었다. 시가 만인에 의해 만인을 위해 만들어지는 낙원 말이다.

내가 이 추억을 떠올리는 것은, 저자라는 현대의 주역은 다만 지난 수세기에 걸쳐 서서히 부상한 존재일 뿐이요 인류사에 있어 저작권의 시기는 플래시의 섬광처럼 극히 짧은 한순간에 지나지 않는다는 사실을 말하기 위해서다. 하지만 저자와 저작권의 권위가 없었다면 지난 수세기에 걸친 유럽 예술의 위대한 발전은 생각할 수 없는 일이었을 것이요, 유럽의 가장 위대한 영광 또한 마찬가지다. 가장 위대한 영광이랄 수도 있고, 어쩌면 유일한 영광이라 할 수도 있다. 주지하듯이, 유럽이 괴롭힘 당한 이들에게서조차 예찬을 받은 것은 국가 원수들이나 장군들 덕택이 아니니 말이다.

저작권이 법률로 규정되기까지는 저자를 존중하려는 어떤 정신 상태가 필요했다. 수세기에 걸쳐 서서히 형성된 이 정신 상태가 오늘날에는 풀리고 있는 것 같다. 그렇지 않고서야 브람스의 교향곡 악절들을 화장지 광고 반주로 쓰지는 않을 것이다. 스탕달 소설의 축약본 발간을 박수로 환영하지는 않을 것이다. 저자를 존중하는 정신 상태가 여전히 존재한다면 아마도 사람들은 이렇게 자문할 것이다. 브람스가 동의할까? 스탕달이 화내지 않을까?

새로 나온 저작권법 문안을 살펴본다. 작가들, 작곡가들, 화가들, 시인들, 소설가들 관련 내용은 미미한 자리를 차지할 뿐, 텍스트 대부분은 소위 시청각 산업이라는 거대 산업과 관련된 내용이다. 물론 이 거대 산업은 완전히 새로운 게임 규칙들을 요구한다. 사실 상황이 변했다. 아직도 사람들이 예술이라 부르는 것은 날이 갈수록 '독창적이고 유일한 개인의 표현'으로 존중받지 못한다. 수백만 프랑이 드는 영화의 시나리오 작가가 어떻게 자신의 도덕적 권리들(말하자면 자신이 쓴 것에 함부로 손을 대지 못하게 할 수 있는 권리)을 인정받을 수 있겠는가. 그만이 아니라 저자로 자처하는 한 무리의 사람들이 창작에 참여하여, 도덕적 권리들이 서로 제한받는 상황에서 말이다. 게다가 어떻게 그가, 저자가 아니면서도 분명 그 영화의 유일한 주인인 제작자의 의사에 반해 뭔가를 요구할 수 있겠는가.

오늘날의 구식 예술 저자들은 졸지에, 비록 자신들의 권리를 제한받지는 않지만 저작권이 과거 권위를 더는 누리지 못하는 다른 세계 속에 들어와 있다. 이 새로운 분위기 속에서, 저자의 도덕적 권리를 침해하는 자들(소설 각색자들, 유명 저자들의 이른바 교정쇄들을 훔치는 쓰레기통 털이들, 수천 년 이어져 온 세습 재산을 자신의 장밋빛 타액으로 녹여 버리는 광고, 자신이 원하는 건 무엇이든 허락도 없이 재간행하는 잡지들, 영화인들의 작품에 개입하는 제작자들, 미친 인간이 아니고서야 극작품을 쓸 수 없을 정도로 너무나 자유롭게 텍스트를 다루는 연출자들 등등)은 마찰이 일어날 경우 여론의 관용을 입는 데 반해, 자신의 도덕적 권리를 요구하는 저자는 대중의 공감을 얻지 못할뿐더러 법 지원도 제대로 받지 못할 공산이 크다. 법의 수호자들 역시 시대정신에 무감하지 않아 오히려 난감해하는 편이니 말이다.

나는 스트라빈스키를 생각한다. 자신의 모든 작품을 파괴할 수 없는 하나의 전형으로서 그 자신의 연주로 보존하려고 한 그의 엄청난 노력을 생각한다. 사뮈엘 베케트도 마찬가지였다. 그는 자신의 극작품 텍스트에 무대 지시들을 점점 더 자세히 달았으며, 그것들이 엄격히 준수될 것(통상적인 관용의 수준을 넘어)을 고집했다. 예비 공연을 참관하고 나서야 연출에 동의하는 경우가 허다했으며, 때로는 자신이 직접 연출을 맡기도 했다. 심지어는 자신이 직접 지휘한 『놀이의 끝』 독일어판 연출을 위한 주석들을 책으로 펴내, 그것이 영원히 바뀌지 않도록 하기까지 했다. 그의 편집자이자 친구인 제롬 랭동은 필요한 경우 소송도 불사하며 저자의 의사가 그의 사후에도 존중되도록 감시하고 있다.

어떤 작품에, 저자가 전적으로 통제하여 완성한 결정적 형태를 부여하려는 이 최대한의 노력은 역사상 유례가 없다. 스트라빈스키나 베케트는 자신들의 작품을 흔히 행해지는 왜곡들로부터만 보호하려 했던 게 아니라, 텍스트나 총보를 갈수록 덜 존중하는 미래에 대해서도 보호하려고 했던 것 같다. 그들은 최상의 저자(著者)관의 범례, 자신들의 의사가 전적으로

실현될 것을 요구하는 저자관의 궁극적인 범례를 보여 주려
했던 것 같다.

14

카프카는 『변신』 원고를 어느 잡지에 보냈으며 이 잡지의 편집자, 로베르트 무질은 저자가 분량을 줄인다는 조건으로 게재하고자 했다.(아! 위대한 작가들의 슬픈 만남이여!) 카프카의 반응은 앙세르메에 대한 스트라빈스키의 반응만큼이나 차갑고 단호했다. 게재되지 않는다는 생각은 참을 수 있어도 내용이 잘려 게재된다는 생각은 참을 수 없는 일이었다. 그의 저자관은 스트라빈스키나 베케트처럼 절대적이었지만, 그들이 자신들의 견해를 관철하는 데 어느 정도 성공한 반면 카프카는 이에 실패했다. 저작권의 역사에서, 이 실패는 하나의 전환점이다.

1925년 「『소송』 초판 서문」에 카프카의 유언으로 알려진 편지 두 통을 실었을 때, 브로트는 카프카가 자신의 바람이 이루어지지 않으리라는 걸 알고 있었다고 설명했다. 브로트가 한 말이 사실이고, 실제로 그 편지 두 통이 그저 일시적인 기분에 따른 것이었으며, 카프카가 쓴 글의 불확실한(매우 가망성이 없는) 사후 출간에 대해 두 친구 사이에 모든 것이 분명했었다고 치자. 그럴 경우 유언 집행인 브로트는 무엇이건 자신의 전적인 책임 아래 마음대로 간행할 수 있었다. 그에게는 카프카의 의사를 우리에게 알려야 할 어떤 도덕적 책무도 없었다. 그의 말대로라면, 카프카의 의사는 유효하지 않거나 무의미해져 버렸기에 말이다.

그런데도 그는 급히 "유언의 성격을 띠는" 그 편지들을 간행했으며 가능한 최대한의 반향을 불러일으키고자 했다. 사실 그는 이미 자기 인생 최대의 작품, 즉 카프카 신화를 창작 중이었으며, 그 신화의 주된 부품 하나가 바로 역사상 유례 없는 그 의사(意思), 자신의 모든 작품을 없애 버리고자 하는 저자의 의사였다. 카프카는 그런 저자로 대중의 기억에 각인되었다. 브로트가 자신의 신화학적 소설에서 우리에게 각인하려 한 대로 말이다. 그 소설에서 가르타-카프카는 자신이 쓴 모든 것을 없애 버리고자 한다. 예술적 불만 때문에? 천만의 말씀. 브로트의 카프카는 종교 사상가다. 기억을 더듬어 보라. 자신의 신앙을 선언하기보다 '체현하고자' 하는 가르타는 자신이 쓴 글들을 대수롭지 않게 여긴다. 그것들은 다만 '정상에 오르도록 그를 도와준 하찮은 계단들'일 뿐이다. 그의 친구인 노비-브로트는 그의 의사에 따르기를 거부한다. 왜냐하면 비록 가르타가 쓴 것이 '단순한 습작들'에 불과하다 할지라도, 그것들은 '밤 속을 방황하는 인간들'이 '유일무이의 최고선'을 추구하는 데 도움이 될 수 있기 때문이다.

카프카의 「유언」과 더불어 성 카프카-가르타의 위대한 전설이 탄생했고, 또한 이 전설과 더불어 그의 예언자 브로트의 작은 전설도 탄생했다. 친구의 최종 의사를 비장할 만큼 정직하게 대중에게 알림과 동시에, 자신이 그의 의사에 따르지 않기로 결심한 이유를 지고한 원칙들('유일무이의 최고선')을 내세워 고백하는 예언자 브로트의 전설 말이다. 이 위대한 신화학자는 내기에 이겼다. 그의 행위는 본받을 만한 위대한 행동의 반열에 올랐다. 사실, 친구를 향한 브로트의 충성에 누가 의구심을 품을 수 있겠는가? 또한 누가 감히 카프카가 인류에게 남긴 문장 하나하나, 단어 하나하나, 음절 하나하나의 가치를 의심할 수 있겠는가?

이로써 브로트는 죽은 친구들의 의사에 대한 불복종의 모범적 예를 창조했다. 저자의 최종 의사를 무시하거나 더없이 내밀한 그의 비밀들을 유포하고자 하는 자들을 위한 하나의 판례를 말이다.

15

미완성 단편들과 장편들에 관한 한, 나는 누가 유언 집행인이 되었어도 매우 곤란한 상황에 처했으리란 걸 기꺼이 시인한다. 왜냐하면 중요도가 고르지 않은 그 글들 속에 장편이 세 편 있으며, 카프카가 쓴 글 가운데 그 작품들보다 더 대단한 건 없기 때문이다. 하지만 그가 미완성이란 이유로 그 작품들을 실패작들의 칸에 분류한 것이 결코 비정상적이지는 않다. 작가 입장에서 보면, 어떤 작품을 끝까지 진행해 보지 않아도 완성 전에 이미 그 작품의 가치를 어느 정도 분명하게 감지할 수 있다고 보기는 어려운 까닭이다. 하지만 작가가 볼 수 없는 것이 제삼자의 눈에는 분명하게 보일 수 있다. 그렇다. 내가 무한히 예찬하는 그 장편 세 편 때문에, 내가 브로트의 입장이었더라도 아마 지독하게 난처했을 것 같다.

누가 내게 조언을 해 줄 수 있었을까?

우리의 가장 위대한 스승을 찾아보자. 『돈키호테』 1부, 12~14장. 돈키호테가 산초와 함께 산속에 있다가, 어느 여자 목동을 사랑한 젊은 시인 그리소스토모의 이야기를 알게 된다. 청년은 그녀 곁에 가까이 있으려고 자신도 목동이 된다. 하지만 그녀가 그를 사랑하지 않자 그리소스토모는 삶을 마감하고 만다. 돈키호테는 그의 장례식에 가 보기로 한다. 시인의 친구인 암브로시오가 간소한 장례식을 거행하고 있다. 꽃들로 뒤덮인 주검 곁에 노트와 시편들이 놓여 있다. 장례식에 참석한 사람들에게 암브로시오는 그리소스토모가 그것들을 모두 불살라 버리길 요구했다고 설명한다.

그때 문상객들 틈에 있던 비발도 나리라는 한 호사가가 끼어든다. 그는 시를 불사르는 것은 망자의 의사에 진실로 부합하는 게 아니라며 이의를 제기한다. 왜냐하면 의사란 합당해야 하는데 이 경우는 그렇지가 않다는 것이다. 차라리 그의 시를 다른 사람들에게 주어, 그들에게 즐거움과 지혜와 경험을 얻게 하는 게 낫다는 얘기다. 그러고는 암브로시오의 답변을 기다리지도 않고 몸을 숙여 바로 가까이에 있는 시 몇 편을 갖는다. 그러자 암브로시오가 그에게 말한다. "나리, 지금 나리께서 취하신 것들을 가지시도록 예의상 허락은 하겠습니다. 하지만 제가 다른 시편들을 불사르지 않을 거라는 헛된 생각은 하지 마십시오."

"예의상 나리께 허락"한다는 말이 의미하는 바는 이렇다. 죽은 친구의 소망이 나에게는 법과 같은 효력을 갖지만, 나는 법의 신하가 아니고, 법을 존중하되 법에 배치되는 다른 이

유, 예를 들면 예의라든가 예술에 대한 사랑도 참작하는 자유
로운 존재로서 존중한다는 것이다. 그래서 그는 친구의 용서
를 빌면서 "지금 나리께서 취하신 것들을 가지시도록 허락"한
다고 말한다. 그렇지만 나는 이 예외 때문에 나에겐 법과 같은
친구의 소망을 어겼다. 나 스스로 책임을 지고, 나 스스로 위
험을 무릅쓰고 어긴 것이요, 법을 부정하고 무시하는 자로서
가 아니라 법을 어기는 자로서 어긴 것이다. "제가 다른 시편들
을 불사르지 않을 거라는 헛된 생각은 하지 마십시오."는 그래
서 하는 말이다.

16

어느 텔레비전 방송에서, 인기 많은 유명 여류 인사 셋이 여자들도 팡테옹에 매장될 권리가 있다고 집단으로 제안한다. 그녀들의 말인즉, 그런 일의 상징적인 의미를 생각해야 한다는 것이다. 그러고는 곧바로 죽은 몇몇 위대한 부인들의 이름을 거명하며, 그 부인들을 이장하는 문제를 검토해 볼 필요가 있다는 견해를 편다.

물론 정당한 요구다. 하지만 나로서는 뭔가 곤란한 점이 있다. 즉시 팡테옹에 이장할 수도 있는 그 부인들은 지금 남편 곁에서 안식을 취하고 있지 않은가? 물론이다. 그녀들이 원했던 바다. 그렇다면 그 남편들은 어쩐단 말인가? 그들도 함께 이장을 한다? 어려운 일이다. 그들은 그리 중요한 이들이 아니기에 지금 있는 곳에 머물러야 할 것이며, 이사를 한 부인들은 과부의 고독 속에서 영원을 보내야 할 것이다.

그러고 나서 나는 혼자 중얼거린다. 그렇다면 남자들은? 그렇다, 남자들! 어쩌면 그들은 본의 아니게 팡테옹에 있는 것 아닌가! 사람들이 그들을 상징으로 바꾸고, 그들의 부인에게서 떼어내기로 결정하는 것은 그들이 죽은 뒤 그들의 의사를 물어보지도 않고, 그들의 최종 의사에 반해 이루어지는 것이 확실하다.

쇼팽이 죽은 뒤 폴란드 애국자들은 그의 시신을 갈라 심장을 꺼냈다. 그러고는 그 가엾은 근육 덩어리를 국유화하여 폴란드 땅에 매장했다.

사람들은 죽은 이를 쓰레기나 상징 나부랭이 취급한다. 이는 사라진 그의 개인성에 대한 동일한 불경(不敬)이다.

17

아, 죽은 이에게 불복하기란 너무나 쉽다. 그런데도 사람들은 이따금 죽은 이의 뜻을 따르는데, 이는 두려움이나 속박 때문이 아니라 그를 사랑하고 그의 죽음을 믿지 않기 때문이다. 임종의 순간을 맞이한 어느 시골 노인이 아들에게 창문 앞 늙은 배나무를 쓰러뜨리지 말라고 부탁했다면, 그 배나무는 아들이 사랑하는 마음으로 아버지를 추억하는 한은 쓰러지지 않을 것이다.

이는 영혼의 영생에 대한 종교적 신념으로 행하는 그런 대단한 일이 아니다. 그저 내가 사랑하는 망자(亡者)는 나에게는 영원히 죽지 않을 뿐인 것이다. 나는 그를 사랑했다고 말할 수도 없다. 그게 아니라, 나는 그를 사랑하고 있는 것이다. 그에 대한 나의 사랑을 과거 시제로 말하려 하지 않는 것은 곧 그 망자가 현존한다는 뜻이다. 아마 인간의 종교적 차원이 바로 여기에 있을 것이다. 사실 망자의 마지막 의사에 대한 복종은 신비적이다. 모든 합리적, 실제적 성찰을 초월한다. 그 늙은 촌부는 배나무가 쓰러졌는지 아닌지, 자신의 무덤 속에서 영원히 알지 못할 것이다. 그런데도 그를 사랑하는 아들은 그의 말을 따르지 않을 수가 없다.

지난날 나는 포크너의 소설, 『야생 종려나무』의 결말에 감동한 적이 있다.(그 감동은 지금도 여전하다.) 여자는 낙태 실패로 사망하고, 남자는 징역형을 십 년 언도받고 감옥살이를 한다. 누군가 그의 독방에 독이 든 흰 알약을 하나 가져다준다. 그러니 그는 자살할 생각을 곧바로 떨쳐 버린다. 사랑하는 여인의 삶을 연장하는 단 하나의 방법은 그녀를 자신의 추억 속에 간직하는 것이기 때문이다.

"……그녀가 존재하지 않게 되자, 추억의 절반도 존재하지 않게 되었다. 나마저 존재하지 않게 된다면 모든 추억이 존재하지 않게 될 것이다. 그렇다, 슬픔과 무 사이에서 내가 선택하는 것은 슬픔이라고 그는 생각했다."

세월이 좀 더 흘러, 나는 『웃음과 망각의 책』을 쓰다가 타미나라는 등장인물에 빠져든 적이 있다. 남편을 여읜 뒤 그녀는 흩어진 추억들을 필사적으로 그러모아 사라진 존재를, 끝장난 과거를 재구성해 보려 한다. 죽은 이의 현존은 추억을 통해 되찾을 수 있는 것이 아니라는 사실을 비로소 깨닫게 된 게 바로 그때였다. 추억은 그의 부재에 대한 확인일 뿐이다. 추억 속 망자는 희미해져 가는, 멀어져 가는, 잡을 수 없는 과거일 뿐이다.

그렇더라도 내가 사랑하는 이를 절대 죽은 사람으로 여길 수가 없다면, 그의 현존은 어떻게 나타나게 되는가?

내가 잘 알고 충실하게 지킬 그의 의사를 통해서다. 나는 촌부의 아들이 살아 있는 한 창문 앞에 서 있을 늙은 배나무를 생각한다.

옮긴이 김병욱   불문학자. 번역가. 프랑스 사부아 대학교에서 문학박사 학위를 받았고
성균관대학교 학술연구교수로 일했다. 밀란 쿤데라의 소설 『불멸』, 『느림』,
그 밖에 가스통 바슐라르, 피에르 바야르, 앙투안 콩파뇽 등
여러 프랑스 저자들의 책을 우리말로 옮겼다.
현재 성균관대 초빙교수로 재직 중이다.

밀란 쿤데라 전집   Milan Kundera   12

배신당한 유언들

1판   1쇄 펴냄   2013년   3월   29일
2판   1쇄 찍음   2026년   2월   20일
2판   1쇄 펴냄   2026년   3월   10일

지은이   밀란 쿤데라
옮긴이   김병욱
발행인   박근섭 · 박상준
펴낸곳   (주)민음사

출판등록   1966. 5. 19. 제16-490호
주소   (135-887) 서울시 강남구 신사동 506번지
            강남출판문화센터 5층
대표전화   02-515-2000 | 팩시밀리   02-515-2007
홈페이지   www.minumsa.com

한국어 판 ⓒ (주)민음사, 2013, 2026. Printed in Seoul, Korea

ISBN   978-89-374-0472-6 (04860)
        978-89-374-0460-3 (세트)

잘못 만들어진 책은 구입처에서 교환해 드립니다.